JN035157
Infinite
インフィニット・デンドログラム
Dendrogram
カプリッチオ
20. 砂上の狂騒曲
海道 左近
イラスト タイキ

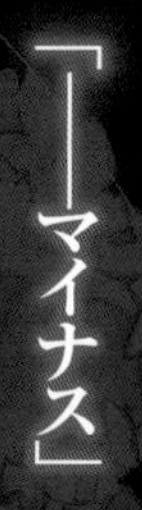

四万近いSTRを有したエミリーの攻撃を、生身で防げる訳がない。
左腕は瞬く間に両断されることだろう。
明らかな結果が待つ接触はコンマ一秒よりも早く訪れて、

——ガキン、という金属同士の激突音が響いた。
「——隙ができたな、【殺人姫（マーダー）】」

必殺の一撃を前に、
機械竜のパイロット達は迫る敵機の姿をモニター越しに眺め、
「――マキナ。最終テスト」
「アイサー！
――近接白兵戦モード・・・・・・のテスト
はっじめまーす！」

〈Infinite Dendrogram〉
-インフィニット・デンドログラム-

20.砂上の狂騒曲（カプリッチオ）

海道左近

HJ文庫
1062

口絵・本文イラスト　タイキ

メカデザイン・イラスト　小笠原智史

Contents

プロローグ　三者の経緯と二つの舞台

□ユーリ・ゴーティエ

「……お金ってどうしてなくなっちゃうんだろうね、ユーリ」

「急にどうしたの？」

四月も中旬に差し掛かろうかという頃、由緒あるお嬢様学校として有名なロレーヌ女学院の食堂にて、級友でデンドロ仲間のソーニャが唐突にそんなことを言い出した。

テーブルに突っ伏して「お金がないの……」と呟くソーニャは令嬢らしからぬ状態だ。

さて、ソーニャは資産家のご令嬢。そんな彼女が金欠な理由は……。

「また無駄遣いしたんだね……デンドロで」

「違うんだよー……。無駄遣いじゃないんだよー。……ギデオンに行ったらお店にガチャが置いてあって……。見物してたら素敵なインテリアを出してる人がいたから私もー……って挑戦したらお財布の中身なくなってたの……」

それを無駄遣いと言わずに何と言うのだろう？

「ギデオンのガチャって、あの入れた金額に応じて振(ふ)れ幅(はば)の大きいものだよね？　あれって実質中身が無限だから、インテリアに絞(しぼ)って当てるのは難しいと思うよ？」

「そうなんだけどー……。あれ？　ユーリってギデオン来たことあるの？」

「……き、聞いた話。聞いた話だから」

……危ない。わたしが姉さんの〝計画〟の当事者だったことは、ソーニャには秘密だ。

「はぁ、こんなときにリアルのお金がデンドロのお金に替(か)えられたらなー……」

「ＲＭＴは国際法で禁止されてるから無理だよ」

「うがー！　何で禁止なのー！　リアルマネーなら沢山(たくさん)持ってるのにー！」

ＲＭＴ禁止法。正式名称(めいしょう)は確かもうちょっと長かったはずだけど、そう呼ばれている法律は二〇三〇年代から世界的に施行(しこう)されている。

個人間でのゲーム内の仮想通貨・資産と現実の通貨・資産の交換(こうかん)を一切(いっさい)禁止。

法律の施行が最初のダイブ型ＶＲＭＭＯ〈ＮＥＸＴ　ＷＯＲＬＤ〉の開発発表がされた後なので、一説には『第二の居住空間であるダイブ型ＶＲＭＭＯ内での財産が、現実の経済にまで大きな影響(えいきょう)を及(およ)ぼさないようにするため』だとも言われている。

結果として〈ＮＥＸＴ　ＷＯＲＬＤ〉は第二の居住空間たりえなかった。

けれど、〈Infinite Dendrogram〉は十二分にその領域に達するものだったから、RMT禁止法の施行は正しかったという意見も多い。

リアルでどれだけのお金持ちだろうとデンドロの中では自分でお金を稼ぐしかないし、デンドロで莫大な資産を持っていてもそれをリアルの資産には替えられない。

そうして現実とデンドロの健全な経済は保たれている……と姉さんが言っていた。

「……ソーニャを見てると、禁止法があって良かったって思うよ」

「だってさだってさ！　寮の中じゃショッピングできないもん！　私物あんまり増やせないし！　思いっきりお金使えるデンドロにはリアルのお金持ち込めないし！」

「どうどう」

買い物できないフラストレーションと金欠のフラストレーションが二重に降りかかっているらしい友人を、わたしは何とかなだめる。

「この食堂は先生方も使うんだから。ニーナ先生に見つかったら大目玉だよ？」

社会担当のニーナ先生はすごく真面目で、いかにもクールな女教師という人だ。

礼儀作法にも厳しく、今のソーニャを見られたら間違いなくお説教が飛んでくる。

「どうしてうちの寮はあんなに外出規則厳しいのかなー……。抜け出したい……」

「駄目だよ。無許可の外出は停学処分になっちゃう」

防音の自室で趣味の音楽を演奏したり、模型を作ったり、それこそ〈Infinite Dendrogram〉にログインするのも自由だけど、その分だけ外部への外出規則は厳しい。

ご令嬢に悪い虫がつかないための学校でもあるからね、ここ。

「ぐぬぬ……、やっぱり私の自由はデンドロだけかー……。……はぁ、でも本当にお金がなくて困っちゃう。もうじき愛闘祭なのに、お金がなくて何もできないよ……」

「愛闘祭？」

なんだろう、そのくっつかなさそうな単語がくっついたお祭り。

「ギデオンのお祭りだよー。昔のラブロマンスに準えたお祭りで、私のパーティもそれ関係のクエストでギデオンに来たんだけど……このままじゃなー……」

「ラブロマンス……」

「うん。好きな人をデートに誘って、告白するのが定番っていう恋のお祭り」

恋のお祭りかぁ…………待った。

何で今、レイと……わたしを物凄く罵倒してきたルークという子の顔が浮かんだ？

あれはない。あれはないから。

「ユーリ？」

「う、ううん。何でもない。それで、ソーニャは誰と回るの？」

「お祭り楽しんだりクエストしたりはするけど、デートする予定なんてないよ？」

「パーティの人達は？」

ソーニャはデンドロで二人の男性とパーティを組んでいて、よく話を聞かせてくれる。

苦労話も多いけれど、結構仲は良さそうに思えた。

だから恋バナもあるかなと思ったけど……当のソーニャは困り顔だった。

「うぅん……。アスマは紳士的だし真面目だし優しいし頼りになるし良い人だけど無口で乳母車だからどうデートしたらいいか分からないし、グリムズはクズだし」

二人の評価すっごく分かれてるなぁ……。

「聞いてよ！　グリムズがこないだ『実は俺って某国の第二王子なんだよ。国が共和制になって今ニートだけどな』とか言い出してさ。法螺吹くにしても王子はないと思わない？」

「あー、それはそうだね」

急に自分は王子って言われても引いちゃうよね。

「《真偽判定》とっておけばよかったよ。絶対ブーブー鳴ったはずなのに」

「……《真偽判定》の反応ってブーブーだったっけ？」

ともあれ、クズだ何だと言いながらも冗談を言い合うくらいには関係良好らしかった。

「そういえば私がガチャで財産失くしたとき、グリムズは闘技場でスッてたっけ……。二人してアスマに怒られたなぁ……。生活費はアスマが立て替えてくれて助かったけど」

……二人とももう少しアスマさんの胃に優しい生き方をしてもいいと思う。

「はぁ、お金がないよー……。もっとデンドロ内マネー欲しいよー……」

そしてソーニャがまたテーブルに突っ伏して泣きごとを言い始めた。

「もうソーニャったら…………あ」

だが、突っ伏したソーニャの頭越しに……厳格で有名なニーナ先生が見えた。

先生は、ジッとソーニャの方を見ている。礼儀作法に厳しい先生の前で、「お金がない」と嘆いている。……どう考えてもお説教だ。あるいは、『お金がないとはどういうことです？　まさか規則を破って外出しているのでは？』と詰問されかねない。

「…………」

けれど、わたしの予想に反し、先生は特に言及することなく立ち去って行った。

「はぁ……あれ？　どしたのユーリ？」

自分が見逃されたらしいことにも気づかずそう尋ねてきたソーニャに、「なんでもないよ」と答えて、その日の朝食は終わった。

一日は瞬く間に過ぎて、本日最後の授業も終わろうとしていた。

「本日の授業内容は終了ですが、授業時間が五分残っているので、少し話をします」

社会のニーナ先生はそう言った後、私達を順に見ていく。

「本日は気候や地政学によって各地で異なる産業が育ち、交易してきた歴史について解説しました。ですが、環境によって異なる育ち方をするのは産業だけではありません」

ニーナ先生はそう言ってプロジェクターに映されているパソコンの画面を切り替え、ペイントソフトで何かの絵を描いていく。それは……大きなクマと小さなクマだった。

「極寒の北極圏に生息するホッキョクグマは発熱量を増やすために体が大型化し、さらに厚い毛皮に覆われています。反面、温暖な南国に生息するマレーグマは体が小型化し、体毛も短くなっています」

『なぜ今クマの話を？』と思わないでもないけれど、それは特徴を捉えたファンシーな絵だったのでわたしはとてもかわいいと思った。多分、クラスメート達もそうだと思う。

けどソーニャがボソリと「リージョンフォーム」と呟いたので、つられたクラスメートが何人か吹き出していた。

「野生動物は生育環境によって異なる特徴を獲得していった。これは人間にも二重に当てはまります。それぞれの人種が自然環境の中で長い時間を経てきた結果である人種的特徴。そして……個人が置かれた社会環境による人格的特徴です」

社会環境と人格的特徴。多分、ニーナ先生の本題はこれかな。

「現代社会は多くの場合、身を置く社会環境に応じた人格が求められます。教師には教師の、シスターにはシスターの、最低限必要な品格というものがあります。そして本校の生徒に求められるそれは、世間の同年代の少年少女よりもかなり高く設定されています」

前世紀より緩くなったと言われているとはいえ、ニーナ先生はここが由緒ある厳格なお嬢様学校であることを思い出させるように言った。

「先週、本校の生徒が寮を抜け出し、他校の男子生徒と深夜徘徊に及びました。幸いにして不純異性交遊には至りませんでしたが、それでも本校の寮規則を逸脱しており、該当生徒は現在重い罰を受けています」

無許可の外出は停学。朝、ソーニャと話していたことだ。

非常に回りくどい始まり方をしたけれど、先生は注意喚起とお説教が目的だったのかな。

姉さんなら『イラストや雑談で興味を引いて聞く姿勢を作らせてから、お説教に入るテクニックだねぇ』とか言いそうだけど。

あ、これ姉さんっていうかロールしてるフランクリンの方だった。

……最近、頭の中で姉さんの印象があっちに寄っていってる気がする。

「『朱に交われば赤くなる』という東洋のイディオムがありますが、貴女達の置かれた環境がここロレーヌ女学院であり、社会的立場がこの学園の生徒であることを忘れてはなりません。節度と礼節、貞淑さを胸に生きることを心掛けてください」

そう言って再びわたし達を……特にソーニャを見ながらニーナ先生はそう言った。

丁度そのタイミングで、学園内教会の鐘が鳴った。

「時間ですね。これで本日の授業を終わります」

測ったような正確さでお説教を終わらせて、ニーナ先生は授業を締めくくった。


「……おわったー」

自室に戻ったわたしはベッドの上にダイブした。

制服に皺がついちゃうけれど、どうせこの後クリーニングに出すから気にしない。

明日からまた連休だし。一週間分の授業が終わって、ようやく気を抜ける。

ベッドの横の犬のぬいぐるみを手に取って、抱きしめながらしばしゴロゴロした。

「朱に交われば赤くなる、かぁ……」

一週間分の疲れをベッドに吐き出したわたしの口から出たのは、ニーナ先生の言葉。

次いで思い出すのは……デンドロにおける私の今の環境。

節度、礼節、貞淑、いずれとも無縁な極大の朱。……要するに、師匠のこと。

「まだ染まってないと思うけど……」

格好いいところもあるし尊敬できるところもある師匠だけど、いやらしい面だけは絶対見習わないようにしよう。うん、反面教師。

「……まぁ、師匠とはしばらく別行動なんだけどね」

師匠は急に別件の仕事が入ってしまい、連休中はわたしと一緒に動けないらしい。

代わりに、わたしをアルバイトに誘った。

師匠の仲間の仕事に助っ人が必要で、勉強も兼ねて手伝ってみたらどうか、という話。

「『人格と見た目は問題あるけど、金払いはいいから』……って言ってたっけ」

あの師匠に『人格に問題がある』と言われるのが気になるところ。

ソーニャと違ってデンドロでお金に困っているわけではない。

けれど、姉さんの造った【ホワイト・ローズ】は維持費も【マーシャルⅡ】よりかかるし、資金があるに越したことはない。

「仕事場所は砂上豪華客船かぁ……」

わたしにとって、デンドロの中とは言え人生初のアルバイト。

豪華客船が仕事場ということもあって、ちょっと楽しみだった。

□■二〇四五年四月某日・アリゾナ州某所

都市圏から離れ、自然の山林に程近い地域にその病院はあった。

病院の外観は補修や清掃がしっかりとなされ、綺麗で清潔感に溢れている。

しかし周囲には急患を運び込んでくる街の姿もなく、病院としては不適当にも見える。

だが、病院の敷地を囲う高い壁と多重のフェンスを観れば話は変わる。

刑務所と病院の外観を併せ持つ施設の看板には、ブエル精神病院と書かれている。

人里離れていて当然だ。ここに急患など来ず、人目に触れられたくもないのだから。


そんな施設の厳重に閉ざされた正門が開き、一台の高級車が敷地内に入ってくる。

道路脇のガイドに見るまでもなく、何度もここを訪れているのが窺える慣れた様子で車は走行し、地下の駐車場へと駐車した。

「今回も二時間ほどかかるだろう。待っていてくれ」

運転手にそう告げて車を降りたのは、仕立てのいいスーツを着た青年だった。

彼の装いは病院にいても然程の違和感はない。

しかし、ここは北米でも裕福かつ特殊な患者のための精神病院である。

それを踏まえれば、意味合いも変わってくる。

彼は入院しに来たのではなく、入院させた側なのだろう、と。

「お待ちしておりました。クレイグさん」

「やあ、ドクター。いつもありがとう」

青年は彼の来訪時間に合わせて入口で待っていた医師に、気さくに挨拶した。

「早速だが、あの子の様子は？」

「お元気ですよ。症状も落ち着いていますし、発作も出ていません」

この病院は極めて高額な入院費と引き換えに最高の設備と治療、そして口止めがされている。青年がここに預けた患者も、とある事情から世間より隠す必要がある一人だ。

彼は医師の案内――と監視――を受けながら、患者と面会するための部屋に通された。

特殊ガラスで仕切られた部屋の向こう側には、既に一人の少女が待っていた。

少女は彼の姿を認めると、その顔を綻ばせる。

「らすかりゅ！」

「見舞いに来たぞ、エミリー」

少女――エミリーは喜色満面の顔と舌足らずな言葉で青年を呼んだ。

しかし、付き添っている医師は首を傾げる。

この青年実業家のファーストネームは、そんな名前ではなかったはずだからだ。

それに対して青年――〈Infinite Dendrogram〉においては〈IF〉のサブオーナー、ラスカル・ザ・ブラックオニキスである男は苦笑しながら医師の疑問に答える。

「愛称のようなものです」

医師は『なるほど』と納得する。『悪ガキとはあんまりな愛称もあったものだ』、とも思ったが、言及せずに部屋を出た。

そうしてラスカルとエミリーはガラスを挟んで面会室に二人きりになった。

「こちらでは久しぶりだ。何か欲しいものはあるか？」

「しゅーぶーすと！」

「Shoe Boost？　……靴？　ブーストって、ロケットでも付いてるのか？」

それはどちらかと言うとうちのポンコツの趣味じゃないかとラスカルは思った。

（ロケット推進の靴……マキナなら作るだろうが、リアルであるか？　それともあっちでそんな話になったんだろうか？　……最近も俺の資産と素材で勝手に新型を作ってたな）

ラスカルが自分の所有物であり、クランの技術顧問をしている眼帯ポンコツメカメイドに思いを馳せて難しい顔をしていると、エミリーは首を振った。

「ちがうよ、くちゅじゃなくておかし！」

「え？……ああ、もしかしてシブーストのことか？」

シブースト。スポンジケーキやパイ生地の上に、カスタードとメレンゲを合わせたクリームをのせ、表面を焦がしたカラメルで覆った洋菓子である。

「それ！」

我が意を得たりとばかりにエミリーは笑みを深める。

「まえにガーベリャがつくってて、すっごくおいしかったの！」

「……あいつに菓子作りができる繊細さがあったのか」

シユウに負けて収監される前のバ……考えの浅いガーベラしか知らないラスカルは意外そうに唸った。なお、菓子作りの腕前自体は矯正前から据え置きである。

「分かった。次にこっちで会うときには持ってくる」

「わーい！」

「他に何かしてほしいことはあるか？　こっちでも、あっちでもな」

「えーっとねー」

二人はそれから一時間ほど話を続けた。

ラスカルは「後はあちらで。こっちでもまた来週には顔を出す」と言って面会室を出て、エミリーは「またあとでねー！」と手を振って見送った。


ラスカルはそのまま帰るのではなく、医師の応接室へと向かった。

待っていた医師は、来客用のソファに座った彼に紙に印刷した資料を手渡す。

「こちらが直近一ヶ月の彼女のカルテになります」

それはこの病院にもう一年以上も入院しているエミリーのカルテだ。

「……社会復帰にはまだ遠い、ですか」

「発作は起きていませんが、精神年齢はいまだ実年齢の半分程度にしか……」

実年齢の平均より低い身長でも、彼女の言葉遣いは幼く見える。

しかし精神年齢も、身長も、先天的なものではなく後天的なものだ。

「彼女の病状はあの事件だけでなく、長年の家庭環境によるものです。抗鬱剤や鎮静剤などの薬で回復するものでもありません。やはり、必要なのは時間でしょう」

「変わりませんか……」

ラスカルは思いつめたような顔をして目を閉じ、やがて頷く。

「分かりました。そちらは引き続きお願いします。例の治療も並行してお願いします」

「あのVRゲームですね。たしかにあれを始めてから病状は回復傾向にあります。やはり、ゲームとはいえ大勢の人との交流がプラスに働いているのでしょう」

「ええ、きっと」

医師は〈Infinite Dendrogram〉をプレイしておらず、詳細に触れることもなかった。

ゆえに、彼が昔遊んだゲームの延長線程度に考えている。

「それにゲームなら彼女が人を殺すこともありませんからね」

「……ええ、仰るとおりです」

医師の少しだけ不謹慎な言葉にもラスカルは表情を変えず、頷いた。

半分は正しいからだ。少なくとも、ログインしている間はリアルのエミリーが発作を……『マイナス』判定を起こすことはなく、『罪を重ねる』こともない。

たとえ、あちらで【殺人姫】の座に就いていようとも。

医師との話を済ませた後、ラスカルは駐車場に戻って車に乗り込んだ。

そして運転手が車を発進させる中、ラスカルは防弾ガラスで仕切られた防音の後部座席で、タブレット型端末を取り出した。

画面をスクロールさせ、更新されたデータファイルを頭に入れていく。

「これと言って特筆することもないか」

そのデータファイルの中身は世界地図とそこで起きている出来事だ。

ただし、地球のものではない。あちらの世界地図に、〈IF〉をサポートする〈マスター〉達が蒐集した情報を追加したものだ。

「皇国は噂の講和会議の準備。王国は会議の準備と並行して愛闘祭、カルディナは……グランバロアとの交渉開始か」

ラスカルは彼とエミリーのアバターが立つ国……カルディナの情報を優先的に見る。

「地域情報では武装組織ドライフ正統政府の活動活発化、それにクリス・フラグメントが手掛けた砂上豪華客船【エルトラーム号】の就航……と」

ラスカルから見れば、厄介そうな火種が幾つも燻っている。

「どう動くのが後の我々の開拓と……エミリーのためになるかな。……さて」

彼はそう呟くとタブレットを仕舞い、仕事のための端末に持ち替える。

生活と入院費のために、リアルの会社経営も疎かにはできないラスカルだった。

□■とある内戦について

リアルにおいて二〇四四年十一月のある日。

皇都ヴァンデルヘイム近郊にある皇国軍基地は……燃えていた。

共に皇国を守護するべき軍が二つに割れて、争っている。

炎上する基地には多くの軍人の死体が転がり、擱座した兵器が残骸を晒している。

そんな基地の中心で、大型の機体と無数の人型が交戦していた。

大型の機体は人に近い四肢を持つ〈マジンギア〉。しかし、それは【マーシャルⅡ】とはかけ離れた形状……竜頭を備え、シルエットは直立した竜のようにも見える。

対して無数の人型は一様に同じ形をした木製人形であり、銃器で武装した兵隊だ。

『バルバロス特務大尉……いや、バルバロス辺境伯！　貴様とラインハルトの陰謀、ここで止める！《ミサイル・ダーツ》ッ！』

竜頭の機体が左腕を人形兵に向けると前腕部装甲がせり上がり、無数のミサイルが射出されて木造の兵達を爆散させる。

「エルドーナ少将。皇王の継承は先代の定めたルールだ。皇王の座は、今はあの子のもの。

これ以上、皇国民同士で戦うのは無益だ」

対して、人形兵は一つの意志で統率されたかのように連携し、銃撃を敢行する。

『巫山戯たことを！　我が従兄たる第一皇子グスタフ！　その息子ハロン！　彼らをはじめとする数多の皇族を殺しておきながら言うことか……！』

「それは……」

　竜頭の機体のパイロットの言及に、人形兵を指揮する者は言葉を詰まらせる。

『それとも、あの【獣王】や貴様、そしてクラウディア嬢がいればこの国を取れると思い上がったか!?　たしかにな！　皇国最強の軍人であるモルド・マシーネ特務兵長を除けば、個人戦力の上位層は貴様らだ！　だが……』

　竜頭の機体が白兵戦武装を後方に突き出し、背後から迫った人形兵を串刺しにする。

『性能で我が愛機に勝る兵器はなく、操縦技術で私に勝る者もいない！』

　竜頭の機体は、自らに迫ってきた全ての人形兵を悉く破壊する。

　その動きは人間よりも柔軟で機敏であり、芸術と見紛う武があった。

『私がある限り、我ら正統なる皇国に敗北はない！』

「……護国のために貴官に預けられた機体を、内戦で使ってほしくはなかったがな」

『これが護国でなくて何だと言うのだ！　簒奪者！』

「……この内戦における正当性が水掛け論にしかならないことは分かっている。だから戦うほかないだろう。だが、貴官も知っているはずだ。私に、数で勝る者はいない」

竜頭の機体の周囲にいた人形兵は、全て破壊された。

だが、破壊された人形兵は——全体の一部でしかない。

基地に散らばっていた人形兵が集結し、さらには擱座した兵器の残骸から金属製の人形兵が続々と生成されていく。

数え切れぬほどの人形兵は、数の暴力で敵機を破壊せんと一つの意志で動いていた。

皇国最強のパイロット、【超操縦士】カーティス・エルドーナ。

神話級特典武具の使い手、【無将軍】ギフテッド・バルバロス。

皇国において質と数の両極に立つ軍人同士の死闘。

どちらが先に相手の操る兵器を突破して、相手の命に手を届かせるか。

傷ついたときが終わるときと、覚悟して死地に臨む両者の戦いは……。

『偽皇王ラインハルトを強襲した特務兵の方々が壊滅……！　【獣王】を拘束していた〈超級〉スプレンディダも、それを察して逃げました……！』

カーティスの仲間が告げた報せによって、唐突に終焉を迎えた。

『な……!?』

それは、彼の陣営の敗北を報せるもの。

乾坤一擲、最後の賭けとも言うべき作戦が失敗に終わったという凶報。

「……ここまでだ、エルドーナ少将。内戦を終わらせよう」

『まだだ！　まだ終わってなどいない！　負けてなど……！』

彼の意志は継戦を望んでいる。

だが、軍人としての彼は各所から上がる劣勢の報告に、採るべき選択を理解していた。

『しかし、ここは……退く！』

オプション装備の煙幕を展開し、彼はこの戦場からの撤退を選んだ。

「エルドーナ少将！」

『覚えておけ、バルバロス辺境伯！　我々は、簒奪者の治世など、絶対に認めぬ！』

退きながらも、燻る意志はなおも言葉を発する。

『そしていつの日か、貴様らの魔の手から……を解放してみせる！』

そんな彼の去り際の言葉は基地の爆発に紛れ……少しだけ欠けていた。

言葉を投げつけられた側は、『皇国を解放してみせる』と言ったのだと判断した。

その解釈が正しいか否かは、本人以外には分からない。

いずれにしろ、一つの火種を残したまま……皇王継承に端を発した内戦は終結した。

■二〇四五年四月某日・カルディナ某所

その日、カーティス・エルドーナは自身の機体の中で目を覚ました。

「……あの日の夢か」

故郷から逃げ去った日の夢、忌まわしき記憶だ。

「こんな夢を見るのは……大きな作戦が控えているためか」

あの日、皇国内戦で敗北した彼の部隊……皇国軍第一機甲大隊はカルディナに拠点を移した。国内ではラインハルト達の目を逃れること叶わず、国外ではカルディナでしか資材が手に入らないからだ。

今は横流しされたパーツを買うか奪うかして、自分達の機体をメンテナンスしていた。

『少将、お目覚めですか？』

「ああ。しかしやはり、我が愛機と言えど寝心地までは保証してくれないな」

『毎晩コクピットの中で眠らずとも、ベッドをお使いになれば……』

部下からの通信に冗談と本音を交えて応えれば、返ってきたのは心配そうな声だ。

しかし、そんなことは彼も分かっている。あえて、そうしないだけだ。

「どんな戦士も寝ているときが最も無防備だからな。それに、私は死ぬときは愛機の中で眠りたい。……これが私の棺桶だ」

長旅をする商人や戦闘職ギルドで依頼を受ける冒険者、そして職業軍人などは、故郷より離れた地で死ぬことも多い。それゆえに、遺体を時間停止型のアイテムボックスに収納し、持ち帰るという風習がある。彼の言い回しはそれに準えてのものだ。

付け加えるならば、寝首を掻かれることも警戒している。

皇国の反政府勢力、カルディナの武装組織。どちらの国からも彼の部隊――ドライフ正統政府は邪魔者であり、彼の首を手土産にしようとする者が出ないとも限らないからだ。

『……分かりました。それと、お分かりと思いますが十分後にブリーフィングです』

「ああ」

部下との通信を終え、彼はコクピットを開放する。

そして部下の前に出る前に、組織の上に立つ者として最低限の身だしなみを整えるべく鏡を見れば……皇国にいた頃より目つきの荒んだ彼の顔があった。

「……堕ちたものだ」

カーティスは自嘲するように呟く。

組織を、戦力を維持するため、この国に来てから幾つの犯罪行為に手を染めたか。

だが、そうしてでも彼には成し遂げなければならないことがある。

「ラインハルトを討つ。そして……」

その先にある一つの願いのために、彼はとある話に乗ると決めたのだから。

十分後、ブリーフィング会場の倉庫には武装組織ドライフ正統政府の面々が集まっていた。何百と並ぶ彼らは、一様に同じ軍服……ドライフの軍服を身につけている。

整列する彼らの前にはカーティスの愛機である竜頭の〈マジンギア〉が鎮座している。

「諸君。我々は、このカルディナに拠点を移して以来、最大規模の作戦を実行する」

機体を背にしながら、カーティスは並ぶ部下達に呼び掛ける。

次いで、倉庫の壁をスクリーンにしながら幾つかの画像を投影する。

「作戦目標は砂上客船【エルトラーム号】。この船に潜入して乗員乗客を人質に取りつつ、動力ブロックにて目標物を奪取する。潜入までの手順は協力者が整えている」

投影されたのは船の外観と見取り図、そして何らかの巨大な機械の写真だ。

カーティスはそれをポインターで指し示しながら、作戦の詳細を説明していく。

「……このように順調に推移しても我々の物資は大きく減る。ベルリン中佐の部隊には本作戦ではなく、従来通りの物資徴発の任務に就いてもらう。……さて、ここまでの説明で理解できただろうが、本作戦はこれまでで最も多くの民間人を巻き込むことになる」

カーティスの言葉に、幾人か……あるいはもっと多くの部下が息を呑む。

「しかし、改めて言うがカルディナは敵だ。被害については考慮するな」

そんな彼らに、カーティスは言い切る。

「王国と戦端を開いた偽皇王ラインハルトの愚は言うまでもないが、カルディナが両国の戦争に乱入し、皇国を一方的に攻撃したがために我らが皇国の窮状は続いている。連中の敵対行為はその一事だけではない。皇国の民が飢餓に苛まれる中、一方的に食糧取引を停止し、それを利用して富を得んとすることもまた……皇国にとっての悪だ！」

作戦に従事する部下の心理的負担を幾らか除くため、あえて自分達に正当性があるのだと主張して見せる。物資強奪の頃からやっている手法だ。

「そして、本作戦で得られるものは、我々に必要不可欠なもの！　我々に力を与え、ドライフ奪還の要となる！　そう！　グスタフ第一皇子とハロンを謀殺した邪知暴虐の偽皇王、ラインハルトを倒すための剣となるのだ！」

カーティスの語る正当性は欺瞞である。

しかし気づかせない。気づく者も気づきたくはないだろう。

自分達が正しいと信じなければ、故国を離れての軍事行動に従事などできない。

「我々の正義が力を得るために！　皇国の未来のために！　我々自身、そして立ちはだかる全てを犠牲にしても本作戦を成功させなければならない！」

「「「オオオオオオオオッ!!」」」

ゆえに、彼らは熱狂に浸る。

「我々の目的を果たすべく、この作戦を実行する！　正統なるドライフに勝利を！」

「「「正統なるドライフに勝利を!!」」」

ドライフ正統政府の軍人達が一斉に敬礼し、カーティスもそれに応える。

彼らは彼らの正義――大犯罪――を実行するために動き出す。

そうして、一隻の船を舞台とした狂騒曲が始まろうとしていた。

□【装甲操縦士】ユーゴー・レセップス

【エルトラーム号】。カルディナを回る大型の客船であり、就航したての新造船。

主に富裕層の乗客に安全で快適な旅を提供するための船であり、船内にはカジノやショッピングモール、プールや劇場まで揃えている。

昔、両親が離婚する前に家族旅行で乗ったリアルの客船を思い出す。

ただ、この【エルトラーム号】はあのときの客船と大きく違うところが二つある。

まず、窓の外に広がるのは青い海ではなく、白い砂漠。この船は砂の上を進んでいる。

現実ではありえない光景なので、外の景色を見ているとかなりインパクトがある。

そして、視線を船体側面に移すと見えるものが、ある意味では砂の上を進む以上の違い。

側面に、ズラリと大砲が並んでいる。

これはリアルとの違い……モンスターが存在するから必要になったものだ。

ワームをはじめとした砂漠のモンスターの接近に備えたものなのだろう。

付け加えると、護衛のために武装した砂上船が何隻も並走している。

この世界での『安全で快適な船旅』には武力が必須ということだ。

「風情がないだろう？」

外の景色に取られていた私の意識を、同席者の声が室内に引き戻した。

私が座っているのは船内の展望レストラン、その中でも最も良い席。

乗船した私とキューコを「仕事の話の前にまずは食事だ」と誘った男性との会食中だ。

「……そうですね。この客船で旅をする人達は心休まるんでしょうか？」

「ティアンなら休まるとも。人を食うモンスターが傍にいるのが日常だ。身を守る力の必要性への理解は俺達の比じゃない。むしろ、大砲を並べるほど心休まるんじゃないか？」

……たしかに。私達にとっては非日常でも、ティアンにとっては日常なのか。

「だが、我々は違う。料理の味は変わらなくとも、美味いと感じる心が色褪せる。次だ」

『食事がまずくなる』と言いながら、彼は肉料理を平らげて、次の皿を催促していた。

「ふぅ。この船のコックは超級職ではないが、味はそれと遜色ないな。元々、料理がスキルの影響を受けづらいものだということもあるが」

「そうなんですか？」

「《料理》のセンススキルは作りたい味の料理が、スキルレベルに応じた完成度で作れる。結局は本人の味覚次第だ。味覚音痴ではスキルレベルが高くとも美味くはならん。それに技術があればスキルなしでも美味い食事は作れる。うちのイサラの料理も大したものだ」

「お褒めにあずかり光栄ですわ」

彼がそう言うと、背後に立つ護衛のティアン女性――イサラさんが一礼した。

「なるほど……」

「もっとも、うちのオーナーのような例外もないではないが……。次」

そう言いながら、次の皿もすぐに空けてしまった。

食べながらも言葉が一切濁らず、咀嚼音もないのが謎だ。

「ふむ。匙が進んでいないようだが、苦手な食材でもあったか？　ベジタリアンと、白いものしか食べない偏食家だとはあの色情狂に聞いていたがな」

「い、いえ。美味しいです。ただ、その……食べっぷりに圧倒されてしまって」

以前、ネメシスの食事風景を見たことがあるけれど、あれに匹敵する。それも、あのときは『メイデンの食癖だから』と流せたが、彼は〈エンブリオ〉ではなく〈マスター〉だ。

ただ、これまで見てきた〈マスター〉とは大きく違い、彼の見た目は何と言うか……。

「くいすぎデブ」

「そう、ものすごく肥満体……ってキューコ⁉」

いつになくドストレートに罵倒したね今⁉

この人、今回の雇い主で〈超級〉なんだけど⁉

「ふむ。食いすぎデブか。否定する要素がないな。どう思う、イサラ」

「ええ。主様は健啖家でございます」

キューコの毒舌を気にした様子もなく、彼はイサラさんとそんな会話をしていた。

……実際、彼は肥満体だった。さして高くもない身長が、前後左右に膨らんでいる。

特に腹部はボールを抱えているよう……というか胴体がボールのようだ。

その癖、顔は美形寄り。『美形のアバターを作った後に太りました』という感じだ。

「あの、その見た目は……メイキングで？」

たまにモヒカンとかネタ寄りの見た目で始める人はいるし、私と姉さんもリアルとかけ離れた姿でやっているけれど……。

「ふふふ、違う。気をつけろよ。限度を超えて食いすぎた上にデスペナにもならずにいるとこうなるぞ。俺以外にアバターの体型がここまで太った奴は見たことがないし、検証したくて太ったわけでもない」

……気をつけよう。師匠と別ベクトルの反面教師にしよう。

「しかし真逆のことを言うようだが、こちらでの食事はいくら楽しんでもいいぞ。リアルと違って暴飲暴食が命に関わるわけでもなし。死んでも、デスペナから戻れば健康体だ」

そういう考え方もあるのか……。

「ついでに言えば、デンドロでは愛人も抱え放題だ」

「え？」

「こちらでどれだけ後ろ指を指されようが、リアルでは痛くも痒くもない。そして美女との出会いはこちらの方が多い。俺も愛人は何人もいるぞ。一番はイサラだがな」

「ふふ。主様は何人にそう言っているのでしょうか？」

……あー。そういう関係なんだ、この二人。

「ぞくぶつ」

「だからストレートすぎるよキューコ！」

彼を指差しながらまた直截的な罵倒を飛ばしたキューコにドキリとする。

だが、彼は一切気にした様子がない。

「いかにも、俺は俗物だ。美味い飯をたらふく食い、美女と閨を共にするためにデンドロをやっているような男だ。何も恥じることはない。俺にはそれができるだけの金がある」

自らの俗物加減を豪語する彼に、後ろめたさや恥は一切ない。

それこそ、彼のジョブ名に一切の偽りなく、そのものだ。

彼こそは【放蕩王】マニゴルド。

師匠と同様に〈超級〉であり、〈セフィロト〉のメンバーの一人。

師匠曰く『最も財を作る男』。……でも放蕩、俗物ぶりは師匠から聞いていた以上だ。

「しかしRMT禁止法がなければ、リアルでももう少し……」

……なんかソーニャと逆のことをぼやいてる。

マニゴルドさんは気を取り直そうとしているのか、また料理の皿を空け始めた。

「ハングリーエロデブ」

「いかにも。ところで、愛人にならないか？　月額一〇〇〇万からの交渉だ」

「人の〈エンブリオ〉をいかがわしい方向に誘わないでくれます!?」

さらっと爆弾発言しないでよもう!?

あのキューコでさえビックリして硬直してるよ!?

「ロリコンですか!?　ロリコンなんですか!?」

「美女に年齢は関係ない。もっと言えば種族も関係がないと思っている。レジェンダリア人や、場合によっては人間範疇生物に限らなくてもいい」

性癖暴露堂々としすぎてませんか!?

「本当はレジェンダリアの〈超級〉じゃないんですかあなた⁉」

「馬鹿を言え。あの変態（LS・エルゴ・スム）と並べられてたまるか」

……私の中で、レジェンダリアの変態ハードルがすごく上がっていく。

そういえば、師匠も同じようなことを言っていたけど……。

「……もしかして、師匠ともそういう関係ですか……？」

あの人、男女どっちでもイケるらしいし……。

「……はァ？」

けど、予想に反してマニゴルドさんは凄まじくイヤそうな顔だった。

「俺にも選ぶ権利はある。あの色情狂のバカと同衾など想像しただけで寒気がする……」

あ、分かった。師匠がマニゴルドさんについて『人格に問題がある』とか色々言ってたけど、この二人って完全に同族嫌悪なんだ。性癖方面でほぼ同じタイプの人間だよ……。

「あ。俺はアイツと違って同性は拒否する。だから、君との愛人契約はないぞ」

「頼みませんよ⁉」

師匠よりまともなんだか駄目なんだか……！

そんな発言にドン引きし続ける食事も終わり、今は食後のお茶を飲んでいる。

キューコも硬直状態から回復して、今はラッシーのようなドリンクを飲んでいた。

「さて、そろそろ今回の本題に入ろう。と言っても、用件は二つあるのだがな」

「二つ？」

「Ａ・Ｒ・Ｉ・ＣＡから聞いているだろうアルバイトと、あとは商談だな。まずはアルバイトの話をしよう。仕事内容は、俺の護衛だ」

「護衛？」

……〈超級〉が、私を護衛に雇う？

「必要あるんですか？」

「ある。俺は〈セフィロト〉だが、戦闘力ではあのバカ同様に下から数えた方が早い」

下から数えた方が早いって……あの師匠も？

「特に、ステータスは貧弱だ。超音速機動になどついていけんし、速攻で殺されるぞ。だからこそ、戦闘系超級職のイサラが俺の護衛で愛人だ」

「ふふ、そうですね」

マニゴルドさんの発言に、戦闘系超級職だというイサラさんが微笑みながら頷く。

なるほど、マニゴルドさんが非戦闘型の〈超級〉なら、護衛としてはイサラさんみたいな人が最適なのか。〈マスター〉と違って、ティアンはずっとこの世界にいるから。

「でも、それならやっぱり私が追加で護衛につかなくても……」

「実はこの客船で例の珠を取り扱う」

「!?」

珠。それは言うまでもなく、〈UBM〉を封印したあの珠のことだろう。

コルタナでは、街中で巨大な怪物が暴れまわる羽目になったあの……。

「偶然にも珠を手に入れた人物がいて、その人物から譲り受けるための商談をここですることになっている。さて、コルタナの事件では、因果関係こそ不明だが【殺人姫】がいたそうだな」

「はい……」

不死身の〈超級〉、【殺人姫】エミリー。

何らかの理由で、殺人を繰り返していた少女。

彼女のことを思い出すたびに、……『どうして？』という思いで胸が重くなる。

「大丈夫か？」

「……はい」

エミリーのことを思い出して俯いた私を、マニゴルドさんは気遣ってくれる。

……この人、肉食系で俗物すぎるところ以外はわりとまともなんだろうな。

「なら、話を進める。珠がある以上、今回もコルタナ同様に【殺人姫】やその仲間が出てくる可能性がある。あれが不死身だという話は俺も聞いているし、流石にうちのイサラも不死身なんてトンデモには勝てん。俺との相性も良いとは言えん」

エミリーは死んでも何度でも復活し、殺人の度に強くなる【殺人姫】だ。

常識的に考えて、勝つ手段がない。それがあるとすれば……。

「だが、そのトンデモと相性の良い〈マスター〉がいる。君だ」

「つまり……私を護衛に雇うのは、【殺人姫】が出てきたときのため、ですか？」

キューコによる同族討伐数に起因した問答無用の一撃凍結と、【ホワイト・ローズ】が持つ自殺阻止の《ブークリエ・プラネッター》。

エミリーに対して、天敵とも言える私達の力。

「そういうことだ。頼めるか？」

少しだけ、悩む。彼女と戦ってもいいのだろうか、という疑問はある。

それでも、エミリーがこの客船で……コルタナのときのように殺戮を行うならば止めなければならない。止められるのが、私しかいないと言うならば……。

「受けます」

「依頼成立だな。感謝する。報酬は満足できるだけ用意しよう」

「よろしくお願いします。それで、もう一つの用件……商談というのは？」

「ああ」

マニゴルドさんはお茶を一服してから、私を見て話を切り出した。

「客船での仕事の後、君の【ホワイト・ローズ】を一〇〇億で売る気はないか？」

「お断りします」

唐突に出された提案を、私は即座に断っていた。それはきっと考えるよりも早い反射的なもので、金額が百倍だったとしても同じ返答をしただろう。

【ホワイト・ローズ】の製作費は提示金額よりも安いだろうけど、お金の問題じゃない。

あれは姉さんが私にくれた誕生日プレゼント。誰かに売り渡すなんてありえない。

「即答か。分かった、諦めよう」

「……え」

断っておいてなんだけれど、マニゴルドさんがあっさり引き下がったのが意外だった。

「諦めの早さが不思議か？」

「……ええ、まあ」

「俺は金を積んで手に入るものを求めるが、金で手に入らないものは諦める主義だ。金額で答えが変わるならともかく、そうではないだろう？　そして、力で奪うなど論外だ」

……この人、やっぱりちょっと師匠に似てる。

誰かを口説いてるときの師匠も、無理強い（むりじ）はしたことがない。

「得るのは金で買えるものだけでいい。〈セフィロト〉にいるのも、そのためだからな」

「え？」

「ＡＲ・Ｉ・ＣＡから聞いたことは……なさそうだな」

何のことを言っているのかすら分からなかったので、頷く。

「俺達〈セフィロト〉のメンバーは、議会の要請（ようせい）でカルディナの〈超級〉が結集したクランだ。それまでフリーで活動していた者も含（ふく）め、国の管理下に置いたわけだ。今回のような指名クエストなど自由度が下がる代わりに、加入した〈超級〉には特権が与えられた」

特権……、〈セフィロト〉がカルディナの要請で作られたクランだって話は聞いたことがあったけど、そういう対価があっての結成だったのか。

「俺の場合は、限られた商人しか参加できない希少オークションや会員制マーケットへの参加権だ。……まぁ、場を乱さない程度にしか買えないがな。買占（かいし）めは敵を作る。俺は売り手にとっても程好（ほどよ）い買い手であり続けたい」

「……師匠もですか？」

「さあな。俺は関知しない。他のメンバーの特権を知ることが不和の元になりかねないからな。俺の特権は俺自身が満足し、かつ控えめだから公言もしている」

あの自由奔放に見える師匠は、何を対価に加入したのだろうか……。

「さて、そんな訳で本題は終了。アルバイトの方は、珠の取引が行われる明日から終着点のドラグノマドに着くまでだ」

「明日からですか？」

「ああ。取引相手が乗船するのが明日だからな。今日は休みだが、できれば船内の構造を把握しておいてくれ」

そう言って、マニゴルドさんは通信機を私に手渡した。

「何かあれば通信機で連絡をくれればいい。緊急時は自己判断に任せる。ああ、食事や入浴で長めにログアウトする場合も事前に連絡を頼む」

「分かりました」

「それでは、よろしく頼む」

そう言ってマニゴルドさんは私達用の船室の鍵を置いて席を立ち、レストランから出ていった。私達の分も含めて食事代は払ってくれたようだった。

「きまえのいいエロデブだった」

「……うん。まあ、なんというか……濃い人だった」

でも、キューコの暴言にも動じていなかったし、器は大きそうだった。

「ようせき（容積）っていみで？」

……何だかキューコが姉さんのときより辛辣（しんらつ）というか、オブラートに包まなすぎる毒舌ばっかりだ。愛人発言を気にして……いや、その前からこんなだったけど。

「ともあれドラグノマドまでの護衛（アルバイト）、頑張（がんば）ろうか」

「うぃ、まむ」

珠を狙（ねら）った者が動くかもしれない。気を引き締（し）めていこう。

◆◆◆

■【エルトラーム号】

ユーゴー達が【エルトラーム号】に乗船した日の夜。日が暮れてからとある都市に停泊（ていはく）した【エルトラーム号】は、その都市での乗客を乗せて再び動き始めた。

デッキの上で、景色を眺（なが）めながらその都市で乗船した三人の人物が話している。

「無事に乗船できましたね、オーナー」

「ああ。豪華客船の乗船手続きでも問題なし。やはり、カルディナでは秘密裡にも手配されていなかったか。……まぁ、倒されはしても顔は見られていなかったはずだからな」

「だったらこの船でも安心して活動できるっすね。やっぱりお金が沢山あるカルディナが一番っす。……あと、もうグランバロアで船ぶっ壊されて溺れ死ぬのはイヤっす」

それは男性一人、女性二人の組み合わせだった。

いずれも〈マスター〉であるらしく、左手の甲には〈エンブリオ〉の紋章がある。

メガネをかけた几帳面そうな美女と、顔に傷痕のあるいかにも盗賊という風な少女。

最後に、オーナーと呼ばれた彼は赤い髪の青年だった。

そして、獅子の如き鬣がついた紅いジャケットを着込んでいる。髪は地毛だと思われる自然な色合いなのに対して、ジャケットの紅は血で染め上げたような色合いだった。

「まずは船の構造を確認しながら、目的の物を探すとしようか。ニアーラ、フェイ」

「はい」

「ラジャーっす！」

そうして二人に向き直った彼は、

「——ここが、俺達〈ゴブリン・ストリート〉の再興の始まりだ」

——【強奪王】エルドリッジは強い決意と共にそう告げた。

■〈ゴブリン・ストリート〉について

〈ゴブリン・ストリート〉は王国内でも特に悪名高いＰＫクランだ。

それは他の有名ＰＫクランである〈凶城(マッド・キャッスル)〉や〈Ｋ＆Ｒ(カアル)〉がティアンを対象外としていたのに対し、〈ゴブリン・ストリート〉はティアン商人への強盗(ごうとう)も躊躇(ためら)いなく行っていたためだ。

当然、討伐のために指名手配されたが、それは高レベルの〈マスター〉を中心とした彼らの戦力、そしてオーナーである【強奪王】エルドリッジによって返り討ちにされていた。

彼は個人戦闘力だけでなく分析力(ぶんせきりょく)にも優(すぐ)れており、戦術にも長(た)けていた。

それゆえ、〈ゴブリン・ストリート〉は有名ＰＫクランの一角として名を馳(は)せていた。

ただし、五度の失敗により、その名は地に落ちた。

一度目は他のＰＫクランと同時に行った王都封鎖へのカウンターだ。

エルドリッジがいないタイミングで〈超級〉の一人である〝酒池肉林〟のレイレイに襲撃され、クランは一度目の壊滅を迎えた。

だが、このときの壊滅はまだ決定的ではない。外国にセーブポイントを持っていなかったメンバーの大量離脱はあったものの、半数は残っていた。

また、最大戦力のエルドリッジが敗れたわけでもない。〈超級〉に準ずる実力を持つ彼について、メンバーは「オーナーならば〈超級〉にも勝利しうる」と信じていたのである。

ケチがついたのは二度目、カルディナとの国境に狩場を変えた後のこと。

極めて高級で王国ではほとんど持っている者がいない希少品、移動式セーブポイントの馬車を伴った一団を発見した。

機能的にも、価値的にも、見逃すことはありえない。

それゆえ、エルドリッジと〈ゴブリン・ストリート〉はその一団を襲撃しようとしたのだが……その一団には運悪く黄河の〈超級〉である迅羽が同行していた。

初見殺しの必殺スキルで心臓を抉られ、彼はあっさりとデスペナルティになった。

他のメンバーも返り討ちに遭い、〈ゴブリン・ストリート〉は二度目の壊滅を迎える。

この時点で、ちらほらと自主的にクランを離脱する者が出始める。

その後、折悪しくカルディナに帰国途中の〈超級〉【地神】ファトゥムに近づいてしまい、山ごと沈められるという実に贅沢な土葬で三度目の壊滅。

この敗北の後、〝監獄〟行きにならなくともクランを離脱する者が大量に発生。

エルドリッジ自身の信用の失墜か、それとも目に見えてツキがなくなったからか。

それでもまだ、ついてきてくれる者達はいた。

次はグランバロアに移り、船舶を手に入れて海賊業に移行したときのこと。

しかし、活動を始めてすぐ、偶然にも〈超級〉【大提督】醤油抗菌と遭遇。〝人間爆弾〟と字される彼の力で爆散して四度目の壊滅。ここで残っていたメンバーもほぼいなくなり、ニアーラとフェイという二人のメンバーだけが残る。

最後は再び船舶を手に入れて、今度は〈南海〉でもグランバロアの影響力が薄い天地近くを狩場に設定していたときだ。

しかし偶然にも――もはや必然かもしれないが――イカダで大陸を目指していた天地の

〈超級〉【斬神】無量大数沙希と遭遇してしまい、船ごと両断された。

都合、五度の壊滅。

全て〈超級〉に敗れ去ってのものという……かなり異色の経緯である。

その結果、今の〈ゴブリン・ストリート〉は赤貧状態だ。船舶や死亡時ドロップ以外に装備の修繕や購入費用もかかり、〈ゴブリン・ストリート〉は資金的にも限界を迎える。船を買う予算もないので仕方なく陸地……カルディナに移り、暫く普通にクエストやモンスター討伐に精を出していた。

そうしている間は理不尽な〈超級〉と遭遇しないのだから、不思議なものだ。

ニアーラなど、『東方のイディオムに因果応報というものがあるそうです』、などと神妙な顔で呟いていた。なお、因果応報は仏教用語であって慣用句ではない。

「……はぁ」

このとき、エルドリッジも思い悩んでいた。あまりにも瞬殺されすぎて、『もしかして自分は全く強くないのではないか？』という疑問が消えなくなったのである。

以前は敵手の力量を分析し、具体的な対抗策を打ち出すことができた。

だが、実際に〈超級〉を相手取ると対抗策など打たせてもらえずに瞬殺される。

自分はあくまで準〈超級〉の中で強い部類だっただけで、〈超級〉にはまるで敵わないザコなのではないか、と考えるほど自己評価が落ちていた。

何より、失敗続きの自分についてきてくれる二人に申し訳なくも思っていた。

『この二人は〈ゴブリン・ストリート〉の再興を信じてついてきてくれているのに、信頼されている俺にはそれをなせるだけの実力が皆無なのでは』、と。

『あの鎧女のように、クランを解散してしまった方がいいのでは』、と。

実際のところ、ニアーラとフェイの二人が落ち目のエルドリッジに今もついているのはクランどうこうではなく、他の感情が理由である。

そのため、強盗クランとしての活動をやめてもついていくだろうが、彼は知る由もない。

そして二人の気持ちを知らぬままに、彼はデンドロにおける自らの進退を悩んでいた。

『二人に、クランの解散を相談しようか。こんな情けないオーナーではなく、他のクランに行った方が二人も活躍できるのでは……』

実際に話を切り出せば、それをきっかけに二人がついてきた理由を告白し、関係が進展していたかもしれない。偶然にも、彼らがかつて所属した王国では愛闘祭の時期である。

ただ、そうなるよりも前にエルドリッジの耳に入ってきた情報があった。

それはとある高価な物品が砂上客船【エルトラーム号】に運び込まれる、という情報。

エルドリッジは耳を疑ったが、しかし事実であれば……と考える。

金銭に換算(かんさん)すれば、莫大(ばくだい)な金額となる逸品(いっぴん)。ソレを手に入れて売却(ばいきゃく)すればクランの再興の一助となり、苦労を掛(か)けてばかりの二人にも報(むく)いることができる。

エルドリッジはそう考え、その物品を強奪すべく客船に乗り込んだのである。

乗船から一夜明けて、エルドリッジ達は船内の飲食店でも比較的(ひかくてき)安価なカフェにいた。

昨晩は各自で情報収集に動いたものの、まだ目当てのものがどこにあるかという情報は掴(つか)めていない。あるいは、まだこの船に載(の)っていない可能性すらあった。

(そもそも手に入れた情報が誤りであった場合は……)

もしもガセネタであれば、ここで〈ゴブリン・ストリート〉が再起する目は潰(つぶ)れる。

細々とギルドクエストを受けていく以外にできることはなくなるだろう。

今度こそ、二人に愛想(あいそ)を尽(つ)かされるかもしれないと……エルドリッジは恐(おそ)れていた。

「オーナー、きっと大丈夫ですよ」

「……ありがとう、ニアーラ」

ニアーラの励ましに、少しだけ気持ちの軽くなったエルドリッジは感謝の意を述べた。

「それにしてもこの船広いっすよー……。マジ豪華客船っす」

「……三等客室で予算が尽きたからな。一番安いこの店でも、三食食えるか分からない」

非常に世知辛い懐事情に、揃って溜息を吐いた。

「だからこそ、今回の獲物を手に入れる必要がある。終着点であるドラグノマド到着まであと二日ある。それまでに見つけられれば問題ない。……ん?」

エルドリッジは、不意に明後日の方向に視線を向ける。

「オーナー?」

「…………」

無言のまま二人をハンドサインで沈黙させ、席に隣接した柱の陰に身を寄せて視線を船内の一点に向け続ける。

そこにいたのは……美形の顔と丸々と太った体を持った〈マスター〉だった。

(あの顔と体型、そして紋章は……〈セフィロト〉のマニゴルドか)

エルドリッジは名の知れた〈超級〉やランカーの情報は収集し、対策を練っている。

それゆえ、マニゴルドのことも当然知っていた。

(どうしてここに? まさか、奴もあれが目当て……とは思わないが)

だが、関係無関係どちらにしても、船内に〈超級〉がいるのである。

(久しぶりの強盗仕事でこれか……。本当に、因果応報という奴はあるのかもしれん)

エルドリッジは嫌な予感と共に頭痛を覚え、深く溜息を吐いた。

□【装甲操縦士】ユーゴー・レセップス

乗船二日目。今日はマニゴルドさんの商談が行われる。

今は遅めの朝食も兼ねて、マニゴルドさんとの打ち合わせ中だ。

「そういえば、今度の珠の詳細って分かってるんですか?」

今回は交渉で買い取るという話なので、あちらが珠の詳細を伝えている可能性はある。

そして案の定、私の質問にマニゴルドさんは頷いた。

「ああ。非人間範疇生物を人間範疇生物に変える〈UBM〉が封じられているらしい。それも必ず美男美女になる人化だそうだ」

「……すごく限定的な効果ですね」

「珠の元々の持ち主は奴隷商人で、人化させたモンスターを販売していたそうだ。まぁ、格安の【リトル・ゴブリン】を美男美女にして売れば、差額は大きいからな」

「元々の持ち主……ってことは今回商談するのは別人ですか？」

マニゴルドさんは首の肉に皺を作りながら頷いた。

「その人化、タイムリミットがあったそうだ。三日もすると元に戻る。当然、買い手は激怒し……他の奴隷商人にも飛び火した。結果としてその奴隷商人は奴隷市場を荒らした制裁で、どこぞの放ったヒットマンに殺されたそうだ」

「それは、また……」

「同業者でなく買い手の報復かもしれんな。ヤッてる最中にゴブリンに戻ったらそりゃあ怒る。トラウマものだ」

………コメントのしづらい話だなぁ。

「で、俺に……というかカルディナ議会に『この珠を引き取ってくれ』と打診してきたのは、その商人の元部下だ。商売していた町から逃げるときのどさくさで珠を持ちだしたものの、持て余す上に持っていれば狙われかねない。だから、さっさと金に換えたいそうだ」

「なるほど」

コルタナの例を見るに、珠は持っていると騒動の種になるからその判断は正しい。

「マニゴルドさんは買い取ったらどうするんですか？」

「議会に届ける。それが今回の俺の仕事だからな。……倒して特典武具にすると黄河が五月蠅いから、なるべく無事に届けなきゃならん。勝手に盗まれてバラまかれた間抜け共に、口出ししてほしくもないんだがな」

そう言って、マニゴルドさんは苛立たしげに葉巻を取り出した。

横に立っていたイサラさんが指で吸い口を挟み切って、ライターで火をつける。

断面は千切った風ではなく平面だ。……そういうスキルを使うジョブなのだろうか。

「面倒な話だよ。市長交代や復興のゴタゴタでコルタナのオークションが長期間中止になり、俺にまで影響が及んでいるというのに……」

一服して、マニゴルドさんは溜息と共に煙を吐いた。

今のカルディナの状況は、本来の窃盗事件とは無関係だったのに巻き込まれてしまった被害者とも言える。商業の中心地だったコルタナなど、市長の死亡と街の大穴で長期間の機能不全を余儀なくされた。それでマニゴルドさんは立腹なのだろう。

「黄河の方は議長が交渉中だ。上手くすれば、枷が外れてこっちで処分してよくなる」

「でも、エロのたまなんてじゅようないよね？」

……キューコ、人化の珠はそういう用途限定じゃないと思うけど。

「いや、人類が続く限りエロの需要は途切れん。ぶっ壊していいなら俺が欲しい」

「昨日から思ってましたけど公の場で発言があけすけすぎませんか⁉」

「エロデブにひく」

「懸念は、十中八九ＡＲ・Ｉ・ＣＡの奴も欲しがるという点だな」

「師匠ならやりそう⁉」

「エロばかり……しねばいいのに」

美男と美女作り放題とか師匠なら喉から手が出るほど欲しがる……！

まさか、そんなアホみたいな話で〈超級激突〉起きないよね……？

「それは置いといて、だ。珠を壊していいなら、カルディナが一連の騒動で被った損害も取り返せる。だから議長には交渉で勝ち取ってほしいところだ」

「特典武具が何個かあっても、被害とは引き換えにできないと思いますが……」

所詮は個人で使用できる武器や素材。それが少しあったところで、カルディナ最大の商業都市であるコルタナが機能不全に陥った現状は取り返せない。

「いや、十分ペイできるさ。最終的には新規の交易路が大量に獲れるからな」

「？」

交易路って……珠の中に砂漠の往来に影響を及ぼすようなものがあるんだろうか？

「こちらからも聞いておきたい。【エルトラーム号】の構造はもう覚えたか？」

マニゴルドさんは話の流れを変えるように、仕事についての質問を寄越してきた。

「はい。ひとまず昨日の内に船内を見回って、立ち入れる範囲の構造は把握しました」

「ご苦労」

「それで気になったんですけど、この船は何人で動かしているんでしょう？」

デンドロには魔力があり、魔法がある。ＭＰは熱エネルギーや電気エネルギー、風力エネルギーをはじめとして様々なエネルギーに置換可能な扱いやすい無色のエネルギー。

そのため、科学技術も魔力を応用した形式が主流となっている。

カルディナの砂上船やグランバロアの動力船も、ドライフの〈マジンギア〉と同じように人がＭＰを注いで動いている。大きな船であれば予めＭＰを保存できるタンクが設置されているケースもあるが、大本は人力と言える。

そして巨大になって重量が増すほどに、必要なＭＰは莫大なものとなる。この【エルトラーム号】の魔力消費量がどれほどのものか、私には見当もつかない。

「ゼロ人だ。この船はレストアされた先々期文明の動力炉を使っている」

「え？　動力炉がみつかったんですか？」

本当に珍しい。優れた技術を持つ先々期文明が魔力を自ら生み出す動力炉を作製したことは知っていたけれど、実用品はレイの【白銀之風(シルバー)】以来だ。

この船を動かすほど大型のものとなると……初めてかもしれない。

「でも、レストアできるものなんですね」

「それ専門の技術者がいる。この船の動力炉をレストアしたのは専門家の中でも特に名が知れている人物だ。名前は確か……クリス・フラグメント、だったはずだ」

「そんな人が……」

ドライフでなく、このカルディナにそんな優れた技術者がいたんだ。

「正体不明で、相当の変人らしい。先々期文明のアイテムをレストアしてきては、狙いすましたようにそれを欲(ほっ)した相手に売りつけるといった行為(こうい)を繰り返している。今回はカルディナ最大の運輸会社に、大型船舶用の動力炉を売りつけたそうだ。その動力炉はメンテもほぼ不要の高性能。おまけに奴(やつ)は船体の改善案の設計図まで込みで売りつけたらしい」

一息つくようにマニゴルドさんはまた葉巻を一服した。

「物資輸送と客船を兼ねた超大型(ちょうおおがた)砂上船の建造。これまでも計画されては、その度に動力面がネックになって潰れてきた。しかしまさか、その問題をクリアするほどの動力炉を直して持ってくるのは俺(おれ)も素直(すなお)に驚(おどろ)いた。……俺に売ってくれてもよかったんだがな」

【ホワイト・ローズ】の買い取りを持ち掛けてきたときと同じ顔で、ボソリと呟いた。

それにしても、先々期文明の動力炉か……。この船のものほど大きくなくても、それがあれば【ホワイト・ローズ】の問題も解決できるかもしれない。

姉さんが造ってくれたものだけど、防御系スキルや神話級金属合金の重装甲を動かす都合上、私のＭＰでは稼働時間が短くなってしまうという欠点を抱えているから……。

「物欲しそうな顔だが、気をつけろよ。クリス・フラグメントが有名なレストア技術者だからこそ、名前を騙ってガラクタを売りつける奴はカルディナにいくらでもいる」

「……気をつけます」

《真偽判定》持ってないし……気をつけよう。

そういえば……前に姉さんやメンバーのみんなから聞いた話だけど、〈叡智の三角〉でも一回だけ先々期文明動力炉を取り扱ったことがあるらしい。

それは【マーシャルⅡ】の量産成功を評価した内戦前の皇国軍からの依頼。軍が保管していた保存状態良好の動力炉を使って、最強の〈マジンギア〉を作るというもの。

しかも予算無制限の好条件だったそうで、メンバーのみんながやる気を出し……出し過ぎて高コストの装備や機能を満載したそうだ。

私の【ホワイト・ローズ】と師匠の【ブルー・オペラ】は姉さんが【マーシャルⅡ】をベースに独力で作った試作機だけど、それは〈叡智の三角〉が総力を結集した機体だった。

記録写真でのみ見たことがある黄金の機体。量産前提の【マーシャルⅡ】ではなく、オンリーワンのスーパーロボットとしての〈マジンギア〉だという。

ただ、その機体も内戦のゴタゴタで紛失して行方不明らしい。

姉さんもメンバーのみんなも「もったいない」と言っていたっけ。

……その機体、今はどこにあるのだろう。

船は次の停泊地である都市に到着し、予定通りにマニゴルドさんの商談相手も乗船した。

「それで条件はドラグノマド市民としての受け入れと、商売を始める開業資金一、〇〇〇万リル、でいいんだな？」

「はい……。よろしくお願いいたします」

件の商談相手は、小さな娘さんを連れた男性だった。

最初に見たときに一瞬だけ、エミリーと彼女を連れた男性……親子連れに変装していた二人のことを連想した。けれどすぐに、マニゴルドさんの持っていたアイテムで間違いなく商談相手の商人だと証明された。

そうして今はマニゴルドさんが商談を行い、それも終わろうとしている。

「商談成立だ。船での当面の生活費を預けておこう。船室も取ってある。開業資金や向こうで住む家は、この書面にサインしてドラグノマドの役所窓口に行ってくればいい」

マニゴルドさんは金貨の詰まった巾着と鍵、一枚の【契約書】を差し出した。

「何から何まで……ありがとうございます」

「こちらこそ。スムーズな取引で助かった」

そうして二人は握手を交わして、あっさりと商談は完了した。

「一段落だな」

商談が終わった後、マニゴルドさんの客室には私とキューコ、マニゴルドさんだけが残った。イサラさんは男性と娘さんを別ブロックにある二等客室まで案内している。

マニゴルドさんは男性から買い取った珠を片手に、葉巻を吹かしている。

「何か聞きたそうだな？」

私の表情から察したのか、マニゴルドさんはそう尋ねた。

「はい。商談の……珠の対価について」

「ドラグノマドでの開業。資金として一〇〇〇万リルは必要十分な金額だ。住む家も用意した。だが、君が言いたいことは分かる。『もっと出せたんじゃないか？』、だろう？」

「………はい」

「答えよう。珠の価値はもっと高いし、俺はその十倍、あるいは百倍だろうと出せる。買取金額に限度などない。あちらが金額の吊り上げを目論めば、応じる準備はできていた」

マニゴルドさんが懐から財布型のアイテムボックスを取り出し、ひっくり返して中身を卓上にばら撒いた。金貨……だけでなくめったに使われないような超高額貨幣までもジャラジャラと溢れている。少し見ただけでは、何十億あるかも分からない。

「だが、それは起きなかった。商談において、こちらから買い取り値の吊り上げを持ちかけるほど馬鹿な話もあるまい。ゆえに、あれで商談は成立だ」

「どうしてあのひとはつりあげなかったの？」

「世の中、俗物になりきれない人間もいるのさ」

キューコの問いに、マニゴルドさんは葉巻の煙を燻らせながら答える。

「ぞくぶつになりきれないニンゲン？　つつましいってこと」

「慎ましく生きることとは違う。……と言うよりも人生最大のチャンスを前にしても欲望のアクセルを踏めない人間だ。慎重……臆病とも言えるだろう」

その言葉自体はまるで欲を出せなかった先ほどの男性をバカにしているようだったが、しかしマニゴルドさんの声音と表情はそんな雰囲気ではなかった。

「だが、それは美徳の一種だ。総合的には、その方が幸せを感じていられる」

「？」

彼はキューコの不思議そうな顔を見て少し笑ってから、言葉の意図を説明してくれた。

「幸せという奴は、豪勢に味わうほどにハードルが上がる。もっと美味く、もっと楽しく、もっと気持ちよく、もっと素晴らしく……。人の欲望に限りはない。だが、その分だけコストはかかる。特に金で買える欲望のハードルが上がれば、満たすための出費も増える」

『得るのは金で買えるものだけでいい』と豪語した人は、超高額貨幣の一枚を手に取る。

「大金持ちになって贅沢をしているうちに欲望がエスカレート。収入以上に贅沢して身を持ち崩す。そんな話は五万とあるだろう？」

なぜかキューコではなく私の方を見ながら、マニゴルドさんはそう言った。

「……そうですね」

「だから、俺も欲望の発散は全てこっち、で済ませることにしている。リアルじゃさっきも新聞配達をしてきたところだ」

俗物にして贅沢の権化のようなマニゴルドさんと、『新聞配達』という言葉が結びつかず、言葉が出ない。

「こっちの俺は極めつきの俗物で、欲望のブレーキは壊れっぱなしだ。そういう意味じゃ、ちゃんとブレーキをかけて生きられるさっきの彼の方が正しい人間だな」

どこか愉快そうに、マニゴルドさんは笑った。それがこちらで誰よりも贅沢に、リアルでは清貧に生きているらしいマニゴルドさんの本心だったのかもしれない。

マニゴルドさんの話を聞いていて、思い出したこともある。

私の……わたしの父のことだ。

父も、昔は財で欲望を叶えた人だった。

そして、マニゴルドさんの言う『欲望のブレーキが壊れた人』だった。

一代で財を築き、舞台女優だった母を娶り、私生活では豪奢に暮らした。

必要以上に金銭を使い、その様を他者に誇り、そんな自分に満足していた。

成金で俗物と、第三者からすればそうとしか見えない人だと……いや、母から見てもそうだったと、母の口から聞いている。

子に父親の悪口を吹き込む程度に、母は父を嫌っていたのだろう。

でも、わたしには常に優しい父だった。

それに姉さんが蒸発して、わたし達が家を出てからは……そうした暮らしもしなくなったと聞いている。

その理由が寂しさか、違う理由か……わたしには分からない。

家を出た後も父とは連絡を取っていたけれど、そんな話はしなかった。

ただ、時折わたしと電話で話す父の声は……嬉しそうだったことを覚えてる。

わたしも父が好きだったから話すのは好きだったし、会うのも楽しみだった。


けれど、そんな父の声を聴けたのも、去年のクリスマスの前まで。

父は……。

◇

「話は変わるが、商談相手の彼について俺も疑問がある」

過去の記憶に流されそうになった私の意識を、マニゴルドさんの言葉が引き戻す。

先刻までの欲や自分自身について語っていたときよりも、真剣な声音だ。

「……それは？」

「彼がここまで辿り着けたことだ。珠の存在と脅威、欲望と怨恨込みで狙われるだろう状態から逃げおおせ、娘を連れて無事にこの船まで辿り着けるとは思えん。今のカルディナが、表も裏もどれだけあの珠に過敏になっているかは君も知っているだろう？」

コルタナの惨劇の裏に、黄河から流れてきた珠の存在があることをカルディナ国民は知っている。それがまだ幾つもカルディナにあるということも。

師匠の話では、【ジュエル】を加工して作った偽物さえも出回り始めたという。

「マニゴルドさんは、あの親子が怪しいと……？」

「彼ら自身に問題はない。それは確実だ。だが……」

マニゴルドさんは外の景色を……船の後方に遠ざかっていく街を見ながら、呟いた。

「――蔭ながら彼らをここまで守り、誘導してきた存在がいるのかもしれん」

■【エルトラーム号】・船尾デッキ

マニゴルドが懸念を口にしたのと同じ頃。

流れゆく景色を見送りながら、一人の男が通信機を耳に当てていた。

その男は場に馴染む姿をしていたが、よく見れば右腕は長袖と包帯で地肌が見えない。

「商談は無事に完了したようです、ラスカルさん」

男――【大霊道士】張葬奇は通信相手にそう告げた。

『ああ。無事に送り届けられたらしいな』

「はい」

通信相手……【器神】ラスカル・ザ・ブラックオニキスの言葉を、張は肯定する。

珠を狙う者達から商人男性とその娘を気づかれないように守り、船まで送り届けたのは〈IF〉のサポートメンバーである張である。

コルタナでの仕事の直後に、こちらの仕事に回された形だ。

『アンタは引き続き張り付いてデータの蒐集をしてくれ』

「はい」

ここからやることはコルタナのときと同じだ。珠を中心として騒動を引き起こし、集まってきた猛者の戦闘データをはじめとした有益な情報を取ることになる。

『恐らく、そう遠くないうちに〈IF〉の活動も本格化する。今の内に脅威になりかねない相手や、サポートメンバーに勧誘できそうな相手のリストは完成させておきたい』

「承知しています」

自身も珠を中心とした騒動でスカウトされた口である張は、それをよく分かっていた。

『それと……今回は俺とマキナもそこに行く』

「ラスカルさんご自身が……⁉」

通信なので声は抑えていたが、張も驚愕までは消せなかった。コルタナのときや今回の珠の誘導は張に任せていた彼が、自ら出てくるという事態の大きさゆえだ。

「何故……」

『確実に壊すか奪うかしないと後々マズいことになる代物がそこにあるからだ』

「でしたら俺が……」

『アンタだと選択肢が壊すオンリーになる。できれば回収したい。貴重品だからな』

『えー？　きっと私でも作れますよー？　モノとしては、天竜型でしょうしー』

『……「コストがアホみたいにかかる」と言ったのはお前だろうが。おまけにコストダウンしたとかいう地竜型も、お前が三基も作り終わってから寄越したレシピ見て俺がどれだけ胃を痛めたと思っている。〈遺跡〉の希少物資を幾つも枯渇させやがって……』

『いひゃいひゃい⁉ ちっちゃい子供がされそうなぐりぐりやめてー！ あ、やっぱやめな、いたたたた……⁉』

『挙句に、「あ。機体バランス的に二基で良かったですね。一基余分でした。テヘペロ♪」……だと？ ふざけているのか？』

『にゃあああ……！』

通信機の向こうから聞こえてくるコントのようなやりとりに、張は言葉を挟むべきか真剣な表情で悩んでいた。

『ともかく、だ。俺が出向くのは決定事項だ。こっちで野暮用を済ませてから……予定では明日の未明になる。あまりドラグノマドに近づきすぎても面倒だからな』

「ドラグノマドへの到着は……予定では明日の正午です」

『未明のタイミングなら、向こうの救援も間に合わん。短時間で長距離を移動できる連中も出払っている。残っているのは【戯王】グランドマスターと【闘神】RAN、それと連中の頭だけだ』

「出払っている？」

ラスカルの言葉を、張は訝しむ。

ドラグノマドはカルディナ議会のある最重要都市であり、〈セフィロト〉のホーム。

そこに、たった三人しかいないというのはどういうことか。

『他のメンバーのうち、【放蕩王】マニゴルドはお前も知っての通りその船にいる』

「はい」

珠を持つ男性を影(かげ)から護衛していた張は、商談相手が誰(だれ)かも当然知っている。

「それと、西方に移動している奴が三人。【殲滅王(キング・オブ・ターミネーター)】アルベルト・シュバルツカイザー、【神刀医(ゴッドハンド)】イリョウ夢路、【神獣狩(ゴッドハント)】カルル・ルールルーの三人だ。ただし道中でレジェンダリア連中に遭遇したらしい』

どうやってそこまで詳細な情報を掴んでいるのかと張は疑問を覚えたが、自分と同じサポートメンバーがカルディナの各所にいるのだろうと理解した。

『そして【地神(ジ・アース)】ファトゥム、【砲神(ザ・カノン)】イヴ・セレーネ、【撃墜王(エース)】AR・I・CAの三人は南の湖上都市ヴェンセールにいる』

「なぜ、そんな場所に……？」

『戦争の前振(まえふ)りだよ。〈戦争結界〉は展開しないだろうがな』

カルディナは戦力の殆(ほとん)どが〈マスター〉中心の国であり、クランも大小数多(あまた)ある。

それゆえ、他所よりも長く事前の準備期間を用意しなければ、急な〈戦争結界〉の展開では弾き出される〈マスター〉が多数を占める。

戦力的にはともかく、経済的にその影響は避けるべきことだった。

「戦争とはどの国と……いえ、南ということは……」

齎された情報に混乱した張だったが、すぐに答えに気づいた。

『ああ。珠の情報を掴んだグランバロアが上陸した。それも〈グランバロア七大エンブリオ〉の陸で動ける連中が全員だ』

言葉の意味、グランバロアが四人もの〈超級〉を投入したと聞いて張は衝撃を受ける。

『今は交渉中だが、成立はまずありえない。南は広域殲滅型の暴れ回る地獄になる』

想像し、張の背筋に冷や汗が流れる。

なぜなら、それは恐るべき面々だからだ。

予知の〈超級エンブリオ〉を駆使し、飛翔する〈マジンギア〉に乗るＡＲ・Ｉ・ＣＡ。

射程距離において最長の〈超級エンブリオ〉を有するイヴ・セレーネ。

そして、比類なき魔力を誇る男。大陸全土に名を馳せる〝魔法最強〟のファトゥム。

いずれもカルディナの内外に名を轟かせる猛者ばかり。

だが、グランバロアも劣ってはいない。

水陸両用巨大戦闘兵器の〈超級エンブリオ〉を操るミロスラーヴァ・スワンプマン。

超々音速飛翔の〈超級エンブリオ〉を駆るスカラ・エドワーズ。

絶対追尾能力の〈超級エンブリオ〉を放つモード・エドワーズ。

そしてあらゆる液体を爆薬に変え、海域さえも消滅させる男。

〝人間爆弾〟……〝四海最強〟とも謳われる男、〈SUBM〉討伐者の醤油抗菌。

戦いの勝敗は、歴戦のティアンである張でも読めない。

だが、その戦いが、人の領域にない大破壊の嵐になることだけは間違いがなかった。

「……そちらのデータ蒐集に赴いた方が、いいのではないでしょうか？」

だが、張は覚悟と共に、義務感を持ってそう進言した。

戦闘データの蒐集と言うならば、交渉破綻後のヴェンセール以上に最適な環境はない。

無論、〈超級〉の広域殲滅戦に命の保証など皆無だろうが。

『命を粗末にするな。前にも言っただろう。命の危険を感じた場合は、任務を放棄してもいい。当然、こっちも博打以下の環境には送らない。南には替えの利く改人を回す』

「……ありがとうございます」

張の生命に配慮したラスカルの言に、張が謝辞を述べた。

『いいさ。ああ、それとティアンの集団もその船を狙って襲撃を掛けるかもしれん。狙いが俺と被りそうだからな。場合によっては迎撃を頼む』

「承知しました」

『まぁ、そんな事態になればエミリーが勝手に動くかもしれないがな。……届けさせたアクセサリーをエミリーは装備しているか？』

アクセサリーとは、ラスカルからの連絡員がエミリー用に持ってきた新たな装備である。

「はい」

『マキナが製作した対策アイテムだ。コルタナのときと同じ展開にならないための、な』

その言葉に、張は苦い顔をする。コルタナでは自分は何の働きもできず、窮地に陥ったエミリーを助けることもできなかった。

今度はそのような体たらくにはなるまいと、決意を新たにする。

『安心しろ。あのアクセサリーで二つしかないエミリーの弱点を一つ潰した』

エミリーに弱点はほとんどない。純粋な戦闘力では〝最強〟クラスの〈超級〉には及ばないが、それでもエミリーには無制限の蘇生能力がある。

エミリーの残機がなくなるまで倒し続けるのは、〝最強〟であろうと難度が高い。

それゆえ、エミリーの倒し方は二種類しかない。

その一つが、コルタナでされたような長時間拘束。身動きもログアウトもできない状態で、強制的なログアウト……〈自害〉を選択せざるを得なくなるまで待つことだ。

だが、エミリーに渡されたアクセサリーでその欠点は克服された。

もう一つの手段が実践可能な者は数少ないゆえに、もはや弱点はないとさえ言える。

『明朝に俺が到着次第動く。それまでエミリーが暴走しないように注意も払ってくれ』

そうして、ラスカルとの通信は終わった。

するとすぐに、誰かが張の袖を引く感触があった。

「……ちゃんおじしゃん。おでんわおわった？」

それはエミリーだった。張の傍で、電話が終わるのを待っていたらしい。

どこか眠そうな目をしょぼしょぼとさせながら、張の袖を掴んでいる。

指名手配されているエミリーであるが、後部デッキに注意を払う者はいない。

今回もマキナ手製の誤認用アクセサリーを装備している。

加えて、乗船時も正規の入場ゲートは通っていないため、誰にも見咎められてはいない。

「ああ。明日にはラスカルさんもお越しになるらしい。それまで部屋で待っていよう」

「うん。……おねむだから、むこうでおひるねするね……」

そうして張とエミリーの二人は、予めラスカルが手配した船室へと移動する。

その姿は、周囲の者の目にはありふれた親子連れとしか映らなかった。

幕間 テストと機械竜

■カルディナ某所

ドライフ正統政府のナンバーツー、ベルリン中佐率いる別動隊。

彼らは正統政府の通常任務……物資徴発のために動いていた。今回は皇国から横流しされた〈マジンギア〉と関連部材を輸送する船の情報を掴み、襲撃を掛けた形だ。

今回のような任務は、正統政府にとっては珍しい話でもない。

彼らの兵器は使えば損耗し、補う術は皇国から流れてきたモノを得るしかない。

最初は持ちだした資金で購入していたが、カルディナが皇国への食糧輸出を差し止め、更には国土を侵犯した後は、敵国と見做して略奪している。

だから、いつものことだったはずだ。

「何だ……」

しかし、今回は全く以て——いつも通りなどではなかった。

「何なのだ……！」

結論から言えば、この輸送船自体が罠だった。

積み荷はなく、船員と思われた者は次々に怪物——巷で噂されるようになってきた改人と呼ばれる存在へと変貌した。

船の制圧をするはずの歩兵達が、蜥蜴の姿をした改人によって返り討ちに遭っている。

だが、船外にいた〈マジンギア〉のパイロット達にとっての脅威は、改人ではない。

『何なのだ……あれは！』

ベルリン中佐は最初、ソレを高速型の砂上船だと思っていた。

カルディナの警備隊か、〈マスター〉の一団が迫っているのだと。

だが、ソレは決して船ではなかった。

ソレは、ドラゴンのように見えた。

だが、そのシルエットは長い首と尾を持っていたが、天竜の翼はない。

ならば地竜であるのかと言えば、そうでもない。

ソレは金属で形成された体を持ち、センサーを内蔵した単眼を備えていた。

太陽の下、紅白の装甲は光の当たり方で縞の模様を描いている。

そして、開かれた顎には舌ではなく——兵器であることを示す砲門が在る。

ソレはドラゴンではなく――ドラゴンを模した機械。

紅白の二色に色分けられた機械竜が、地上スレスレを亜音速で滑っていた。

そして滑るままに、頭部を模した砲でベルリン中佐の僚機を撃つ。


『あ……!?』


皇国時代から共に戦ってきた部下の、短い断末魔が通信機から聞こえる。

〈マジンギア〉の装甲は、その砲の前には紙切れ同然だった。

ベルリン中佐の部隊が扱う機体は、【マーシャルⅡＤＣ】。

ホバーや防塵、気密性や空調の強化など、砂漠という環境に適応させた機体群だ。良くも悪くもプレイヤーメイドらしい詰めの甘さがあった【マーシャルⅡ】を改修している。

その砂漠での機動性は同じ分類の兵器はおろか、ＡＧＩ型の上級職さえも凌駕する。

『中佐！　ベルリン中佐ぁ!?　うわぁ……!?』

しかし、その機体群が今は……逃げることすら叶わない。敵の砲撃によって無慈悲にコクピットを撃ち抜かれ、砂漠に残骸とパイロットの成れの果てをばら撒いた。

正統政府のパイロット達はジグザグにホバー機動することで砲撃を回避しようとしてい

るが、相手は恐ろしい精度と弾速で彼らを射貫いていく。

逆に彼らの応射による反撃は、機械竜の高速かつ連続したステップで全て回避されている。まるで、弾が見えているかのような動きだ。

そうした戦闘の間に、既に十機編成の内の五機が機械竜の砲撃で沈んだ。

蜥蜴の改人達によって駆逐されていく歩兵も含めれば、絶望的な損耗である。

（あれは、まさか煌玉竜!? どこの兵器だ……皇国からの追手か!? だが……！）

今相対している機械竜……それと類似した存在は歴史上存在する。

煌玉竜。先々期文明の技術とされ、最強格の兵器と謳われるモノ。

歴史に詳しい者ならばその存在を知っており、ベルリン中佐もその一人だ。

しかしそれは歴史文献にある煌玉竜とは異なっている。

サイズは伝わる煌玉竜よりも遥かに小型で彼らの機体より少し大きい程度。翼もない。

伝承にあるような恐ろしい殲滅能力も持ってはいないようだ。

何より、《鑑定眼》が示す名も文献とは異なっている。

だが……【マーシャルⅡDC】では勝ちえないほどの歴然とした性能差はある。

『クッ！ 総員撤退！ 私が殿を務める！』

ベルリン中佐は部下にそう命じて、自分の機体を前面に出す。

彼の機体は【マーシャルⅡHC】。重装甲且つ発揮するパワーも高く設定されているため、並のパイロットではすぐにMPが枯渇して動かせなくなるほどだ。

だが、これを専用機とするベルリン中佐は違う。個々人で得られるジョブやレベル限界が異なるティアンの中でも、操縦士に適したジョブを五〇〇レベルまで揃えられる才人。皇国最強のパイロットと共に、数多の戦場を駆けた歴戦の猛者。

『来い！　バケモノォ！』

自らが討伐した〈UBM〉より得た〈マジンギア〉サイズの特典武具、【溶断斧　メルトダウン】を構え、機械竜を迎え撃つ構えを見せる。

そんな彼に向けて、機械竜は試すように砲を放つ。

『甘いわッ！』

だが、ベルリン中佐はその弾道とタイミングを見切り、斧で切り払った。

その離れ業に、士気が崩壊しかけていた部下達も喝采し、

『――おー、意外とやりますねー』

――聞き覚えのない女の賞賛が混ざった。

『!?』

声はスピーカー越しのものであり、聞こえてきた方角は……機械竜からだ。

『ふ……ん。ただの鴨撃ちになるかと思ったが、テストになりそうな相手も、いるな』

『ご主人様。何でそんなに苦しそうなんですか？』

『……お前の無茶な回避機動で、肺が……潰れかけている』

『息も絶え絶え……!?』

機械竜から聞こえる声は男女二人分。しかも冗談のような会話だ。

そんなものをスピーカー越しに聞かせている意図が、掴めない。

『だが、アレ以外は……兵装テストにしか使えん。――やれ』

『了解！　――《ラッシュ・ミサイル》！』

その言葉の直後、機械竜の背面から現れたのは十六を数えるミサイルサイロ。

そこから一発ずつ打ち上げられた十六発のミサイルは一定高度まで上昇した後に、矛先を地上へと変え――超音速で急降下する。

それらは撤退しようとしていた〈マジンギア〉と砂上艇――ベルリン中佐の部下達に命中し、その全てを焼き払った。

『全弾見事に命中ですよ、ご主人様！』

『……おい、徹甲弾頭だったはずだが、何で徹甲焼夷弾頭になっている？』

『え？　殺傷力上げたかったから私の方で交換しましたよ？』

『戦利品が修理不可能のガラクタと化したぞ』

『…………あ』

『後でペナルティだな』

『やらかしたー⁉』

喜劇じみたやりとりが聞こえるが、それを聞くベルリン中佐の心境は喜劇とは程遠い。

自分の部下が、正統政府の戦力が、一瞬にして灰燼に帰したのである。

相手の正体も、動機も、一切が不明なまま……全てを失いかけている。

ゆえに、彼が放つ言葉は一種しかない。

『貴様、貴様らは……何者だ！　何の目的で我らを……！』

誰何。相手が誰で、何のために、それを聞く以外の心理は消え失せていた。

『――この機体のテストが目的だ』

対して、機械竜に乗る者はあっさりと……そう言ってのけた。

『テス、ト……？』

『このカルディナで対〈マジンギア〉戦ができる環境はあまりない。それで、〈マジンギア〉を運用しているドライフ正統政府とやらを練習相手に選んだ形だ』

積極的に〈マジンギア〉を運用している集団など、カルディナ広しといえどドライフ正統政府以外にあり得ない。それゆえに、狙われたのだと。

『既に察しているかもしれんが、そちらの網にかかるように情報を流したのもこちらだ』

彼らが手に入れた砂上船……罠の情報も自分の差し金だと、男は言う。

空荷の船と乗員に扮した改人、そして攻撃を仕掛けてきた機械竜。

全ては繋がっていた。あの機体のテストのために、最初から仕組まれていたのだ。

『……っ……』

そして、まんまと引っ掛かった結果……ベルリン中佐は多くを失う羽目になった。

『貴様……貴様なんぞに……』

内戦での敗北。故郷からの逃避。異国での辛酸。皇国よりの凶報。

見えかけていた再起の芽と、異国の地で散っていった部下達。

それら全てが、一瞬でベルリン中佐の脳を駆け巡り――。

『――貴様なんぞに……我らの崇高なる目的をぉおおぉ!!』

――彼は自らの機体を、怨敵に向けて特攻させた。

全開出力でのホバー走行と大きく振りかぶられた斧。

火属性魔法の上級奥義にも匹敵する火力とカスタム機の膂力と重量を重ねた一撃は、防御特化地竜の重層殻さえ断ち割るだろう。

必殺の一撃を前に、機械竜のパイロット達は迫る敵機の姿をモニター越しに眺め、

『――マキナ。最終テスト』

『アイサー！――近接白兵戦モードのテストはっじめまーす！』

直後、砂漠に金属同士の激突音が響き、――斧を持つ機体が砂の上に倒れ伏す。

その両手からは、手にしていた【溶断斧】が管理ＡＩに回収され、失われる。

搭乗者の死を示す、これ以上ない証拠のように。

◆

ベルリン中佐の部隊を殲滅した後、機械竜のコクピットでは二人の乗員が話していた。

「ご主人様！　対〈マジンギア〉戦の所感お願いします！」

むき出しになった機械の左腕をブンブンと振りながら、眼帯とメイド服を着た女性――マキナが同乗者に尋ねる。

そんな彼女に灰色のファッションスーツとギャングスターハットの同乗者――ラスカル

は、溜息を吐きながらその問いに答える。

「……バーニアを吹かすのは良いが、乗員への負荷がきつい。俺はエミリーやゼクスのように頑丈なアバターじゃない。加減しろ」

「これでも気を遣った衝撃吸収シートなんですけどねー。やっぱりこの子の総重量が重めだからですかね！　それとも私の愛の重さとか！」

「そうか。愛の方は九割落とせ」

「ひどっ!?　……あ、でも一割はオーケーなんですね」

「こちらからも聞くが、操縦への追従性は？」

「バッチグーですよー。なにせ、私の操縦でも音を上げませんからね！」

〈Infinite Dendrogram〉における機械操作の技術は、半センススキルである《操縦》によって賄われることがほとんどだ。《操縦》はマシンの性能を数値的に発揮すると共に、『マシンをどう動かせばよいか』といった操作法も頭と手足に染み込ませるスキル。

ゆえに、リアルでは一般人の〈マスター〉でも、戦闘兵器を思うがままに操作できる。

しかし逆に、スキルもないままに《操縦》スキルの領域を超えた超人的な操縦を行う者も存在する。マキナはその一人だ。

「エネルギーも私が造った地竜型動力炉を二基積んで十分です」

「……そうか。で、俺とお前が搭乗したコイツの戦闘力はどの程度と見積もる？」

「個人戦闘型の〈超級〉くらいじゃないですかねー。もちろん、最強連中は抜きで」

「加減の利く戦力としては十分だな」

ラスカルはマキナの言葉に頷き、視線をモニターの一つに向ける。

そこでは蜥蜴の量産型改人……【ラケルタ・イデア】が撤収作業を行っていた。

「問題ない。俺達はこのまま【エルトラーム号】に向かい、あちらの動力炉を確保する」

「了解」

そして彼らは戦場跡となったエリアを背に、次の戦場……彼らの舞台へと向かった。


彼らの去った後には、正統政府の軍人達が異国の砂の下にその亡骸を埋めていた。

彼らの亡骸は、この過酷な自然の中で風化していくだろう。

この砂漠が思想や勲功、罪状で人を見分けることはない。

善くも、悪くも。

第三話　捜索と出会い

□【装甲操縦士】ユーゴー・レセップス

珠がマニゴルドさんの手に渡ったことで、本格的に護衛がスタートした。

これからは明日の正午……ドラグノマドへの到着まで気を張っていかないと。

「ユーゴー。たしか、キューコは【殺人姫】を感知できるんだったな」

「うん。あのクレイジーしたたらずのけはい、すぐわかる」

《地獄門》は対象の同族討伐数を参照し、【凍結】という結果を齎すスキル。その副産物として、キューコは効果範囲内の他者の同族討伐数の多寡を感覚的に知ることができる。

以前はもっとぼんやりとした感覚だったらしいけど、コルタナでエミリーに……これまでで最多の同族討伐者に出会ってから前より鋭敏になったらしい。

「先ほど停泊した都市で乗り込んだ可能性もあるからな。また見回りを頼む」

「分かりました。マニゴルドさんは大丈夫ですか？」

「主様の身辺には私が詰めておりますので、ご安心を」

「イサラはそうしたことに慣れてるからな。そうそう、俺がログアウトする間はイサラに珠と通信機を預ける。俺がいないときは、イサラに指示を仰いでくれ」

「分かりました。それでは見回りに行ってきます」

「じゃあね。クレイジーデブ」

「……キューコってば」

　またキューコが毒を吐いたけれどマニゴルドさんは特に気にした様子もなかった。


　人気のない通路を、キューコと二人で見回りながら歩いていく。すれ違う人もいない二人きりの状態で、私は昨日から気になっていたことを切り出した。

「キューコ。昨日からずっとだけど、いくらなんでもマニゴルドさんに辛辣すぎるよ……。言動は直截的すぎるけど、悪い人じゃないんだからもうちょっと丁寧に……ね？」

　私が窘めると、キューコは少しムスッとした顔で黙り込んだ。

「……だって、あのデブはにばんめだから」

「二番目？」

「あのデブが、にばんめ」

オウム返しに尋(たず)ねた私に、キューコはそう言った。

そしてどこか苛立(いらだ)った顔で、言葉を続ける。

「――わたしのカウント、エミリーのつぎに、あいつがおおい」

キューコのカウント。それは言うまでもなく同族討伐数のことだ。

エミリーが歴代の最大値であることに、疑いようはない。

だけど、次点が……あのマニゴルドさん？

「……それは師匠やギデオンの決闘(けっとう)ランカー……あの【破壊王(キング・オブ・デストロイ)】と比べても？」

「デブが、うえ」

その言葉の意味を考えて、『〈マスター〉だけ、あるいは決闘だけで殺傷してもそんな数にはならないだろう』と察した。キューコの辛辣さの何割かは、それが理由だとも。

「たぶん、あのデブはこういきせんめつがた。それも、にんげんあいてに、なんどもつかってる」

「でも、マニゴルドさんはそんな簡単に人命を損(そこ)なう人には見えない、けれど……」

「わるいやつと、たくさんころすやつは、べつのはなし。あのムカつくいんまをつれたやつも、にたようなことといってた」

――理解していたら、それをしないとでも？


思い出すのは、かつてのギデオンで聞いた彼の言葉。

あのとき、『姉さんはティアンが命だと理解している』と言った私に、彼は『理解していても虐殺はする』と言い切った。

そして、実際に姉さんは私にも秘匿していたプランCを動かし、五万体以上のモンスターでギデオンの人々を虐殺しようとしていた。

私が悪人だなんて思っていない人でも、ティアンの虐殺に踏み切るという証左。

……そういえば、キューコは姉さんにも他の人に接するときより辛辣だったな。

「たぶん、あのデブもおなじ。もくてきのためには、ひきがねをひくタイプ」

『力で奪うなど論外だ』と言ったマニゴルドさん……それは本心なのだろう。

だけどそれは、『力を使わない』とイコールではない。

「それにきっと……」

キューコが珍しく、言いよどむ。

その反応で、誰について述べようとしているのかすぐ気づいた。

「……師匠も同じ、って？」

「うん。きっと、〈セフィロト〉ってそういうひとの、あつまり。……ううん、ちがう。このくにそのものが、そういうくに」

目的のために排すべき者を排する。

考えてみれば珠の回収は最初のヘルマイネも、次のコルタナでも荒事は起きていた。

交渉という前置きはあっても、それは半ば破綻することが前提だったように思う。

「このくに、わたしはあんまりすきじゃない」

砂漠の風景を眺めながらキューコはそう言った。

以前から気候に対しての文句は言っていたけれど、今回はそうじゃない。

「このくには、ともぐいのくに。モンスターよりも、ヒトがヒトのテキになる。きっと、それがふつうのくに。ほしいものが、おおすぎるくに」

カルディナは大陸の中央にあり、最も富や物品が集まる国。

求めるモノのために、この国に移籍する者は多い。

――その分だけコストはかかる。

マニゴルドさんの言葉はきっと……金銭に限ったものではない。

「わたしには、いきぐるしい」

同族討伐数を察するのは私達(わたしたち)には分からない感覚で、キューコだけのもの。キューコからしてみれば、カルディナの人間は彼女にとって受け入れがたい者が多いのかもしれない。

マニゴルドさんや師匠も、その中に含まれるのだろう。

キューコはカルディナに来てからずっと……そんな思いを抱(かか)えていたのかもしれない。

少しの毒舌(どくぜつ)だけで、私にも覆(おお)い隠(かく)していた。

けれど今、彼女は吐露(とろ)している。

「でも、このかんかくとスキルは……わたしがわたしとして、うまれたりゆうだから」

「キューコ……」

キューコがキューコとして生まれた理由。それは、きっと……。

「ユーゴー。わたしがこのちからをもってうまれたのは、きっと……」

キューコは立ち止まり、私の顔を見上げて……私の両目を真っすぐに見る。

「――ユーゴーのおとうさんがころ、さ、れ、た、から」

人気のない通路で、キューコの言葉は私にだけ聞こえた。

◇

わたしの父が亡くなったのは、去年の暮れだった。

クリスマスの帰省を目前にした時期のローヌ女学院で、わたしは父の訃報を知った。

父母が離婚してからも、わたしと父の関係は良好だったと思う。

「クリスマスには一緒に夕食をしよう」と、毎年のように電話で言っていた父。

「私の母親……ユーリのお祖母さんの夢だったんだ」と、学費を全て受け持ってわたしをローヌ女学院に入学させてくれた父。

「今年のプレゼントは、これでよかったか？」と、毎年の誕生日の度にどこか不安そうにプレゼントを贈っていた父。

わたしに対してだけは、最初から最後まで優しかった父。

そんな父の訃報を聞いたとき、わたしはショックで倒れた。

でも、真にショックだったのは死んだことそのものではなく、その理由。

父の死因は、他殺だった。

自宅……父だけが住んでいたわたしの生家で、何者かに銃殺された。

犯人は強盗かもしれない。怨恨かもしれない。

商売の過程で多くの恨みを買っていた人だから、後者でも不思議はないという話だった。

事件は今も解決していなくて、警察の人達は犯人を捜している。

ただ、わたしには信じられなかった。

優しかった父が、誰かに殺されたことが、信じられなかった。

葬儀を終えて、父を埋葬するとき、参列者は少なかった。

訪れたのは父の顧問弁護士の人や、会社の人が数人。

家族は……わたしだけだった。

父方の祖父母は既に亡くなっていたし、父には兄弟もいない。

母は『行く気になれない』と言って参列しなかったし、姉さんは行方不明だった。

降りしきる雨の中で、わたしは土に埋まる父の棺を見送った。

それから、父の顧問弁護士の人から遺産相続の話があった。父の会社は他の人が買いとるそうだけれど、それも含めて遺産はわたしと姉さんが分割して相続することになった。

フランスでは遺言状がない限り、遺産は全て子供に与えられる。

そして父は自分が死ぬとは思っていなかったのか、「もしものため」の遺言状を用意はしていなかったから、父の莫大な遺産は法に則ってわたし達に分与された。

このとき、父は最後のプレゼントをくれた。

それは遺産ではなくて……姉さんとの再会だった。

財産分与のために顧問弁護士の人が各国の探偵や調査機関にあたり、姉さんを見つけてくれたお陰で、わたしと姉さんは数年ぶりに再会できた。

連絡を取り合えるようになった姉さんに誘われて、私は今この世界にいる。

最期まで……最期まで父はわたしの人生を助けてくれたのだと思う。

だからこそ――父を殺されたことが納得できなかった。

母は納得していたし、姉さんは「そう……」と少しだけ悲しそうだったけど、大きくショックを受けている様子はなかった。

でも、わたしだけは納得できていなかった……できるはずもなかったのだと思う。

母や姉さんは父に別の……負の感情を強く持っていたかもしれない。

けれど父は……わたしに対しては最後まで優しい父親だったから。

わたしは父が誰かに殺されてしまったことが納得できず、許せなくて……。

その気持ちを、いつも心のどこかで燻らせて。

犯人への罰を求めて、心の一部を冷え切らせて。

だからこそわたしからキューコが――コキュートスが生まれたのだろう。

◇

「わたしは、ユーゴーのいきどおりからうまれた〈エンブリオ〉」

「…………」

キューコの口から生まれた理由を聞いたのは、初めてだった。

けれど、キューコが生まれたときから……そんな気はしていた。


——そもそも、〈エンブリオ〉は本人に由来したものしか生まれないけどね。


以前、カテゴリー別性格診断（しんだん）の話に付け加えるように、姉さんはそう言っていた。

本人の性格、技能、願望、人生、本質。あるいは、トラウマやコンプレックス。

パーソナルを読み取るからこそ、その姿と力は〈マスター〉を映す鏡になる。

だからこそ、レイのネメシスは眼前の悲劇を覆（くつがえ）すための力だった。

だからこそ、姉さんのパンデモニウムは数限りなく自由に創造する力だった。

だからこそ、キューコは殺人者（同族殺し）を裁く〈エンブリオ〉として生まれた。

「……今のキューコの息苦しさも、そんな風に生み出したわたしに原因があるんだね」

「うん」

私の言葉に、キューコは頷いた。

慰めもなく、誤魔化しもなく、自らの性質の理由をわたしだと断言した。

父が殺されたことを許容できなかったわたしの心が、彼女を断罪者として生み出した。

彼女が初めて吐露した不快感は、私に由来している。

「だけど、そんなことはどうでもいい。きにするひつようもない」

「え？」

「だいじなのは、べつのことだから」

私が抱き始めた懊悩を蹴っ飛ばすようにそう言って、キューコはフンスと胸を張った。

「別のことって……なに？」

「…………」

ただ、私が問い返すと腕を組み、悩み始めた。『別のことが何か分からない』という風ではなく、『今そのことを口にすべきか』という様子だ。

「いまは、いわない」

そして案の定、キューコはそう言った。

「キューコ……」

「いつかかならずはなすし、ユーゴーにもきくことがある。だけど、それはいまじゃない。だから、それまでまって。いまは、きもちをきりかえて」

言葉と共に、キューコは真っすぐに私を見つめる。

表情はいつも通りの無表情だけれど、その目には彼女自身の強い意志が宿っている。

いま答えないことに、彼女として譲れない一線があるからだと……そう思わされた。

「……分かった」

だから、今は私もそれ以上に聞くことはできなかった。

「だけど、キューコが今抱えているだろう不快感は無視できない。我慢できないくらい気分が悪くなったら、紋章に入って休んでほしい」

「ん」

キューコは小さく頷いて、私の胸をトンと小突いた。

それは『だいじょうぶ』という意味か、『そのときはまかせる』という意味か、定かではなかった。あるいは両方の意味を含んでいたのか。

いずれにしても、キューコの言うように私も気持ちを切り替えよう。

私達が今なすべきことは、珠を目当てに襲ってくるかもしれないエミリーによる被害を抑えることだ。コルタナの二の舞に、ならないように。

そうして私達は、一般船室のあるブロックへ再び歩き始めた。

□■【エルトラーム号】・商業ブロック

砂上豪華客船【エルトラーム号】には幾つもの店が立ち並んでいるが、それらは同じ種類の商品を扱う業種でも店が複数ある。

これは乗客の客層によるものだ。基本的に一等二等客室の乗客と三等客室の乗客では資産に大きな開きがあり、店舗としての性質も賞品価格も大きく異なるためである。

同じ船に乗ってはいても、住む世界が違うのだ。

それを分かっている客がほとんどなので、最初から客層の違う店舗には近づかない。

「……あー」

ゆえに、顔に傷のある少女が高級ブティックを眺める姿は大変に目立った。

顔に傷のある少女――〈ゴブリン・ストリート〉のフェイは、とても物欲しそうにブテイックを外から眺めていた。

そしてお財布代わりのアイテムボックスの中身を確かめ、嘆くように首を振った。

「……何をやっているのですか、フェイ」

「あ。ニアーラ」

そんな彼女の様子を見かねて、仲間であるニアーラが声を掛けた。

「悪目立ちしてどうするのです？　オーナーから任された探し物の最中でしょう？」

「でも、あのドレスがすっごく素敵で、今夜は船上舞踏会もあるらしいっす……」

フェイは物憂げな溜息を吐いた。

「ああいうドレス着て、オーナーと舞踏会で踊れたら……すっごいロマンティックっす」

「三つの理由で諦めなさい」

願望を口にするフェイに、ニアーラは指を三本立ててピシャリと言った。

「その一、舞踏会は一等二等客室の乗客なら最初から料金に含まれていますが、私達のような三等客室の乗客は追加でチケットを買う必要があります。そんなお金はありません」

「がぁん……」

「その二、ドレスを買うお金がありません。私も貸せるほどの蓄えはありません」

「ぎぎ……」

「その三、時間がありません。まだ探し物が見つかってすらいないのですよ」

「ぐぐ……」

ガ行で呻くフェイの様子に、ニアーラは言葉を続ける。

「東方のイディオムに『貧乏暇なし』という言葉があります」

「どういう意味っすか？」

「英語で言えばNo rest for the wicked。資産的にも時間的にも、私達は舞踏会に出る余裕がありません」

「つらいっす……」

反論の余地がないニアーラの言葉に、フェイは大きく肩を落として落ち込んだ。

同時に、そのお腹から気の抜けるような音がした。

「……昼食くらいなら奢ってあげますよ」

「サンキューっす！　やっぱりニアーラは最高の仲間でライバルっす！」

「はいはい」

なお、ライバルというのはエルドリッジを巡る恋の鞘当てでの話である。

「じゃあお昼はこの船で一番美味しいって噂の展望レストランで……」

「調子に乗らないでください。三等客室用のカフェテラスに決まっているでしょう」

フェイの頭にチョップでツッコミを入れて、ニアーラはカフェテラスへと歩き出した。

フェイも頭を押さえながら、テコテコと後についていった。


「もぐもぐ……人心地ついたっすー……」

カフェテラスでサンドウィッチを頬張りながら、フェイは安らかな表情でそう言った。

「食べながら喋らないでください。お行儀が悪いですよ」

サラダをフォークで丁寧に食べていたニアーラが、注意するようにそう言った。

「うーん、いよいよ首が回らなくなってきたっすねー……。このままだといつか餓死でデスペナになるっす……」

それは大袈裟だとニアーラは思ったが、さりとて自分達の資金難は決して軽視できないレベルであるとは理解している。

「案外、〈Infinite Dendrogram〉は資金難に陥る〈マスター〉が多いのかもしれませんね。リアルでもそんなことを言っている生……知人がいました」

「食事にも困る日々っす……。昔は美味しいものや高級品も沢山食べられたっすね。最後に高級品食べたのはたしか……王都封鎖のときに港から輸送されてきた珍味だったっす」

懐かしむように、フェイはそう言った。

なお、その珍味を奪われたレイレイの怒りに触れたせいで壊滅させられる羽目になったのだが、彼女達はそれを知らない。

「…………そうですね」

「あれ、どしたっすかニアーラ。……ハッ！　まさかここのご飯代もないとか⁉」

「ちゃんとありますよ。ですが、日々の食事にも苦労するこの窮状に、オーナーが責任を感じているらしいことを憂いているのです」

「あー……」

　ニアーラの言葉に、フェイも納得する。

「最近、オーナーが時々見せる申し訳なさそうな顔にもやもやするっす」

「そうですね」

「あとムラムラするっす」

「それは貴女だけです」

　またピシャリとフェイの頭をはたいて、ニアーラは溜息を吐く。

「最盛期と比べて辛いのは確かですが、オーナーは全てを自分の責任だと背負い込んでしまっているのが問題です。多少の巡り合わせの悪さはあっても、オーナー自身に問題があった訳ではありません。なのに、『自分が駄目だったからだ……』と塞ぎ込んでいます」

「……ニアーラも前に『因果応報』とか言ってなかったっすか？」

「言葉の綾です。オーナー個人に言及したものではありません。兎に角、今回の仕事を成功させて今の窮状を打破し、オーナーに自信を取り戻してほしいですね」

　ニアーラの言葉に、フェイも強く頷いた。

「そうっすね！　そして勢いでゴールインっす！　デンドロ婚っす！」

「貴女に譲る気はありませんが、そもそもデンドロ婚とは本当にあるのでしょうか？」

「きっとあるっす。世界のどこかでは今もデンドロ婚してるはずっす！」

「……そんな頻繁にあることでもないと思いますが」

　なお、王国で開催中の愛闘祭ではとある事件の末に一組のカップルが誕生するのだが、それはまた別の話である。

「そのためにも、私達は早くターゲット達を見つけなければ……」

「まだ乗ってないんじゃないっすか？」

「……その可能性もありますが、明日の正午にはドラグノマド到着です。まさかカルディナ議会の膝元近くで事を起こすとは思えません」

「この土壇場まで何も起きないなら、もう諦めてるのかもしれないっすね。その場合はもうこっちも諦めて船旅っす。……やっぱり舞踏会出たいっす」

「だから無理だと……」

「そこの美しいバンビーナとシニョリーナ！　舞踏会に参加したいのかな？」

不意に、二人の会話に聞き覚えのない……それでいて異様に快活な男の声が挟まった。

「！」

ニアーラは「どこまで聞かれた」という警戒で、フェイは純粋に驚いて男の方を見る。

そして、揃って絶句した。

「うわ……」

フェイが思わず言葉を漏らしたのも無理はない。男は大きく胸元を開いたシャツを着て顔に化粧をした……「これぞ軟派」、「これぞヴィジュアル系」といった装いだった。

デンドロではそうそう見ない格好である。

「舞踏会ならミーが力になれるはずさぁ！　実は舞踏会のチケットが余っていてね！」

そんなのがチケット片手に口説いてくるのだから、デンドロでも珍しい状況と言えた。

「どうかなバンビーナ達。ミーのパートナーとして今夜の舞踏会に参加しないかぁい？」

軟派な男はウィンクと共にそんなことを言ってくるが、二人ともこのタイプ……軟派なヴィジュアル系イタリア人にときめく趣味（しゅみ）はない。

二人の好みは理知的かつワイルドという妙（みょう）なハイブリッド型である。

具体的にはエルドリッジ。

「お断りします」

「アタシら二人とも片思い中なんでムリっす」

ゆえにバッサリ断った。

「オォウ、それは残念だ。君達に思いを寄せられる男性が羨（うらや）ましいよ！」

軟派な男はオーバーアクションで肩を竦（すく）めるが、表情は特にショックを受けた様子もなかった。あるいは振られ慣れしているのかもしれない。

「不躾（ぶしつけ）な誘いになってしまったね。せめてものお詫（わ）びにこのチケットを贈らせてもらうよ。ハッハッハ！　気にすることはないさぁ！　ああ、舞踏会のドレスはレンタルもあるからそれを利用すればいいんじゃないかな？」

軟派な男はそう言って、テーブルにチケットを置いた。

「いえ、受け取る訳には……」

「やったっす！　舞踏会のチケットっす！」

ニアーラは突（つ）き返そうとしたが、それより早くフェイがチケットを手に大喜びしていた。

「あっはっは。それじゃあね、チャオ♪」

軟派な男は気障に投げキッスをしながら、カフェテラスから去っていった。

結局チケットを返すことはできず、二人はそのまま軟派な男性を見送った。

「チケットゲットっす！　……でも変な奴だったっす」

「……フェイ。もう少し考えてください。東方のイディオムにも『タダより高いものはない』とありますし。後から何か厄介ごとに巻き込まれるかもしれませんよ？」

「でもお得っす。これであとはドレスレンタルで舞踏会出れるっす！」

「…………はぁ」

言っても無駄らしいとニアーラは溜息を吐いた。『馬の耳に念仏』というイディオムも脳裏をよぎったが、口にはしない。

ともあれ、『棚から牡丹餅』のようにチケットが手に入ったのは事実だ。

（……本音を言えば、私も『オーナーと舞踏会』というシチュエーションに惹かれなかったわけではないのですが。ドレスもレンタルなら何とか工面できそうですし……）

内心、フェイの願望は彼女の願望でもあった。努めて冷静に振舞っていただけである。

「ともあれ、この件はオーナーにも報告ですね。オーナーが参加を是とすれば、出ることにしましょう。……そういえば、そのチケットは何枚ありますか？」

二枚であった場合、どちらがオーナーと参加するかという修羅場に突入しかねない。

「三枚っす」

「それは丁度いいですね。……三枚？」

それはおかしな数だと、ニアーラは気づく。

二枚ならば分かる。この場にはニアーラとフェイの二人がいたのだから。

四枚でも分かる。二人に加えて、二人それぞれの思い人を想定しての数だからだ。

だが、三枚ではまるで、『二人の思い人が一人の人物』だと分かっていたかのようだ。

「あの軟派野郎の分じゃないっすか？　きっと三枚しか持ってなかったってことっす」

「……だとしても、後のナンパにも使うとすれば全て渡しはしないのではないですか？」

あるいは、適当に渡した枚数が偶々三枚だったのだろうか。

だが、ニアーラが気になることは他にもあった。

「それとあの男性、どこかで見覚えがある気がするんですよね……」

「え？　あんな変なの一回見たらそうそう忘れないっすよ？」

「いえ、顔だけどこかで見たような……。それと、彼はこの客船の乗客にしては……随分と衣服が安かったですね」

装備品として性能が低く、なおかつ素材が高級なわけでもない。デザインはそれなりだったが、ただのシャツとジーンズだ。まとめ買いでもできそうなくらいの代物。

高価な舞踏会チケットを何枚も持っているような人間が着るには、あまりそぐわない。

「……ニアーラってば、盗賊のアタシより目線が盗賊っすね」

「観察眼が鋭いと言ってください。ともあれ、それも含めてオーナーに相談ですね」

オーナーならば何か分かるだろうとニアーラは信頼と共にそう思った。

「よし！　じゃあこの後はレンタルのドレスを見繕うっす！」

「……だからそれはオーナーの許可をもらってからだと言ったでしょう」

■【エルトラーム号】・船内

（どうなっているんだ、全く……）

メンバー二人がカフェでコントのような会話をしていた頃、エルドリッジは貨物ブロックに近い人気のない階段に座り込んでいた。

（巡り合わせが悪いにも、程がある……）

俯きながら、内心で弱音を吐いている。

それは今しがた見回って……結果見つけてしまった者達に起因する。

（マニゴルドだけじゃない。カルディナでも屈指の始末屋、【鋼 姫】イサラ。あの【殺人姫】を完封したと噂のユーゴー・レセップス。おまけに……〈超級〉がもう一人）

なぜこんなにもビッグネームが集まるのかと、エルドリッジはうなだれてしまう。

かつてのエルドリッジなら「それでもやってみせるさ」と強気に出れたかもしれないが、負けが込んだ上にクラン戦力も激減した今のエルドリッジには重すぎる負担でしかない。

（なぜだ。なぜこんなにも武闘派が乗り合わせている。まさか、俺が手に入れていない情報に、極めて重要なものがあったのか……？）

その想定は正解であったが、それが何なのかを今のエルドリッジが知る術はない。

そして、災難に遭い続けて磨かれた勘と、持ち前の分析力が告げている。

この船は危険地帯。何も奪わぬまま、次の停泊地で下船した方がいいくらいの状況だ。

「……それができれば苦労はない」

だが、ここで仕事を成功させなければもう首が回らないのだ。パーティの上限人数にも満たない現状でクランの資金難を打開できるのは、今回がラストチャンスといっていい。

もっとも、肝心の仕事のターゲットも……いまだ姿が見えないのだが。

（もしも、今回の仕事が失敗に終わったら……）

そのときは二人にクランの解散を告げよう、エルドリッジはそう覚悟していた。

「…………ん？」

エルドリッジは不意に奇妙な感覚を覚え、視線をある方向にやった。

それはエルドリッジの座る階段から見える巨大な扉……貨物ブロックの扉である。

貨物ブロックはそれ自体が巨大な金庫であり、内部にはアイテムボックスを満載している。アイテムボックスの中身の総体積はこの船よりも大きいだろう。

〈Infinite Dendrogram〉の客船の多くは、同時に貨物船でもある。

「…………」

エルドリッジは、そんな貨物ブロックの扉をジッと注視する。扉の向こうから感じる奇妙な気配。分厚い扉に阻まれて不確かだが、何かが周囲を探っている気配がある。

エルドリッジは両手に【強奪王】のスキルをセットし、臨戦態勢で扉に注意を払う。

そうして一分が経過し……いつしか扉の向こうの気配は消え失せていた。

（気のせいか……あるいは貨物ブロック内に侵入者でもいたのか）

貨物ブロックには当然大量の物資があり、莫大な財産でもある。

自然、客船で盗みを働こうとするならば、最大の目標となるだろう。

しかし、エルドリッジは貨物ブロックの品々を奪おうとは考えない。アイテムボックスにアイテムボックスを仕舞えない以上、アイテムボックスに入った貨物を奪うならば選別して自身のアイテムボックスに移すか、アイテムボックスごと持って逃げるしかない。

どれだけ猛者がうようよしているか分からないこの状況で前者は時間がなく、後者を実行するにはあまりに人数が不足している。

さらに言えば、ここで奪って逃げたところで砂漠の真ん中で立ち往生である。

船があれば別だが、今のエルドリッジにそんな金はない。

「……そもそも、俺には不向きだからな」

忍び込んで盗み取る盗賊系統と違い、強盗系統であるエルドリッジのスキルは正面から奪い取ることに特化している。何か事を起こせば、即座に警報が鳴るであろう。

また、盗賊でも上級職のフェイでは練度が足りず、やはり警報が鳴る。

（噂の【盗賊王】なら話は別だろうがな。……そういえば【盗賊王】がやったんじゃないかと噂される国宝盗難事件があったな）

黄河で国宝の珠……封印された〈UBM〉が盗まれ、それがカルディナにばら撒かれて各所で騒動を起こしているという事件。

これの下手人が【盗賊王】ではないかという噂——真実——が実しやかに流れている。

（珠……か。興味はないな。そんな捌きづらい代物を手に入れても、資金難は解決しない）

『仮に手に入れて議会に取引を持ち掛けても、〈マスター〉であり王国の犯罪者である自分達では〈セフィロト〉に奪われて終わりだろう』と、エルドリッジは考えている。

　裏で売り捌くにしてもそんな厄介な品を取り扱ってくれる相手に心当たりもない。まだカルディナに根を下ろして間もない、というか根を下ろしきれてもいないのだから。

（巡り合うこともないだろう。まさかこの船に珠が載っているなんてこともあるまい）

　現実はその「まさか」だとは思いもせぬまま、彼は腰を上げてその場から去る。

　そのときにはもう、貨物ブロックの内側に感じた気配のことは、気に掛けるまでもない無関係のこととして脳の片隅に追いやられていた。


　なお、エルドリッジは二人との合流場所に向かい、「舞踏会に参加したい」というフェイ（及びニアーラ）の嘆願を受けた。

　そして仕事が上手くいくかも不明瞭な現状、苦労を掛けてばかりの二人の希望を少しでも通したいと「ああ、構わないぞ」と了承したのだった。

　大喜びするフェイと喜んでいることを隠し切れないニアーラに、『そんなに舞踏会に出てみたかったのか。了承してよかったな』と、彼女達の喜びの理由を知らぬままエルドリッジは少し安堵(あんど)した。

□【装甲操縦士】ユーゴー・レセップス

あれから客室ブロックを歩き回ったけれど、キューコがエミリーを見つけることはできなかった。杞憂(きゆう)だったのか、乗船していないのか、あるいは……。

「ログアウト中か……」

ログアウトされてしまえば、見つけることは不可能だ。

何か事を起こす直前までログアウトされていたのでは、手の打ちようがない。

同行している仲間がいるならばそちらを見つけられるかもしれないが、それも難しい。

キューコに言わせれば、エミリーほど突き抜(ぬ)けているならばともかく、カルディナでは大量殺人と言われるだけの人数をカウントする者が珍(めずら)しくないからだそうだ。

そして、キューコは内訳までは分からない。

ティアン殺しか、ＰＫか、ＰＫＫか、あるいは決闘(けっとう)の常連か区別できない。だからこそ、姉さんの〝計画〟でギデオンの〈マスター〉を相手に使用していたのだから。

「だけど判別できないのは問題だ……」

先ほどもライオンのような紅いジャケットの〈マスター〉に反応していた。

どういう素性でそれだけのカウントを築いたのか、判断する材料がこちらにはない。

カウントの突き抜けたエミリーだけが、キューコが捜索する際の最大の目印になる。

そうでなければ……地道に怪しい相手を捜査するしかない。

「……そういうのは私の領分じゃない気がするよ」

どちらかと言えば探偵がやるようなことだ。

……なぜか人の心理にズケズケと踏み込んで暴きたてた少年の顔が浮かび、腹が立った。

「どうする、ユーゴー？」

「……一先ず、ここで切ろう。次の街に停泊したら再捜索だ」

たしか、ドラグノマドまでの航路では次に停泊する都市が最後の中継地点。

エミリー達が新たに乗り込んでくるならば、それが最後のタイミング。

……マニゴルドさんにも相談すべきか。

「あの、少しよろしいですか？」

考え事をしていると、横合いから声を掛けられた。

意識を引き戻されると同時に、驚きのため咄嗟に飛び退いてしまう。

「あぁっ、そんなに怖がらないでください！」

声の主は、小柄な女性だった。日差しを避けるためなのか、フードを被っている。

加えてフードの内側でも、複雑な模様が描かれた布を瞼から上に巻いている。ニーナ先生の授業で見たことのある一九世紀中央アジアの民族衣装に少し似ていた。

ただ、両手共に手袋に覆われているから、ティアンか〈マスター〉か分からない。

「先ほどからキョロキョロと周りを見ながら歩いていましたから、何かお探しかなって声を掛けただけで……あの、怪しくないです！　敵じゃないです！」

どうやら人の少ない場所で周囲に視線を送っていたため、不審がられてしまったようだ。

……ともあれ、念のためキューコに確認を取る。

「…………」

キューコは無言のまま、小さく首を振った。

違う、という意思表示だ。彼女はエミリーの変装ではないし、殺人者でもない。

指で丸を作っているから、同族討伐数はゼロ。つまり問題ない。

「ええと？」

「ああ、いえ。お気遣いには及びません。少し人捜しをしていただけですので」

「あ、それでしたらモールにインフォメーションがありますよ。依頼すれば船内の伝声設備から捜し人に捜している旨と集合場所をお伝えできます」

まるで迷子のアナウンスだけど……そんなサービスまであったんだ、この船。

それでエミリーが本当にやって来たら驚きだけど、……藪蛇になる恐れも強い。

「ご親切にありがとうございます」

「いえいえ、どういたしまして」

女性はにこやかにそう返してくれたけれど、私の前から立ち去る気配はない。

「あの、他にも何か？」

「人違いだったらすみません。あなたはもしかして、コルタナの事件で活躍した〈マスター〉のユーゴー・レセップス氏ですか？」

一瞬、ドキリとしたけれど、先の事件で私の名が広まったらしいとは知っている。

「……活躍なんてしていませんよ。私は被害の拡大を、少しだけ押し留めただけですから……。それにコルタナでの事件を終結に導いたのは、きっと【冥王】ベネトナシュです」

「ご謙遜を！　ベネトナシュが止めたのは珠の災害であって、【殺人姫】の人災を止めたのはあなたでしょう？」

随分と、事情に詳しい。事件の概要は新聞などでも広まっているけれど、詳細は〈DI

N〉などで情報を買う必要があるだろうに。

「実は私、こういうものです！」

彼女は名刺を私とキューコに一枚ずつ差し出してきた。

受け取った名刺には、『フリージャーナリスト：スター・チューン』と書かれている。

「最近はこのカルディナで勃発している様々な騒動を追って記事にしているんです。それで、コルタナでの大事件の当事者だったあなたに取材できればと思ったんです！」

「……申し訳ないけれど、今は仕事中なんだ。受けられない」

彼女が事情に精通している理由は分かったけれど、護衛の仕事の最中にインタビューを受ける訳にもいかない。

「ガーン!?　ええと、あの、本当に、駄目、ですか……？」

スターは上目遣いかつ涙目でこちらを見上げてくる。……なぜか罪悪感が湧いてくる。

『貴女の涙は私達が拭う。貴女が明日の朝を笑顔で迎えることを、私は貴女に約束しよう』

キューコ……。度々、私の昔の発言を掘り起こすのやめてくれないかな？

たしかに女性の困りごとや懇願を捨て置くのは私の主義に反するし寝覚めも悪いけど、見回りの仕事があるんだから……。

「あの、じゃあその、インタビューじゃなくて情報交換、とか……」

「はい。私が手に入れた一連の珠事件の最新情報をインタビューの対価にします！　まだ記事にもしてないとっておきですよ！」

……それは少し興味がある。その情報は今回の護衛や、師匠と行っている珠探しそのものにも役立つかもしれない、けど……。

「どうすればいいと思う？」

「ユーゴーのじゆう」

キューコに相談したが、あっさりとそう返されてしまった。

「……分かりました。インタビュー、お受けします」

「ありがとうございます！　それじゃモールにある個室のカフェでインタビューをば！　あ！　もちろんお代は私が持ちますので！　さささささっ！」

「あ、ちょっ……!?」

満面の笑みになった彼女に右手を引かれ、私はそのままモールの方向まで連行された。

「インタビューありがとうございました！」

「……どういたしまして」

スターにカフェの個室に連れ込まれてからかれこれ数十分……疲れた。

コルタナの事件についてあれこれと聞かれたが、それもようやく終了した。

なお、私がインタビューに受け答えして喉を嗄らしている間に、キューコはラッシーのような飲料をちびちびと飲んでいた。

「それじゃお世話になりま……」

「待った。そっちの情報貰ってない」

立ち去ろうとする彼女の手を掴む。

危うく、インタビューだけ持ち逃げされるところだった。

インタビューで喉まで嗄らしたのだから逃がさない。

「うぅ、ノリでいけるかと思ったけど、やっぱり流されてくれません……」

「それで、君の情報ってどんなもの？」

「……うぅ、分かりました。話します……」

スターは観念して椅子に座り直した。

「ええと、ユーゴー氏は珠を集めてらっしゃるんですよね？」

「私個人で集めているわけではないし、手伝いだけどね」

彼女は私と師匠が珠を回収して回っていることを知っていたため、インタビューで確認されたときは頷くしかなかった。十中八九、《真偽判定》の類は持っていただろうから。

「じゃあやっぱり……この情報かなぁ……」

すると彼女は、アイテムボックスから一束の資料を取り出した。

「どうぞ。コピーなのでお譲りします」

受け取ったものはカルディナの地図で、六ヶ所に印が付いている。

その内の二つは、ヘルマイネとコルタナ。

それとマニゴルドさんの商談相手だったという男性のいた都市だ。

「これは……珠の所在地？」

盗まれた珠は七つと聞いているけれど、その内の六つもの所在地がこの資料には書かれていた。師匠……〈セフィロト〉が把握していないだろうモノまであるということだ。

「はい。これは不思議な現象を起こす珠の目撃情報です」

ヘルマイネとコルタナの珠はもう回収したし、三つ目の都市の珠もこの船にある。

だけど、それを除いてもあと三つ。

「……水を土に変える珠はこの内のどれ？」

「それはたしかここですね」

スターが印の一つを指差す。コルタナで師匠が【冥王】と取引して手に入れた珠。その元々の所在もこれで分かった。残りは二つ。

「……北端都市ウィンターオーブと湖上都市ヴェンセール、か」

見事に北と南に分かれている。もう移動している可能性はあるけど、少なくとも六つの内の三つの所在地は正しかった。彼女の情報どおりにまだそこにある可能性も高い。

「珠の所在地……本当に重要情報だ。これを誰かに売るだけでも一財産だったのでは？」

少なくとも、さっきのインタビューの対価としては大きすぎるようにも思う。

「いやですよ、そんな危ない橋」

「危ない橋？」

「珠の力を求めている人達に情報売って、教えた都市になかったらどうなると思います？報復で身ぐるみと皮と内臓盗られて殺されますよ……？」

なるほど。確かに危うい。六ヶ所中四ヶ所にはもうないのだから、売らなくて正解だ。

「実はこの一連の情報、同じ事件を調べているフリージャーナリスト同士の情報交換で集めたんですけど……。その内の一人が最近死体で見つかりました……」

「……それは怖い」

けれど、少し納得した。〈セフィロト〉も持っていない情報も含め、『珠の所在地が分かっているのはなぜ？』と思ったけど、複数人が手に入れた情報の集合ならありえる。

「だから情報交換に使うくらいがちょうどいいんです。それにほら、この情報を必要な人に渡せば、事件に進展があってそれも記事にできるじゃないですか」

なるほどと納得すると共に、『〈DIN〉に限らず情報を持つ【記者】ってそういうところがあるのかな?』と思わなくもない。

「ええと、対価の情報は……これでいいです?」

「ああ、十分に。……一つだけ聞いても?」

「何でしょう?」

「珠の能力に関しての情報はあるかな? 資料にはそこまで書いていないようだから」

けれど、さっきは能力を聞かれてすぐに珠の所在を答えていた。

要するに書いていないだけで知ってはいるのだろう。

「仕方ないですね。おまけします。北は回復の珠らしいです。南は、氷の珠だったかと」

「なるほど……ありがとう」

回復の珠と氷の珠。蛆(うじ)の珠や人化の珠と比べれば、幾分(いくぶん)ストレートな代物に思える。

まぁ、最初の雷(かみなり)の珠と似たようなものかな。

「それでは情報交換はこれまでということで……」

「ああ。ありがとう、スター」

「いえいえ。……でも今回サービスしたので、今後もまたお話聞かせてくださいね！」

スターはそう言って席を立ち、今度こそ出ていった。ちなみに伝票も一緒に持って行ってくれた。最初に情報渡さずに逃走しようとしていたわりには律儀だ。

「さて、マニゴルドさんのところに戻って、この件も含めて相談しないとね」

エミリーが事を起こすまでログアウトしている可能性についても話さなければならない。

「それにしても、こんかいはラッキーだった」

「そうだね。お陰で重要な情報を手に入れることができた。……けれど」

なぜか、とある出来事を思い出した。

姉さんがレイに【ケモミミ薬】と【ＰＳＳ】を盛ったときのことだ。

「まさか、ね」

彼女が何らかの意図を持って接触してきたという疑念を、頭を振って追い出した。

□■【エルトラーム号】・デッキ

夕刻、【エルトラーム号】は終点であるドラグノマド前の、最後の停泊地に到着した。

砂漠の船旅も明日の正午までであるが、この都市から乗る乗客も多い。

首都であるドラグノマドに向かう者は多く、それに加えて裕福な者の中には今夜の船上舞踏会のみを目当てに乗り込む酔狂な者もいる。

砂漠を旅する豪華客船。就航したばかりのその船の、最初の旅の最後の一夜。

記念パーティーも兼ねた船上の舞踏会は華々しく催される予定であり、参加すればしばらくは話題に困らないだろうと言われていた。

ゆえにチケットが付属する一等、二等客室の料金は恐ろしく高く、三等客室の乗客が後から購入可能な舞踏会のチケットも高価なものだった。

「♪～」

そんな高価なチケットを三枚も他人に渡した男……ニアーラ達と話していたヴィジュアル系の男は、陽気に鼻歌を口ずさみながら、砂漠に沈む夕日を船の上から眺めていた。

周囲には人影もない。当然と言えば当然だ。彼がいるのはロマンティックな風景を眺める人々に溢れたデッキではなく……船の最上部の屋根の上だったのだから。

「旅行に来たのだから、こういう景色こそ目に焼き付けなければね。皇国は景色を楽しむには向かない国だったしなぁ。うん、砂漠の太陽は枯れた国の落陽よりも見応えがある」

ヴィジュアル系の男はそんな言葉を零しながら、うっとりと夕日を眺めていた。

「だからトウも隣で一緒に眺めませんか？」

男は振り向かないまま……自分の後方に声をかける。

いつの間にか、そこには一人の人物が立っていた。

全身を長い水晶色のツイードケープで包み込み、機械仕掛けの仮面を嵌めている。

『不要。当機はカルディナの黄昏を既に幾十万と見送っている』

その声は、機械仕掛けの仮面によって機械音声に変声された。

しかしどこか女性のようでもある。

「長生きだなぁ。けれど、世界には一度として同じ日はないんじゃないかな。そして、誰と一緒に見るかも重要さ！」

『やはり不要。当機と貴殿の関係は取引によるもの。親愛に非ず』

「それはちょっと手厳しいなぁ、クリス・フラグメント」

男は、仮面の相手を……神出鬼没にしてカルディナ最高の技術者の名で呼んだ。

『当機の名、軽率に口にするべからず。敵対存在含めて感知されぬよう夢遊の模倣は展開しているが、それでもリスクは低減させるべき』

「ハハハ、分かっているとも。だから信頼して口にしているんじゃあないか！」

『……………』

　機械仕掛けの仮面の内側で、仮面――クリス・フラグメントは舌打ちした。

「まあまあ、そう怒らずにネ。これでも長い付き合いじゃあないか」

『二年足らずを長いとは言えず』

「それでもミーのプレイ期間の約半分さ。長い長い。トゥより付き合いの長い人なんて数えるほどさ。おっと、これは少し間違った言葉になってしまうね！」

　何がおかしいのか、彼は軽快に笑った。

　その態度に少し苛立ったのか、クリス・フラグメントが彼に尋ねる。

『進捗』

「何組か面白そうな〈マスター〉に預けられたチケットを配ったかな。特に〈ゴブリン・ストリート〉の残党が見どころ。まぁオーナーもいるし本体と言うべきだけどネ！」

『〈超級〉は？』

「マニゴルドかい？　あの金達磨はほっといても参加するはずさ。豪華客船の最初の旅にして最後の夜の舞踏会、なんてプレミアイベントにあの俗物が出ない訳ないからね」

『貴殿は？』

「ええ？　ミーはもちろん不参加だよ。観光目的できたのだから参加したい気持ちはいっぱいだけれど夜の舞踏会じゃない。ミーは朝型昼型だから、夜はもう眠くってね」

『………』

「ま、本当の理由はご存知の通り安全じゃないからだけどネ」

両手を軽く上げて首を振る……いわゆる『お手上げ』のジェスチャーで男はそう言った。

「本当に無念だとも。昼にしてくれれば良かったのに。そしたら喜んで参加してたさ！」

『当機の依頼でも不参加を決め込むか？』

「もちろんノさ。だって、ミー達はそういう浅い関係だろう？　ミーは彼方此方を観光して楽しむ傍観者。トゥはそのスポンサー。ミーは見知った情報をトゥに伝え、ついでに依頼で今回みたいに簡単なお使いをする。それだけの関係だとも」

男はまたも笑い、そして付け足す。

「それに見合うくらい、ミーの情報は役に立つだろう？　ミー以上に相手の力を引き出して情報を回収できる人材はいないからね。〝最強〟の情報なんて特に、さ？」

『……反論不能』

言葉とは裏腹に、クリスの機械音声は不服そうにそう答えた。

「それに今は次のお仕事もあるし、あんまり目立って見られる側にもなりたくないからね。よくは知らないけど、トゥの方で色々と札を伏せているよね？　船体下部の隠し開閉口から入らせた軍人くずれとか、貨物に忍び込ませた怪しいものとか、さ」

『貴殿……』

「気づくとも！　安全圏から楽しむのがミーのスタンスだからネ！　だけど、それを共有する相手は今のところトゥだけだよ？」

『………』

「嘘はないだろ？　ミーにはトゥみたいに便利な機能は付いてないから、嘘は隠せないもの。この船でも嘘を言った覚えはないかなぁ。だからまぁ……もしもナンパが成功してたら舞踏会にも参加してたんだけどね。安全じゃないから、スタンスには反するのだけど」

　彼は自分で自分の言葉に苦笑した。

　そうする間に、太陽は砂の地平線に沈んでいった。

「さて、そろそろログアウトかな。夜が明けたらまた戻ってくるよ。そのときにトゥの企みがどう転んでいるかは分からないけれど、簡単なお使いならまた引き受けるからね」

『……その際は依頼する』

「ヴァ・ベーネ！　それじゃあね、チャオ♪」

　陽気なイタリア語と共に、男はログアウトして船の上から……この世界から消えた。

　一人……自身の言葉で言えば一機残されたクリスは、仮面の内でまたも舌打つ。

無知で不遜で、得体のしれない〈マスター〉。

それでも利用価値があるゆえに、情報源と小間使いに利用している。〈マスター〉は毛嫌いして距離を離しすぎるよりも、適度に利用するべきだと……クリスは知っている。

(布石は済んだ。この船でのこと、その先のこと。インテグラに……そして創造主様に預けられた計画。調査の過程にとり、このカルディナを取りまく環境は好都合。……しかし、〈IF〉、と言ったか。あの珠をばら撒いた愚者の群れは……)

クリスは先ほどまで男がそうしていたように、陽が沈んだ後の地平線を見る。

『何に手を出したのか、珠の中に何が紛れていたのか。奴らも遠からず知るだろう』

そして彼女は、何かを憐れむように世界を見回した。

『既知の災厄、目覚めは間近』

第四話 戦場パーティーとテロリズム

□■【エルトラーム号】・特別ホール

砂上豪華客船【エルトラーム号】の処女航海。

その最後の一夜に船内の特別ホールでは盛大かつ華美な舞踏会が開かれている。

ホールの壁際には飲食自由の料理や美酒が並び、立食パーティーの体もなしていた。

「おいしい……おいしいっす……。久しぶりのご馳走っす……」

そして、壁の花になりながらモグモグと料理を胃の腑に収めている少女がいた。

誰あろう、〈ゴブリン・ストリート〉のフェイである。今はレンタルしたドレスに身を包み、顔の傷も化粧で薄くしてパーティーに臨んでいる。

「……フェイ。貴女、『舞踏会で踊れたらロマンティック』と言っていませんでしたか？　なぜ踊らずに食事に夢中になっているのです？」

こちらもドレスを身に纏ったニアーラは、仲間の食べっぷりを呆れながら見ている。

「……だって今はオーナーいないっす。オーナー以外と踊る気もないっす。だからオーナーと踊るときのために、英気を養っておくっす。スタミナポイント補充(ほじゅう)っす」

「SPはスタミナポイントの略ではありません。技力(スキルポイント)です」

「えー？　それっていまいち何だか分からないっす。MPはマジックポイントっすから、対極で持久力じゃないっすか？　SPは物理スキルに多く使うから余計にそう思うっす」

　ニアーラは、『フェイはおバカですが、時折鋭いことを言いますね』と感心した。

　言われてみれば『魔力(まりょく)を使う』は理解できるが、『技力を使う』というのは理解しにくい。ヘルプには技力と書かれているが、実際にはどんな力で魔力とはどう区別されているのか。言葉以外では実感しにくい。

（まぁ、ゲームの設定上の理由でしょうけれど。何でもMPに一本化したら物理前衛職でもMPを伸(の)ばす必要が出てしまいますし）

「ま、SPが何かなんてどうでもいいっす。本命(オーナー)に備えて準備っす！」

「……そうですか。ところでフェイ」

「なにっすか。モグモグ」

「あまり食べると、体のラインが変わりますよ？」

「え？」

言われてフェイは自身の腹部を見下ろし、驚愕の表情で固まった
「に、ニアーラ……さっきレンタルするとき、このドレスが良いって見繕って……」

「ええ。女性の体のラインを魅せる、魅力的なドレスですよ。

——食べ過ぎてお腹がふくれていなければ、ですが」

ニアーラは眼鏡をクイっと上げながら、少し腹黒そうな笑みを見せた。

「謀ったっすねニアーラ！　ていうか、ニアーラは何も食べてないっす⁉」

「淑女にとって、舞踏会での飲食はないも同じ。体のラインに限らず、ダンスで顔を寄せたときに料理の匂いがしても困るでしょう。私が卒業した女学院では常識でしたよ？」

「道理で今日は止めるのが遅いと思ったっすー⁉　あとさらっとお嬢アピールっす！」

「オーナーは身内に優しい方ですから、踊ってくれるでしょう。ですがポッコリお腹で料理臭のする貴女と、スリムで微かに香水が香るだけの私。どちらが好印象でしょうね？」

「汚い！　さすがメガネ汚いっす！」

鮮やかに自分を嵌めた（⁉自分が勝手に嵌った）ライバルに対し、フェイは戦慄する。

フェイの頭の中では悪役令嬢の如くニアーラが「オホホ」笑いしていた。

実際にはそんな笑い方はしていないが。

「で、デオドラントのアイテム買ってくるっす！」

せめて匂いだけはどうにかしようと、フェイは特別ホールを飛び出して商業ブロックへと駆け出して行った。本人と紐づけされたチケットがあれば再入場は可能だが、エルドリッジが戻ってくるまでに準備を整えられるかは時間との勝負である。

そんなライバルの足掻きを、ニアーラは「……ちょっといじめすぎてしまいましたか」と反省しながら見送った。

「さて、オーナーとフェイが戻ってくるまで一人ですね……おや？」

ニアーラが何となく周囲を見ると、舞踏会の参加者の一人が目に留まった。

それは〈Infinite Dendrogram〉では珍しくもない美形男性の〈マスター〉だった。

ニアーラは、自分でもなぜ彼が目に留まったのか分からなかった。

（身長が違う。髪色が違う。顔立ちも違う。そもそも性別が違う）

首を傾げながら考えて……。

（それなのになぜユーリさんを連想したのでしょうか？）

ニアーラ――ニーナはリアルで授業を受け持っている女学院の生徒を思い出した。

不思議がられている男性――ユーゴーはその視線には気づかなかった。

ユーゴーもユーゴーで……悩んでいる最中だったからだ。

◇◇◇

□【装甲操縦士(アーマー・ドライバー)】ユーゴー・レセップス

スターとの情報交換の後、マニゴルドさんにその件を報告して資料も渡(わた)した。

マニゴルドさんもその情報には納得していて、通信で議長に伝えたらしい。

また、エミリーに関しては私同様に「現状では打つ手なし」ということになった。

今回も珠を中心に騒動が起こる可能性が高い以上、マニゴルドさんの持つ珠の傍(そば)にいることが唯一(ゆいいつ)の対策だと言っていた、けれど……。

「マニゴルドさん……。彼女(エミリー)は珠を狙(ねら)ってくるかもしれない、と言ってましたよね？」

「正確には『珠を中心に騒動を起こすかもしれない』だな。それがどうかしたか？」

私はマニゴルドさんの隣で僅(わず)かに苛立つ。

……それはマニゴルドさんの言葉だけでなく、周囲の状況(じょうきょう)によるもの。

ここは、【エルトラーム号】の特別ホール。船内で最も広いスペースであり、船上舞踏会の舞台(ぶたい)であり、私達の周囲には……無関係の人々が思い思いに舞踏会を楽しんでいる。

――エミリーに襲撃(しゅうげき)されるかもしれない私達の傍で。

「もっと……人気のない所で過ごすべきじゃないんですか？」

「ああ。このタイミングで俺や珠を狙ってきたなら、ここは惨劇の舞台になる」

私の言葉にマニゴルドさんはあっさりとそう言った。

「資産家や著名人、上流階級も多く参加しているこの舞踏会。カルディナの受ける人的被害はそれなりに大きくなるだろうな」

「だったらどうして……」

「より平均的な安全を選択した結果だ」

「……？」

平均的、安全、その言葉の意味が私にはよく分からない。

「【殺人姫】やその一派が俺や珠を狙っているならば、この会場の人間は巻き込まれる哀れな被害者だ。しかし、そうではない理由でここが襲われたら？」

「そうではない……理由？」

「例のコルタナでの殺戮。あれは見ようによっては珠とは無関係に、カルディナの大都市で暴れただけかもしれない。連中が珠以外の目的を持っている可能性はあるのさ」

「………」

「ならば仮に一派がここを襲うとしても、珠以外の理由があるかもしれない。たとえば、この舞踏会での被害はカルディナの富裕層に大きな損害を与える。それを狙って、この会場を襲うかもしれない。そうなったとき、ユーゴーの言うように人から離れていた方が問題だ。現場にいないために、即座の対処ができなくなる」

マニゴルドさんの言わんとすることが、分かってきた。

「被害を極力減らす最善ではなく、最初から次善……ということですか？」

「ああ。被害を完全にゼロにするか最大にするかのオール・オア・ナッシングではなく、どう転んでも最悪よりは被害を減らせる。そういう選択だ」

理解はできる、けれど……納得はできない選択だった。

それは、かつて迷っていた私自身が選んだ決断に似ている。姉さんの〝計画〟に殉じることで、王国と皇国の最終的な被害を減らせるという……あの時の自分の決断に。

過去と今の感情が混ざり、私はいつしか拳を握りしめていた。

「レセップスさん。思いつめた顔をしないでください。きっと悪いことにはなりません」

そんな私に、マニゴルドさんの隣のイサラさんが優しくそう言葉を掛けてくれた。

「何事も起きずに終わるかもしれま……」

「イサラ。無駄な慰めはよせ。その可能性だけはない」

イサラさんの言葉を、これまでになく厳しい口調のマニゴルドさんが遮った。

「……出過ぎたことを申しました」

イサラさんは頭を下げ、そのまま口をつぐんだ。

「マニゴルドさん。その可能性がない、とはどういうことですか？」

「……この舞踏会の参加理由だが、三つある。まず、先ほど述べた防衛上の次善。次に、個人的に記念として参加しておきたかったということ。そして、最大の理由が三つ目だ」

「それは……何ですか？」

「――議長が『舞踏会に出ろ』と言ってきたからだ」

その言葉を口にするマニゴルドさんの顔は、僅かに畏怖を覚えているようだった。

彼の畏怖はきっと、議長……カルディナのトップに由来するのだろう。

「うちの議長について、どのくらい知っている？」

「……名前は、ラ・プラス・ファンタズマ。長命で長い期間、カルディナ議会の議長を務めている女性。それで、その……」

「〝魔女〟や〝妖怪〟と呼ばれている、だろう？」

頷いて、肯定する。世間に伝わる評判は、そのようなもの。

けれど、政治家としての有能さは疑われていないようだった。

「議長の異名は幾つもあるが、その中に決定的な奴がある」

「決定的？」

「〝未来視〟、だ」

「未来視って、それは師匠の〈エンブリオ〉……カサンドラみたいな？」

自らに迫る危険を予知し、回避することができる……恐らく唯一の未来を視る〈エンブリオ〉。真っ先に連想したのはそれだったけれど、マニゴルドさんは首を振った。

「あの色ボケの近眼とは違う。老眼と言うと後が怖いが、議長はもっと長いスパンで先が見えている節がある。それも最長で年単位だ」

「そんなまさか……」

「自由気ままに活動する〈マスター〉が何十万といる〈Infinite Dendrogram〉。普通に考えればありえないが、事実だ。政敵や……、政敵を先が見えているように罠に嵌める」

マニゴルドさんが言いかけたのはきっと『政敵や他国』、だろう。私が元々いた皇国は、カルディナの策略で更に泥沼に嵌ったようなものだと聞いているから。マニゴルドさんは私が皇国出身であることを思い出して、気遣って言い換えたのかもしれない。

「それほどに先が見えている議長が、『舞踏会に出ろ』とだけ言った。これまでの船旅でろくに何も言ってこなかったがここに来てこれだ。何も起きない訳があるか」

　その言葉は畏怖と信頼が合わさっているように感じられた。

「実はな。この国で議長が〈マスター〉の取り込み準備を始めたのはサービス開始前だ」

「え？」

「普通ならありえない。リアルを知らないティアンには予測不可能だ。しかし議長はそれをやる。その意味が分かるか？」

「……運営側、ということですか？」

〈Infinite Dendrogram〉には、王国のトム・キャットのように運営側の〈マスター〉ではないかと思われる存在がいる。

　カルディナの議長も、そうした立場の人物なのだろうか？

「その線もあり得るな。俺達はもっと別口だと思っているが……知らされちゃいないし、探ってもいない。まぁ、ファトゥムだけは正体を知ってるんだろうがな」

「それはどういう……」

　私はマニゴルドさんの言葉の意味を尋ねようとして……。

――唐突な爆音に声を遮られた。

それは特別ホールの外から、そして中から聞こえてきた。

特別ホールの壁が砕け、爆煙が吹き込み、煙の中から巨大な影が飛び出してくる。

それは……十機以上の【マーシャルⅡ】だった。いずれも砂漠色に塗装されており、頭部の形状や関節部に施された砂塵防護のカバーがオリジナルと異なる。

加えて、〈叡智の三角〉では恐らく作られていないだろう火器を装備している。

さらに数十人の歩兵（甲冑型の〈マジンギア〉を装備した者もいる）が随伴している。

砕けた壁と舞い散る炎、何より彼らの放つ剣呑な雰囲気が、会場の乗客達にそれが余興ではなく本当の襲撃であると理解させる。

乗客の悲鳴が木霊し、我先にと逃げ出そうとする人々で会場はパニックになる。

イサラさんはマニゴルドさんを庇うように前に出て、マニゴルドさんは私に向けて『言ったとおりトラブルになっただろう？』と言いたげな表情を浮かべていた。

『我々はドライフ正統政府。【エルトラーム号】の乗員に告げる』

混乱の坩堝と化した会場の中で、スピーカーから不意にそんなアナウンスが響く。

「ドライフ正統政府……？」

私の出身国の名を冠した、しかし心当たりのない集団の名に疑問を覚える。

『我らがこの船ですべきことを終えるまで、抵抗はしないでもらいたい。抵抗しないのであれば、我らも乗客に危害を加えることはしないと約束しよう。だが抵抗があった場合、我らは乗客に対して無差別に武力を行使する。非戦闘員への攻撃も辞さない』

それは〈マスター〉をはじめとした『戦える乗客』に向けられた言葉だった。

抵抗すれば、女性や子供も含めた他の乗客の命を奪うと言っている。外道の類の言葉だ。

……姉さんも近しい言葉を言っていたけれど。

『我らが目的を達成した後、諸君らは解放される。それまでは動かないでもらおう』

宣言の直後、乗客達が脱出しようとしていた扉を破り、新たな機体が現れる。

そうして何機もの【マーシャルⅡ】が出入り口を塞ぐ形で配され、特別ホールにいた乗客は室内に閉じ込められてしまった。ここだけでなく、船内の各所が同じ状況なのだろう。

「……チッ。遮断済みか」

隣に立つマニゴルドさんは耳元に手をやって、舌打ちしている。見れば、耳には【テレパシーカフス】が装着されている。恐らく通信を試みて、それが叶わなかったのだろう。

マニゴルドさんは少し思案して、イサラさんを見た。

そして無言のまま自身、イサラさん、そして私を順に指差す。

『聞こえるか？』

すると唐突に、頭の内側に響くようにマニゴルドさんの声が聞こえた。

「⁉」

『声は口から出すな。口を閉じたまま小さく呟けばそれで伝わる』

『は、はい……。でも、これは……?』

『俺達は今、イサラの鋼糸骨伝導……要は糸電話で会話を繋げている。コメカミに触れるなよ。そこに糸がついているから、指が切れる』

糸が付いていると言われても、まるで目視できない……。

『イサラは【鋼姫】、地属性金属操作魔法の超級職だ。このくらいの芸当は出来る。ああ、動く分には構わない。その都度イサラが長さを調整する』

驚きと共にイサラさんを見ると、柔らかく微笑みを返された。

『しかし案の定のトラブルだ。議長め、この分だと仕掛けてくるのが正統政府の連中ということまで分かっていたんじゃないか?』

『マニゴルドさん。ドライフ正統政府とは、何ですか?』

『端的に言えば皇国の内戦の敗残兵だ。戦死も降伏も処罰も逃れた連中がこっちに流れてきた結果だな。しかも、相当数の【マーシャルII】を保有しているらしい』

……名前と【マーシャルII】からもしかしてと思ったけれど、うちの国由来だった。

『マニゴルドさん……この状況、どうするんですか?』

『さて、どうしたものかな』

マニゴルドさんは弛んだ顎を撫でながら、唸る。

『イサラ。どこまでカバーできる?』

『長距離での操作は不得手なもので……会場の半分が限度かと』

『そんなところか。さて、聞いての通りイサラは個人戦闘型で、広範囲をカバーするような戦いはできない。逆に俺は……他の乗客を巻き込むような戦いしかできない』

姉さんも度々言っていた個人戦闘型と広域殲滅型の問題点、か。

こういった守る者がいる状況では広域制圧型や……純粋に数の多い側が有利となる。

『ユーゴーは連中を一斉に【凍結】して制圧できないか?』

『キューコの《地獄門》は、そこまで細かな区別はできませんよ』

ティアンのみ、〈マスター〉のみ、モンスターのみ、といった区別はできる。ルークと戦った時のように、〈マスター〉とモンスターといった設定もできる。

けれど、『敵対したティアン』のみなどという便利な区別はできない。

むしろ対象外を先に設定する形だ。ギデオンでの使用時は、〝計画〟の実行前に姉さんとベルドルベルさんを登録して対象外に設定し、他の〈マスター〉を凍結させる形だった。

その設定をする余裕がなかったコルタナでは、エミリーを止める際に他の〈マスター〉まで凍らせてしまっている。

『今ティアンのみを【凍結】させたら、乗客も幾らか凍ります』

キューコが難色を示していたように、カルディナの人々の同族討伐数は比較的高い。

体が一部でも凍れば、この状況だ。混乱の中で砕けてしまうかもしれない。

相手からの被ダメージで効果を発揮する《第二地獄門》ならその心配はないけれど、相手の攻撃を許せばそれで乗客に被害が出てしまう。

『強力なスキルに欠点は付きものだからな。この分だと、ユーゴーとキューコもまだ自覚していない弱点があるんじゃないか？』

それはない、とは言えない。実戦での使用回数はさほど多くないから、まだ把握していない仕様がある可能性は否定できないからだ。

『しかし状況は理解した。被害を抑えて解決するには手が足りんな。増やそう』

『え？』

『イサラ。通話先を一人追加だ。対象は……』

そうしてマニゴルドさんは……会場にいた乗客の一人を指差した。

◇◆◇

□■【エルトラーム号】・特別ホール

襲撃によって混迷を極めた特別ホールの中でただ独り、笑みを浮かべる男がいた。

（……勝った！　賭けに勝ったぞ！　ニアーラ！　フェイ！）

それは〈ゴブリン・ストリート〉のオーナー、エルドリッジである。

彼はドライフ正統政府の襲撃を、心から喜んでいる。

なぜなら、これこそが彼の待ち望んでいた展開だからだ。

〈ゴブリン・ストリート〉が狙っていたターゲットとは、ドライフ正統政府である。

彼らの運用する【マーシャルⅡ】のカルディナにおける市場価格は、一機八〇〇〇万リルを下らない。他の装備も機械技術がふんだんに使われた高級品だ。

そんな極めて高価な獲物がこの【エルトラーム号】への襲撃を企てているという情報を偶然に掴み、彼らはこの船に乗り込んだのである。

見つからないままに最終日の夜に至り、エルドリッジも空振りかと焦っていたが……天はまだ彼らを見放してはいなかった。

（あとはタイミングだ。何時、動くか。それによって強奪後の状況が変わる）

奪うだけならば、さほど難しくはない。それが可能なスキルを彼は有し、この時に備えて大量の【マーシャルⅡ】を格納できるだけのアイテムボックスも用意してある。

襲撃者であるドライフ正統政府を返り討ちにし、所持品を奪うことも問題はない。

だが、ドライフ正統政府に対しての抵抗はそのままティアンの殺傷に繋がる。

それ自体は特に何とも思っていないが、問題はそれで副次的に生じる不利益である。

エルドリッジの軽率な行動がきっかけとなって乗客……それもカルディナの上流に位置する乗客達に多大な被害を出せば、後の展開がマズい。

指名手配、あるいは商業関係者でブラックリストにでもなれば、手に入れた【マーシャルⅡ】をカルディナで捌くことができなくなる。

それどころか、怨恨で〈超級殺し〉のような殺し屋を送られる恐れもあった。

そうしたリスクが考えられるため、エルドリッジは慎重に行動のタイミングを計る。

（ベストのタイミングは、船全体で反攻が始まったときだ）

きっかけが自分でなければ、どうとでもなる。

混乱・混戦の最中に【マーシャルⅡ】を可能な限り強奪する。

責任追及を回避しつつ、利益を得るならばそれがベスト。

（今は待つのみだ。……しかし、フェイの姿が見えないな）

エルドリッジは混乱する会場内でも既にニアーラの姿は確認している。

だが、もう一人のメンバーであるフェイの姿は見えなかった。

（複数種の通信妨害で【テレパシーカフス】も使えない。どうすべきか……）

タイミングが重要である以上、連携は必須。

それにエルドリッジは【マーシャルⅡ】さえも奪えるが、歩兵達が持つ装備を奪うならばフェイとその〈エンブリオ〉の方が適している。

（ニアーラに事情を聞くか、探しに行く必要がある。だが、その場から動くなと指示が出ている以上、ここで動くのはきっかけになりかねね……）

『――おい。お前、【強奪王】エルドリッジだろう？』

思案するエルドリッジの脳内に、背筋を凍らせるような呼びかけがあった。

「ッ……！」

咄嗟に攻撃せんとした体に制止を掛けながら、エルドリッジはゆっくりと周囲を探る。

周囲に怪しい人物はいない。むしろ、険しい表情で周囲を見る彼に怯える人物ばかり。

だが、少し離れた場所に、彼を真っすぐに見る人物がいた。

それは丸々とした肥満体の男……【放蕩王】マニゴルドだった。

ユーゴーに繋げたのと同じイサラの鋼糸を、今度はエルドリッジに繋げたのだ。

『骨伝導の糸電話だ。コメカミには触れるな。言葉は口の中で呟け』

視線と伝わってきた言葉で、エルドリッジはすぐに声の仕組みを理解する。

だが、理解できなかったことも当然ある。

（なぜこの男が……）

自分の名を知っているのか、と。

まさか自分達の行動や計画までも、〈セフィロト〉に把握されていたのか。

そんな疑念がエルドリッジの脳内に渦巻くが、実際には違う。

かつてカルディナが主導した王国の王都封鎖テロに参加したPKの中で、〈超級殺し〉を除く三クランのオーナーの情報は〈セフィロト〉内で共有されていた。

そのような事情で見知った顔であったから、マニゴルドも気づけただけだ。

『お前が何を狙っているのか薄々察しはつくが、まだ止めておけ』

『……承知している』

その言葉に警戒心が引き上げられるが、自身もまだ動く気はなかったのでそう返した。

『こっちは可能な限り人的被害を抑えたいんでな。やるならせめてタイミングを合わせ、かつ俺達の対処できない位置の連中を狙え』

要するに反攻作戦の戦力として自分を組み込むつもりだと、エルドリッジは理解した。

それは彼としても望むところだ。カルディナ議会直下の〈セフィロト〉による反攻指示。責任追及の生じないタイミングとしてこれ以上はない。

彼を騙して責任を全て被せるのでもなければ、良い提案だ。

『……その指示に従うメリットは？』

だが、あえて自分が既に利益を得られることを隠しつつ、エルドリッジはそう尋ねた。

得られるときに得ておく。まだ上乗せできるという、経験と勘による判断だった。

欲望のアクセルとも言えるその問いに対し与えられる答えは、

『――俺を敵に回さなくて済む』

非常にシンプルで……これ以上ない言葉でもあった。

『…………』

半ば脅しであったが、たしかにそれはメリットである。

〈超級〉に敗れて転落し続けた彼にとっては絶対に避けるべき展開だからだ。

……もっとも、最初の躓きである王都封鎖を計画したのがカルディナである以上、転落のきっかけはマニゴルド達とも言えるのだが……エルドリッジには知る由もない。

『それもお前らが他の乗客を狙わなければという話だがな。あとは……お前らの収穫を買い叩かずに買い取る相手を紹介してやる』

それはエルドリッジとしても願うところだ。まだカルディナのブラックマーケットに伝手がない。それが与えられるならば、十分にメリットとなる。

エルドリッジには提案に乗る以外の選択肢はなかった。

『……分かった。承諾する』

そうして、〈ゴブリン・ストリート〉は〈セフィロト〉と同盟を結んだのだった。

□■【エルトラーム号】・商業ブロック

ドライフ正統政府による【エルトラーム号】の制圧。

主たる制圧場所は人の集まった特別ホールだったが、他のブロックにも戦力は回されている。舞踏会の参加者でない乗客を制圧し、特別ホールでの反攻を防ぐ人質にするためだ。

現在、格納ブロックから直通の昇降機があったモールには数機の【マーシャルⅡ】を含む戦力が現れ、さらに別行動をとり始めた歩兵戦力が客室ブロックに向かっている。

そんな様子を、モールに並んだ観葉植物の植え込みから見ている者がいた。

（……なーんかえらいことになってるっす）

それはデオドラントのアイテムを購入するためにモールに来ていたフェイであった。

いま彼女は、隠密系統同様に盗賊系統が持つ《気配操作》スキルを使いながら隠れている。完全に気配を消せるわけではないが、動かずに隠れているだけなら十分だった。

（あれはアタシらの狙ってた獲物っす。ってことは、これで明日からもご馳走っす！）

段々と走行する【マーシャルⅡ】がお金に見えてきたが、現状では捕らぬ狸の皮算用だ。

（それにしても、マジでこの船をシージャックしたっすね。アタシが路地裏で小耳に挟んだ情報は無駄じゃなかったっす）

自分の仕事ぶりの結果にフェイは満足したようにうなずいた。

だが、ハッとして……重要な事に気づいたように天を仰ぐ。

（……ここ、砂漠だからシージャックじゃないっす。デザートジャックっす）

特に重要でもなかった。

（これからどうするっすかね。アタシ、頭良くないから一人だと何していいか分かんないっす。ホールに戻って相談したいけど、植え込み出たら見つかりそうっす。……あれ？）

フェイは隠れてモールの様子を覗いていたが、そこに異様なものが現れた。

それは金色の竜を模した頭の〈マジンギア〉だ。

黄金の機体は二機の僚機や歩兵達と共にモールを出て、どこかへと移動していく。

（すっごく派手でボスっぽい奴が出てきたっす……。オーナーならあれも奪えるっすかね……。でも、どっか行くみたいっす。んー……）

最高級の獲物であろう機体を見失ったらまずいかもと、フェイは何となく思った。

（一匹、尾行させてみるっす）

フェイは己の左手の甲――何かを求めるように伸びる数多の手の紋章――をつつく。

すると、紋章から半透明の液体が染み出し、零れ落ちた。

（ゲシュペンスト壱号！　あの金ぴかを追いかけるっす！）

半透明の液体は微かに震えた後、床を滑るように動いて金色の機体を追尾し始めた。

（あ。そうだ。これでオーナーと連絡とれるっすね。弐号にお手紙届けてもらうっす）

また紋章をつつくと、先刻と同じように半透明の液体が零れ落ちた。

（『アタシ、モール。指示、求む』、と。なんだか文通みたいっすね、てへへ……）

フェイはにまにましながらメモを書き、それを半透明の液体弐号に載せた。

すると、弐号はメモを載せたままスーッと特別ホールに向けて移動していった。

（ふー。これであとは待つだけっす。ニアーラなら「東方のイディオムに『果報は寝て待

て』というものがあるそうです」とか言うところっす）

そうしてフェイは一仕事やり終えた達成感を覚え、

「おい、そこの植え込みからスライムみたいなものが出てきたぞ」

「そこに隠れている奴、出て来い。出て来なければ撃つ」

幾つもの銃口が向けられる音と共に警告の声を浴びせられた。

□■【エルトラーム号】・特別ホール

特別ホールではマニゴルドとユーゴーとイサラ、エルドリッジと、彼からの提言でニアーラが加わり、イサラの鋼糸で作戦会議をしていた。

時折、兵士が鋼糸の張られた間を通るときもあるが、その都度イサラがコントロールしているので引っ掛かることはなく、気づかれてもいない。

『それで、行動のタイミングはいつ頃になる？』

『他ブロックで騒動が起きたときだ。そちらの抵抗が成功していれば、このホールとそのブロックは被害が抑えられる。連中が脅し通りの行動を取るなら動きを察知できるしな』

エルドリッジの問いに、マニゴルドはあっさりとそう答えた。

それで少なくとも最初に反攻したブロックと彼らがいる特別ホールで同時に動くことができ、彼らだけで動くよりは被害が抑えられる。

同時にきっかけが外部であり、ドライフ正統政府による人質への攻撃からホールを守るためという言い訳も立つ。エルドリッジと同様のことはマニゴルドも考えていた。

『……それでも、多くのブロックで犠牲者が出るのではないですか？』

だが、その判断をユーゴーは承服しかねた。

『さて、どうだろうな。ドライフ正統政府は皇国の第一機甲大隊の脱走者で構成されているし、そいつらの総数や名前は皇国が公表している。最大で二〇〇人にも満たない』

今後脱走者が他国で何かしでかそうとも、皇国とは無縁と宣言するためのものだ。

『それなりに規模は大きいだろうが、このホールに五十人以上の歩兵を配し、【マーシャルⅡ】にいたっては十二機も置かれている。人質の重要度を考えれば、この船を襲撃した戦力のほとんどをここに集中させ、他はさほど多くないはずだ』

マニゴルドの言う通り、戦力の数で言えばここにはドライフ正統政府の戦力の八割が集められている。個としての最大戦力であるカーティスはホール内にはいないが、それでもここを守れば乗客への被害は相当に抑えられる。

『それに打ち明けてしまえば、カルディナにとっての命の価値はこのホールの面々で外の全員を上回る』

『マニゴルドさん……！』

マニゴルドの打算的な言いように、ユーゴーは怒りを露わにした。

怒声が口から漏れなかったのは奇跡と言っていい。

『落ち着け。マニゴルドは露悪すぎで、ユーゴー・レセップスは感情的すぎる』

二人の間で……というよりもユーゴーがマニゴルドに対して燃え上がらせかけた怒りを鎮火させたのは、エルドリッジの仲裁だった。

『ユーゴー・レセップス。マニゴルドが外部の動向を待って行動を起こそうとしているのは、ここだけを守るよりも被害を減らそうと考えているからだ。でなければ既に動いているはずだ。そうだろう？』

マニゴルドは弛んだ頬でニヒルに笑うだけだったが、それが肯定であるのは窺えた。

『それより、実際に行動するときに俺達がどう動くかを詰めるべきだ。外での騒動がいつ起きるかは予測できない。作戦の概形だけはすぐに話し合っておくべきだ』

『そう……ですね』

ユーゴーはエルドリッジの言葉に、怒りを抑えて頷いた。

同時にエルドリッジについて、『誰か知らないけど判断力と冷静さを持った人物だな』とも考えた。マニゴルドからエルドリッジについての詳細を聞かされてはいないユーゴーだが、『カルディナの有力クランのオーナーか何かなのだろうか』と予想している。

『それについては、俺から提案がある』

マニゴルドは視線をホール内の四方の壁に目をやりながら、

『俺から見て正面と右側の壁に面した連中は俺が消す、』

決定事項のように、そう述べた。

『ついでに、攻撃も俺に引きつけておこう。先制打で連中が浮足立つ間に、後方をイサラが、左方をエルドリッジとそのメンバーが抑える』

『承りました』

『【マーシャルⅡ】三機と、歩兵が十六人か。……承諾した。ニアーラ、【マーシャルⅡ】から離れている歩兵の処理を頼む』

『了解しました』

エルドリッジは内心で『獲物が減るが、致し方ない。マニゴルドの担当する六機は残らないが、【鋼姫】イサラの担当した三機は可能なら拾っておこう』とも考えた。

『私は？』

自身の名が挙がらなかったことについて、ユーゴーが尋ねる。

『待機してくれ。ここでキューコのスキルが有効でない以上、後から使える展開が来るまで伏せておく。連中、あまり乗客に関心がないらしく、まだ気づかれていないからな』

『……〈超級〉の存在にも気づいていない杜撰さだからな』

彼の言葉に、〈超級〉の恐ろしさに一家言あるエルドリッジはしみじみと呟いた。

だが、これに関してはドライフ正統政府の性質上、仕方のない話でもある。

彼らは内戦で味方側の〈超級〉であるスプレンディダが【獣王】を倒せずに逃亡し、【獣王】もまたスプレンディダを倒せなかった経緯から、〈超級〉の戦力を不当に低く見積もっている節があるためだ。

そもそも、〈マスター〉の戦力としての有用性を世に知らしめたのが、彼らの嫌悪する皇王ラインハルトが彼らの離脱後に起こした第一次騎鋼戦争である。

そのため、彼らは〈超級〉の脅威を実感していない。いっそ稀有な立場ですらあった。

『…………』

作戦の段取りを話した後、エルドリッジは思考する。

（粗い作戦だが、極論それでどうにかなる。俺達の担当は処理能力の範疇。【鋼姫】イサ

ラも同様だろう。何より、本来ここの戦力を潰すだけならマニゴルド一人でいい）

彼が正面と右側の壁の担当を宣言した理由に、エルドリッジは既に気づいている。

予め船の構造は頭に入れている。正面と右の壁の向こうには外気しか存在しない。

つまり、そういうことだ。

『残る問題は、反攻が起きなかった場合か』

他のブロックが大人しくしたままでは、自分達も動き出す契機が見出せないとエルドリッジは危惧するが、それをマニゴルドは否定する。

『その心配は要らない。客船の周囲には護衛艦が配備されている。そちらは戦闘艦であるし、護衛依頼を受けた〈マスター〉も乗っている。そうでなくとも、この状況に率先して行動しようとする正義感はあれど頭の足りない〈マスター〉が乗船している可能性はある』

『……なるほど』

既に通信の遮断で異常は外部にも伝わっている。護衛を請け負う戦力が行動することは考えられるし、〈マスター〉が事件に際して行動するのもよくある話だ。

『何より……この船には時限爆弾が積まれているだろうからな』

『あ……』

『時限爆弾？　何の話だ？』

　マニゴルドの言葉にユーゴーが何かに気づいたように声を出し、エルドリッジは不穏当な単語に警戒心を強める。

『この船には【殺人姫】……エミリー・キリングストンも乗っている可能性があります』

『………何だと？』

　想定外の名前……大陸中央最凶のＰＫの名が挙がり、エルドリッジは驚愕する。

『どういう巡り合わせだ……。因果応報というにも程がある……。何でよりにもよってこのタイミングで、〈超級〉が三人も乗り合わせている……』

　それゆえ、そんな言葉を……マニゴルド達も聞き逃せない言葉を漏らした。

『三人？　それは一体どういう……』

　だが、マニゴルドの発した問いの答えをエルドリッジが返すことはなかった。

　それよりも早く……状況は急転する。

　ホール内を警戒する軍人達の通信機から……異常を報せるサイレンが鳴り響いたのだ。

「ッ！」

　それが彼らの話し合っていた『他のブロックの動き』によるものだとは、すぐに察しがついた。想定よりも早いが、しかし行動の機は逃せない。

軍人達がサイレンに呼応して武器を構えるよりも早く、彼らは動き出す。

「手筈通りだ」

マニゴルドが立ち上がり、そしてホールの中で周りに乗客のいない空間に飛び出した。

「ッ！　照準!!」

それに対する軍人達の反応は素早かった。明確に反攻の意思が見られる相手であるため、彼らの銃口はマニゴルドに集中したのだ。

そのようにして、自分を的にさせることがマニゴルドの狙いだった。

それは他の乗客を狙わせないためであったし、それよりも重要な狙いもあった。

「撃ェ!!」

身を隠してすらいないマニゴルドに、ドライフ正統政府の銃火が殺到する。

【マーシャルⅡ】が携行するのは協力者の提供した先々期文明の銃器。《クリムゾン・スフィア》にも匹敵する威力の砲弾が、マニゴルドに突き刺さる。

耐久型の上級職でも、即座に死亡する威力。

まして、マニゴルドのENDはAGI型と大差ないほどに脆いのだ。

直撃すれば死ぬだろう。

「――《金甌無欠（ジパング）》」

――直撃すれば。

マニゴルドの立っていた位置を包み込（こ）む、爆炎と爆煙。

しかし軍人達は炎と煙の隙間（すきま）に……金と銀の輝（かがや）きを見た。

炎が爆（は）ぜる音の只中（ただなか）に金属が触れ合う涼（すず）やかな音が響く。

そうして煙が晴れたとき、彼らは見た。

当然のように無傷で生き残っているマニゴルドを。

その足元に……堆（うずたか）く積まれた金貨銀貨を。

「資金提供感謝する」

そうしてマニゴルドは肥えた顔でニヤリと笑い、

「だが俺（おれ）は金持ちだ。施されるのではなく施す側だ」

そう言って、財布（さいふ）代わりのアイテムボックスの一つを逆さにする。

「ゆえに――俺からくれてやる」

足元の金貨銀貨の上に、更に金貨が積まれていく。

同時に、マニゴルドは自分の指で銃を象る。子供の鉄砲遊びのように、銃口に見立てた二本の指を正面の壁に……その前に並ぶ軍人達に向ける。

「二〇〇〇万チャージ」

マニゴルドが床を強く踏みつけ、直後に彼の足元の金貨銀貨が宙に浮かび……。

「――《金銀財砲》」

彼が指し示した方向――正面の壁に並ぶ正統政府へと飛翔した。

一瞬後に、幾つもの光と音が重なる。

金の輝き、銀の輝き、衝突音、破裂音、破砕音、短すぎる断末魔。

そうして一秒も経たぬ内に室内の風景は一変する。

マニゴルドの正面の壁はなくなっている。並んでいた軍人達も、【マーシャルⅡ】もなくなっている。跡形もなく消え失せて、後には砂漠の夜を覗かせる大穴だけがあった。

「え、あ……？」

軍人達がその光景に忘我した一瞬に、

「《金銀財砲》」

二射目が右側の壁の軍人達を消し飛ばした。

僅か数秒で、このホールに配されていた戦力の半数が消え失せた。

圧勝という言葉が生温いほどの蹂躙がそこにはあった。

しかしそれこそが【放蕩王】マニゴルドと……その〈超級エンブリオ〉であるＴＹＰＥ：アナザールール【金城鉄壁　ジパング】の力だった。


ジパングは、単機能に特化したテリトリー系列の〈エンブリオ〉。

同系のスキルの上位互換を重ね、必殺スキルもそれに準じたもの。

ローガン・ゴッドハルトのルンペルシュティルツヒェンと近い型だ。

そしてジパングの有する唯一の能力が、『ダメージの金銭への変換』である。

ダメージ吸収の更に先、吸収したダメージの硬貨への変換能力。

使用に際して一定時間ごとに決まったＭＰを消耗するが、その間に受けたダメージは多寡に関係なく全て金銭に変わって足元に落ちる。

それなりに消耗するためあまり長時間の発動はできないが、発動している限りマニゴルドは欠片もダメージを負わない。

〈セフィロト〉において、〝万状無敵〟カルル・ルールルーと〝蒼穹歌姫〟ＡＲ・Ｉ・Ｃ

Aに次ぐ防御能力と謳われている。

だが、それだけならば耐えるだけの〈エンブリオ〉。

それも時を置けば必ず限界が生じる不完全な盾である。

ゆえに、マニゴルドには矛が存在する。

敵対者を消滅させる矛こそが、【放蕩王】の奥義……《金銀財砲》。

【放蕩王】とは、金銭を浪費する道楽者系統の超級職。

その奥義の効果は至ってシンプルなもの——『捧げた金銭に応じた威力の砲撃』である。

一〇〇〇リルならば一〇〇〇リルの、一〇〇〇万リルならば一〇〇〇万リルの、一〇〇〇億リルならば一〇〇〇億リルの……砲撃が放たれる。

最大威力は……マニゴルドですら知らない。

際限なく金銭を生み出せる盾。際限なく威力を跳ね上げる矛。

それこそが、マニゴルドの力である。

「終了、だ」

そう言ってマニゴルドが葉巻を取り出すと、いつの間にか横に立っていたイサラが指——

——に纏わせた金属で吸い口を切る。

彼女も既に担当した軍人達の制圧を完了している。彼らの有していた銃器と【マーシャルⅡ】は、金属操作によって彼らを縛る手錠に……あるいは棺桶に変貌していた。

また、エルドリッジとニアーラもそれに少し遅れたものの、【マーシャルⅡ】三機を強奪し、歩兵も撃破している。急に【マーシャルⅡ】をエルドリッジのアイテムボックスに仕舞いこまれた軍人達は操縦姿勢のまま床に落ち、困惑した表情で倒れ伏していた。

「中々、手際が良いな」

「そちらの派手さのお陰で、一度奪ってから再装填するまでの余裕があった」

【強奪王】が持つアイテムを強奪するスキル、《グレータービッグポケット》は両手に一回ずつセットできるが、それも二機奪えば残弾が切れて再装填が必要になる。

しかしマニゴルドが防御と砲撃で耳目を集めたため、労せずにエルドリッジは再装填を終えて【マーシャルⅡ】を三機とも強奪できた。

制圧しながら歩兵の装備を奪う余裕さえもあった。

通信機のサイレンと眼前の仲間の消失で、二重に浮足立っていればなおさらだ。

（さて、ホール内の制圧は済んだ。次は他のブロックの救援か。ここ以外にも【マーシャルⅡ】がいれば実入りも増えるというものだが……）

三機だけでも成果は十分だったが、エルドリッジとしてこの機会を逃すのは惜しかった。

（どちらにせよ、マニゴルドからは引き続き協力を要請されるだろう）

ホール内の乗客に〈セフィロト〉……議会直属のクランの一員として説明を行っているマニゴルドの姿を横目に、エルドリッジは今後の動きを考える。

（マニゴルドと協力関係でも、他の二人の〈超級〉がどう動くかが分からない。間違っても敵対などしたくない……。そういえば、一体どこの誰が最初に動いたのか。その行動で被害が出ていれば責任追及の的になりかねないが……ん？）

不意に、足元をつつかれる感触を覚えてエルドリッジが視線を足元に向ける。

そこには彼のよく知る〈エンブリオ〉……フェイのゲシュペンスト弐号の姿と、彼女の筆跡で書かれた『アタシ、モール。指示求む』と書かれたメモがあった。

「………………」

『もしやフェイが引き金を引いたのでは？』と想像し、エルドリッジは冷や汗を流した。

そうであれば責任追及の的であり……折角の共闘もご破算になりかねない。

彼は超音速機動で素早くメモを拾い上げ、ゲシュペンスト弐号に『早く戻れ！　ハリーアップ！』と無言のまま手振りで伝えた。

「エルドリッジさん、どうかしましたか？」

「……いや、何でもない。それより他ブロックの救援に向かうのだろう？　急ごう」

ユーゴーが顔に冷や汗を浮かべているエルドリッジに問いかけると、彼と……彼の表情から事情を察したニアーラはホールの出口へと早足で歩き始めた。

ユーゴーも他ブロックの救援を急ぐべきとは考えていたのでそれに続く。

マニゴルドの方を見ると、彼も頷いて出口へと移動を始める。

既に説明を終えて、以後のホール内の防衛は他にいた〈マスター〉に任せていた。

そうして最初の戦闘をあっさりと片付けて、彼らはホールを後にしたのである。

しかし彼らはまだ知らない。

この戦いが【エルトラーム号】における戦いで、最も容易なものであったことを……。

□三分前　【エルトラーム号】・商業ブロック

「そこに隠れている奴、出て来い。出て来なければ撃つ」

植え込みの外から向けられた銃口と声に、隠れていたフェイは慌てていた。

（あわわわわ……！　み、見つかったっす!?　ど、どうするっす!?）

植え込みの中から確認する限り、彼女を取り囲む兵士は四人。

他の兵士の姿は周囲にはなく、モール内に配置された二機の【マーシャルⅡ】も彼女から見える範囲には見当たらない。

（えーと、えーと、こういうとき……こういうときは……！）

パニックになりかけた思考で、フェイは自身の紋章を指で連打する。

するとポコポコと紋章から半透明の液体が零れ落ち、合計で八つの水たまりになった。

（とりあえず！　アタシの安全優先で！）

そしてフェイは両手を上げて植え込みの中から立ち上がり、

「降参！　降参っす！　撃たないで！」

自分が無抵抗だと口頭で伝え、

「《真偽判定》に反応！　こいつ、抵抗する気だぞ！」

……《真偽判定》ですぐにバレた。

「ぎゃー!?　そんなスキルあったっす!?」

なお、熟練者ほど《真偽判定》がある前提で行動するので、引っ掛かる者は逆に少ない。

そして抵抗の意思を確認した軍人達は銃の引き金を絞らんとし、

「――《スティール》！」

AGIで勝るフェイが少しだけ早く自らのスキルを発動した。

だが、それは意味のないスキルだ。盗賊系統の《スティール》は対象の所持するアイテムをスキルレベルとDEX依存で盗むことができるが、対象に肉薄しなければ盗めない。

一〇メテルの距離から遠巻きに銃器を構えて囲む軍人達に、彼女の両腕は届かない。

彼女の両腕にとっては無意味なスキル発動だったが、

『――《Stehlen》』

――八本の腕は届いていた。

四人の軍人の足元で、八つの水たまりが言葉を発した。

それは先刻フェイの紋章から零れ落ちた半透明の液体。

だが、今は水たまりから半透明の腕が一本ずつ生えて、その掌中には……、

「……？　なに？」

軍人達の構えていた銃器が四つの水たまりに奪われていた。

また、他の水たまりの中には何も持っていないものが三つ……軍人のズボンを持っているものが一つあった。

「中々の結果……とか言ってる場合じゃないっす！　《スリーピング・ファング》！」

『――《Schlafen・Fangzahn》』

腕達の成果に感心しながらも、フェイは慌てて次のスキル……短剣の武器スキルである《スリーピング・ファング》を発動した。

同時に腕達も銃器を手放して手刀を象り、銃器の喪失で困惑する軍人達に切り掛かる。

手刀のダメージはあまりなかったが、軍人達は二度三度と切りつけられる内に【強制睡眠】の状態異常で意識を絶たれた。《スリーピング・ファング》が齎した状態異常である。

「制圧完了っす！」

武器も意識も（一名はズボンも）失った軍人四人に対し、フェイは勝ち誇った。

〈エンブリオ〉――TYPE：レギオン、【連動連打　シフス・ゲシュペンスト】。

日本の妖怪がモチーフとなったレギオン。水底に沈んだ亡霊の群れ。柄杓を求めて手を突き出し、さりとて与えればその柄杓で船を沈める船幽霊。

シフス・ゲシュペンストは、フェイより与えられたスキルを使う。

フェイが《スティール》を使用すれば、最大十本の腕も《スティール》を使う。フェイが《スリーピング・ファング》を使用すれば、《スリーピング・ファング》を使う。

それが固有スキル、《アド・ハンド》。『手』に関連したスキルに限り、重複使用できる。

ゆえにフェイは一人でありながら自身と合わせ、同一スキルを最大十一回同時発動可能となっている。加えて、先刻のように本人から離れてのスキル行使も可能だ。

代償としてガードナーとしての性能は低いためダメージソースにはならず、各ゲシュペンストは一度倒されると再構成まで一時間はかかる。

それでも有用性・汎用性共に高い〈エンブリオ〉であった。

「ふっふーん！　ちょっと高そうな銃を四丁と～、ついでにポケットの中のお財布とか全部貰っていくっす！　勝者の特権っす！」

フェイは眠らせた軍人達の所有物をゴソゴソと漁る。野盗クランの面目躍如である。

「これでしばらくは美味しいご飯に困らないっすよ～♪」

漁っている最中、不意に軍人達が腰につけていた通信機から一斉にサイレンが鳴った。

「みぎゃあ!?　なに!?　なにっすか!?　もしかしてアタシのせいっすか!?」

フェイは特別ホールでエルドリッジが危惧するように、自分が原因でこのサイレンが鳴り始めたのだろうかと恐れ慄いたが、それは違う。

此処で起きた異常を報せるならば、彼らの通信機からサイレンが鳴ることはない。

異常はフェイが行動するよりも早く……別の場所で起きていたのである。

■五分前　【エルトラーム号】・二等客室ブロック

「ひっく……ぐす……」

一人の少女が、客室ブロックの通路を走っていた。

少女の双眸からは涙がこぼれ、床の絨毯に雫の染みを作っていく。

「おとうさん……」

この少女……ドリスはマニゴルドが商談を行った男性の娘だった。

彼女の父はとある奴隷商人の部下であり、長年下働きから抜け出せない男だった。

合法であれども世間の目は他の商人に向けられるよりも厳しく、さりとてそれに見合うほどの収入があるわけでもない。ドリスの母はそんなうだつのあがらない父に愛想を尽かし、とっくに出て行ってしまっている。

ドリスの家に転機が訪れたのは、父を雇っていた奴隷商人が珠を手に入れたときだ。

モンスターを人間に、それも美男美女に変える珠。

元がモンスターであるゆえに入手は容易く、それでいて人間の欲望を満たすには十二分。

奴隷商人はすぐに珠を使って荒稼ぎをし始めた。

だが、珠で人間に変わったモンスターは三日で元に戻った。

奴隷商人は詐欺だとなじられ、店は叩き壊され、いつの間にか本人も殺されていた。

ただ、事の元凶である珠だけは、下働きであったドリスの父の手元に転がり……それを手に入れた父は一計を案じた。

いや、それは一計というほどのことではないのかもしれない。奴隷商人の末路を見ていた彼に珠で商売をしようという思いはなく、誰かに放り投げたい気持ちで一杯だった。

ゆえに、そのとおりにした。カルディナの商業において最も大きな存在……カルディナの議会に匿名で手紙を送り、珠を売りたいと申し出たのだ。

そして議会から指定されたとおりに【エルトラーム号】に乗り込むことになった。

珠を狙う追っ手や、奴隷商人を恨み下働きにすぎなかった彼までも狙う相手を恐れ、必死に逃げながら【エルトラーム号】の停泊する都市にまで逃げ込んだ。

そうして船の中で商談を終えた父は、ドリスに言った。

「ようやく、ようやく私も店を持てるよ……。それもドラグノマドの店だ。これからはドリスのことを、もっと幸せにしてみせるよ……」

父はその言葉と共に、ドリスの頭を撫でた。それはほんの、六時間前のことだ。

けれど今、ドリスの傍に父はいない。

特別ホールで舞踏会が始まったとき、ドリス達は参加しなかった。

それまでの逃走生活の疲れから、客室で休んでいたのだ。

そんな彼女達を起こしたのは、スピーカーから聞こえた正統政府による警告だった。

突然の声にドリスの父は跳び起き、しかし状況を把握できずにいた。

そんな折、彼らの客室のドアを開けて、銃を構えた軍人が部屋に押し入ってきた。

客室ブロックの乗客を一ヶ所に集め、監視するために各部屋を回っていた兵士だ。

ドリスの父は怯え、慌てふためき、咄嗟に室内の花瓶を軍人に投げてしまった。

あるいは、その行動は追われ続けた逃走生活の恐怖ゆえかもしれない。

しかし、軍人は抵抗を見せたドリスの父に対し、咄嗟に引き金を引いた。

何発もの銃弾が体を貫通し、ドリスの父は致命傷を負った。

「ど、ドリス……逃げる、んだ……ま、マニゴルド、さん、に………」

ドリスの父は口から血の泡を吐きながら、室内の軍人に決死の思いで抱きついた。

娘の逃げる時間を作るための、もはや生き長らえぬと覚悟しての行動だった。

それでも、ドリスは動けなかったが……。

「い、ぐ、んだ……！」

決死の形相で最期の言葉を述べた父に背を押されるように……ドリスは逃げ出した。

「ひぐ……ひぐ……」

ドリスは泣きながら通路を走る。目指しているのは父と商談したマニゴルドのいた部屋
だが、子供の短い歩幅ではそこまで辿り着くのにどれほどかかるかも分からない。

それよりも先に、船内に散らばった正統政府の軍人に見つかってしまうだろう。

だが、彼女はそれに気を配って隠れる余裕などなかった。

ただ、父の遺した言葉通りに逃げて、走るしかなかった。

泣きながら、走りながら、ドリスは思う。

(しあわせになるはずだったのにどうして……。つらいよ、くるしいよ……おとうさん)

父の語った幸福な未来は、今の彼女にはまるで見えていなかった。

涙で滲んだ視界は、前すらも見えない。

だから、だろうか。彼女は、前にいた誰かにぶつかってしまった。

「あっ……。ご、ごめ……ん、なさい」

「いたーい。おしりぶちゅけた……あれ？　あにゃた、ないてるの？」

「…………あ」

ぶつかった相手……舌足らずな少女に指摘されて、ドリスは自身の双眸に触れる。

溢れる涙はとめどなく、今も流れ続けている。

「どうしちゃの？　けが？」

「……おとうさんが、うたれて、わたし、にげろって……」

少女の問いに、途切れ途切れの言葉でドリスは答えるが、しかし話すうちに悲しさが再びこみあげて、また涙が溢れてしまう。

「…………」

少女はそんなドリスを、ジッと見ていた。

ただ、不意にポケットからハンカチを取り出して、優しくドリスの顔を拭った。

「ないても、いいよ。ないて、ないて。かなしいときは、なくの」

舌足らずが少し収まった口調で、少女はドリスの涙を優しく拭き続けた。

そうして、二人の少女の時間が少しだけ流れて、

「いたぞ！　子供が二人いる！」

「確保だ！　抵抗すれば撃て！　見た目が子供なだけの〈マスター〉かもしれん！」

武装した軍人達の足音が、彼女達に近づいてきた。

「あ、あなたも、にげ、て……！　わるい、ひとたちが……！」

泣いていたドリスは、怯えながらも必死にそう言った。

父を殺した者達が、この優しい子までも殺してしまうのではないかと、恐怖しながら。

そして、自分自身の死にも怯えながら……。

「…………」

だが、その言葉を受けた少女は——無表情だった。

まるで機械のように冷めた瞳で、迫る軍人達を観察している。

「手を上げろ！　大人しくついてこい！　抵抗すれば撃つ！」

そして少女は……軍人達の銃器の銃口が自分とドリスに向けられたのを確認した。

「――マイナス」

――少女が放った一言の後、ヘルメットを装着した頭部がモールの床に転がった。

転がる頭部は一つではない。

緩やかな弧を描いて飛んだ手斧が、三つの首を一度に落とす。

「な⁉」

その驚愕は、仲間の首が飛んだことに対してのものではない。

自分の眼前に、手斧を右手で振りかぶった少女がコマ落としのように現れたからだ。

「マイナス」

言葉と共に、首を刈る。超音速機動の目にも留まらぬ素早さで、次々に惨殺する。

「ひ、ひぃ……！」

眼前に広がる悪夢染みた光景。ドレスを着た幼い少女が、訓練された軍人を皆殺す悪夢。

だが、彼らが自分で言ったことだ。

――見た目が子供なだけの〈マスター〉かもしれん。

然り。少女は〈マスター〉である。

そして、〈マスター〉の中でも最悪に数えられる一人。

【殺人姫】エミリー・キリングストンが……彼らを敵と見做したのだ。

「き、緊……ぐぇ!?」

最後の一人は通信機の非常警報ボタンを押すが、内容を告げる前に息絶えた。

各通信機にサイレンが響き、どこで何が起きたかが誰にも分からぬままに混乱は広がる。

「……エミリー。ここにいたのか」

サイレンが響く中、右腕が包帯の男……張が姿を現す。

予告なくログインしていたエミリーの姿を求め、客室ブロックを捜し回っていたのだ。

「これは……」

散らばる軍人の死体に、張は何が起きたかを理解する。先刻の正統政府のアナウンスも聞いているため、これが各所での戦闘の引き金になるだろうことを張は予感した。

(ラスカルさんが来るまでは、何事も起こしたくなかったが……)

しかしこの突発的な緊急事態。張ではコントロールするにも限度があった。

ともあれ、今はエミリーと共にどこかに身を隠し、戦闘の推移を見守るべきだと考えた。

「エミリー。…………ッ!?」

だが、それが叶わぬことを、張はすぐに察した。

エミリーは……いまだ自動殺戮モードの只中にあった。

敵対者を殲滅したというのに、臨戦態勢が解けていない。

(またコルタナのような……だが、敵対戦力も中立戦力もいないいんだぞ⁉)

あのときは敵を殺し続けた後、味方でもない中立の〈マスター〉に反応して継続してい
たが、今は違う。いるのは張と……銃を向けられた恐怖で気絶したドリスだけだ。

(この少女は、先の護衛対象の娘か。なぜここにいるのか不明だが、エミリーが彼女を敵
と見做しているわけではないのだろう。それならば、エミリーが殺しているはずだ……)

こうなったエミリーの前で生きている時点で敵という線はあり得ない。

だが、それゆえに困惑する張を……エミリーはさらに困惑させた。

自動殺戮モードのまま武器を下ろし、そしてドリスを抱え上げたのだ。

それはドリスを労るような、優しい動作だった。

「な……」

この状態のエミリーに『殺す』以外の行動が取れるのかと……張は驚いた。

あるいは、この場にいたのがラスカルでも同じだったかもしれない。

「…………」

そしてエミリーは無言のまま、ドリスを張へと預けた。
「エミリー?」
問う張には反応せずエミリーは背を向け、両手に手斧を構えて……商業ブロックに繋が
る通路を歩き出した。
それはまるで……『この子はまかせた』と言っているようでもある。
そして解けぬ自動殺戮モードは――『もっと殺してくる』という意思表示だった。
「………」
いまだかつてないエミリーの行動の理由が張には理解しきれなかったが、『……まずは
エミリーの希望通り、この少女の安全を確保すべきか』と考えた。
そして張はエミリーに警戒用のキョンシーを一体つけ、自身は気絶したドリスを安全な
場所へと連れて行った。

かくして、火薬庫同然の【エルトラーム号】に最大級の火種が投下された。

第五話　混乱と更なる混乱

□【装甲操縦士】ユーゴー・レセップス

特別ホールを出た後、私達は二手に分かれた。

マニゴルドさんは操舵を始めとする船のコントロールを担うブリッジに、イサラさんは輸送中の物品を収めた貨物ブロックに向かった。守らなければならない重要施設であるし、ホールでのことを把握できていないだろう船長達に現状を説明するためでもある。

残る私達は、商業ブロックから順に船内の残敵掃討を行う任を担った。

商業ブロックから始めるべきだと言ったのはエルドリッジさんだ。

理由としては『連中が船のインフォメーション設備を使用したということは、商業ブロックは確実に押さえられているということだ』という非常に納得のいくものだった。

「ねえ、なにかくしてる？」

けれど唐突に、キューコが先行するエルドリッジさんにそんな言葉を投げかけた。

「キューコ？」

「隠している、とは？」

「なんだかあせってる。わるいことばれないかひやひやしてるみたい」

「………………」

キューコの言葉に、エルドリッジさんは無言だった。

だが、そこはかとなく……首筋に冷や汗が伝っているようにも見える。

「……実は商業ブロックのモールに、クランのメンバーがいる。彼女のやらかし（現状）が心配で急いでいた。こんなときに私情を混ぜて済まない」

「いえ、エルドリッジさんの言うように、商業ブロックに正統政府がいるのは確かです」

他に理由があるとしても、商業ブロックには確実に連中がいるから向かう必要がある。

「それに、仲間のことが心配なのは当たり前ですよ」

「そう言ってもらえると、助かる」

エルドリッジさんは本当にホッとした顔でそう言った。

やっぱりクランを大切にする良いクランオーナーなんだろうな。

そうして私達は通路を抜けて、商業ブロックに辿り着いた。

「早速（さっそく）のお出ましだ。来るぞ」

商業ブロックに入ってすぐ、一機の【マーシャルⅡ】――かなりカスタムされた機体と――十人近い歩兵がこちらに接近してくる。

エルドリッジさんはすぐに右手を振るって相手の機体を奪うスキルを使用したけれど……その機体は奪われず、前進を止めもしなかった。……どうして？

「……相当に高レベルの盗難対策が施された機体だ。《グレータービッグポケット》の判定を二度続けて失敗した。ホールの連中と違ったのは見た目だけではないらしい」

私の疑問にエルドリッジさんはそう答えた。

たしかに、〈マジンギア〉に盗難・強奪系スキルの阻害オプションは載せられる。

でも、最高レベルの対策はそれ自体が本体に近い素材費がかかるから、そこまで高度なものは〈叡智の三角〉でもあまり使ってはいなかった。

私の【ホワイト・ローズ】と、師匠の【ブルー・オペラ】くらいのものだろう。

「こうなると、直接戦闘で破壊して進むしかないが……」

エルドリッジさんの顔には少しの焦りが見えた。

それはきっと、この商業ブロックにいるだろう仲間のことを案じているのだろう。

「ここは私に任せて。エルドリッジさん達は先に。キューコ！」

「うぃ、まむ」

私はアイテムボックスから【ホワイト・ローズ】を《即時放出》し、すぐに乗り込む。

キューコも即座に応じて、【ホワイト・ローズ】と合体する。

「……任せた」

「お願いします。……まむ?」

エルドリッジさんとニアーラさんは、そう言って迫る敵とは別方向へと駆け出した。

それを見送って、私も戦闘を開始する。

「キューコ、《地獄門》は?」

『だいじょうぶ。あいつら、ぜんぶふたけた』

迫るカスタム機のパイロットと歩兵、どちらも同族討伐数を持つのならば問題ない。エルドリッジさん達は既に対象外に設定してあるし、他の人々の姿もない今ならば使える。

「射程距離は五〇メテルまで狭めて使用、――《地獄門》」

瞬間、五〇メテル以内にいた歩兵達が凍り付く。

ある者は手足の一部を、ある者は体の過半を凍らせている。

判定を逃れた者もいたが、しかし突然の事態に困惑が見える。

その中でもこちらへの攻撃を試みる者はいたが、火薬式銃器の弾丸は全て【ホワイト・ローズ】の神話級金属合金装甲によって弾かれる。

魔力式と違い、誰が使っても威力の変わらない火薬式。携行火器レベルでは威力もたかが知れており、防御にのみ重点を置いた【ホワイト・ローズ】の守りは抜けない。

注意すべきは、ただ一つ。

『あいつのなかみ。まだこおってない』

キューコの指摘通り、カスタム機はパイロットが【凍結】の判定を逃れたのか動きの精彩を欠くことなくこちらへの攻撃を仕掛けてくる。正統政府の〈マジンギア〉が持つ携行火器の威力は、ホールでマニゴルドさんに向けられたもので見ている。

あれを受ければ、【ホワイト・ローズ】でも完全にノーダメージとはいかない。

だから相手の攻撃を回避し、直撃を防ぐことに重点を置いて起動する。

『じゅうさんびょう』

十三秒ごとの判定がある限り、時間はこちらの味方。二度目の判定で歩兵達の【凍結】がさらに進み、今度はさっき凍らなかったものも凍り始めた。全身が凍った者もいる。

それでも、カスタム機の動きは鈍らない。

「……キューコ、相手のカウントは？」

『……たぶん、はちじゅうくらい』

八〇％を二回連続で失敗するのは、確率的にはありうることだ。

だけど、奇妙な違和感……そして悪寒を覚えた。

「……正攻法で戦う」

『うぃ、まむ』

《地獄門》は通じない。理由がどうあれ、そんな気がした。

こちらも携行火器と近接用のアイスブレードを構え、カスタム機に相対する。

その最中、マニゴルドさんの言葉が脳裏に木霊する。

——強力なスキルに欠点は付きものだからな。

——ユーゴーとキューコもまだ自覚していない弱点があるんじゃないか？

◇◆◇

□■【エルトラーム号】・商業ブロック

サイレンが鳴り響く中で、眠った軍人達がフェイに身ぐるみを剥がされていた。

「ピーピーうるさい通信機っすねえ」

最初は物色中に鳴り始めた通信機に驚いたが、それ以降は何も起きない。また隠れてみたものの、新たな敵が来る気配もない。なので、フェイは鳴るに任せて放置しながら物色していたが、いつまでも鳴りやまないサイレンが段々と鬱陶しくなってきた。

「あ、そうっす」

通信機を《スティール》し、アイテムボックスに仕舞うことで強制的に静かにする。

「通信機ってあると便利っすからねー。ふふふ、アタシは今回マジで殊勲賞っすね！　食べ過ぎポッコリお腹差し引いてもオーナーの好感度はウナギのぼりっす！」

そんな風に満面の笑みでガッツポーズしていた……が。

直後、砂漠仕様の【マーシャルⅡ】がホバー走行で彼女の視界に現れた。

「ぬぇ!?　アタシは完璧な仕事したはずっす！　やっぱりサイレンのせいで……」

『通信機の反応途絶ポイントはここか！』

どうやら通信機自体が仲間の現在位置を確認するマーカーだったらしく、それがアイテムボックスに仕舞われたがために急行してきたらしい。完璧な仕事とは？

（……あ、これマジヤバいっす）

フェイが敵う相手ではない。元よりAGIとDEX以外は伸びないビルドであるし、対人で使える短剣の状態異常攻撃も甲殻や装甲の厚い相手には徹らない。

逃げるにしても、現れたときの速度から見てフェイよりも速い。恐らくパイロットが【疾風操縦士(ゲイル・ドライバー)】なのだろう。

何より、〈マジンギア〉は《スティール》で盗めるサイズでもない。エルドリッジが機体を丸ごと盗めるのは、【強奪王】の《グレータービッグポケット》だからこそだ。

(どど……どうするっすか⁉ そ、そうだ！)

追い詰(つ)められたフェイは咄嗟に……【強制睡眠】状態だった軍人の体を起こした。

「仲間の命が惜しければ攻撃はしないことっす！」

そう言って、首に短剣を押し当てる。実に小物な悪党のようであった。

(ふふふ、こうすればきっと動きを止めるはず……あるぇ？)

【マーシャルⅡ】は一瞬(いっしゅん)だけ動きを止めたものの……すぐに砲門(ほうもん)の照準を合わせた。

「な、仲間の姿が見えないっすか⁉」

『……卑劣漢(ひれつかん)に敗れて捕虜(ほりょ)となるより、死するのが軍人としての誇りだ！』

「短絡的(たんらくてき)な人員カットダメっす⁉ あと卑劣『漢』じゃないっす⁉」

小悪党じみた人質(ひとじち)戦法も意味はなく、フェイは人質の軍人ごと葬(ほうむ)られんとして……。

「仲間殺しは構わんが――俺(おれ)の仲間はやらせん」

その声が機体の後方からフェイの耳に届くと同時に、【マーシャルⅡ】が消え失(う)せた。

何が起きたか分からないという表情のまま、操縦姿勢のパイロットが床に落ちたが……。

「……なん、だ？」

「隙ありっす！」

瞬く間にフェイの状態異常で袋叩きにされ、仲間同様に【強制睡眠】に落ちた。

「ふー！　ふー！　正義は勝つっす！」

「……正義、か？　我々は野盗クランだが……ともあれ、間に合って良かった」

勝ち誇るフェイがその声に振り向くと、今しがた【マーシャルⅡ】を強奪して彼女を救ったエルドリッジの姿があった。

「オーナー！　マジ会いたかったっす！　心細かったっすよおおお！」

フェイは今がチャンスとエルドリッジに抱きつこうと飛び掛かったが、

「それは許可しません」

直前で割って入ったニアーラにキャッチされた。

「……おー、ニアーラにも会いたかったっすー」

「オーナーとの落差がありますね。気持ちは分かります」

エルドリッジはそんな二人を見て、『やはり二人とも仲がいいな』などと思っていた。

「さて、フェイ。無事を確認できたところで一つ尋ねたいんだが」

「好きな食べ物はザワークラウトたっぷりのホットドッグっす！」

「違う」

エルドリッジの言葉と同時に、ニアーラが頭を叩いてツッコミを入れた。

「サイレンが鳴り始めたのは、フェイが何かした後か、前か？」

「…………あー」

『あ。これ正直に言ったら怒られる奴ー』というのはフェイにさえ察せられた。

「……質問を変えよう。こいつらがサイレンを鳴らしたか？」

「鳴らしてないっす！　アタシはサイレントに仕事したっす！」

『今だ！　ここでアタシの潔白証明っす！』とばかりにフェイは早口でそう言った。

「……そうか。それなら、誤魔化せるか。……ん？」

フェイの返答に安堵したエルドリッジだが、不意に足元の変化に気づく。

（船の揺れが……船速が変わったのか？）

何かあったかと疑問に思っていると、彼らの方へと重く硬い足音が響いてくる。

『エルドリッジさん。ご無事ですか？』

それは純白の〈マジンギア〉……ユーゴーの【ホワイト・ローズ】だった。

「あ！　オーナー！　獲物っす！　次の獲物っすよ！」

「違う、フェイ。あれは今回の同盟相手だ」

フェイがハテナマークを浮かべはじめたので、ニアーラがこれまでの経緯を説明し始めた。そんな二人を横目に、ユーゴーとエルドリッジも言葉を交わす。

「引き受けさせてすまなかったな」

『ええ、エルドリッジさんもメンバーのところに急行する必要がありましたしね』

「ああ。お陰で合流できた。……それよりも」

エルドリッジは【ホワイト・ローズ】の状態にすぐ気がついた。

フレームにまでダメージは徹っていないが、表面装甲は幾らかの傷みが見える。

それは歩兵の火器による小さい傷ではなく、【マーシャルⅡ】の武装によるものだ。

「君のスキル、《地獄門》の対象外だったのか？」

対象外に登録するに当たって、ユーゴーからスキルの説明は受けている。

同族討伐数によって効果が強化され、一〇〇人を超せば確定の【凍結】。

戦争……内戦後の職業軍人相手には有効なスキルであったので、ここまでユーゴーが手古摺るとはエルドリッジも思っていなかった。

『それについて、相談したいことがあります』

□【装甲操縦士】ユーゴー・レセップス

正攻法での戦闘に切り替えた後、決着はすぐについた。

交戦してさほど経たないうちに……カスタム機のパイロットが【凍結】したからだ。

あれは、四回目か五回目の判定だっただろう。互いにダメージを与えながら戦っていた最中、急に相手は体の八割が【凍結】して機体が操縦できなくなり、次の判定で全身が凍った。

単純に考えれば、『幸運にも回避できていた判定についに引っ掛かった』と考えられるが……ユーゴーにはそれだけとは思えなかった。

もしかするとキューコの《地獄門》を封じる要因があるかもしれないと思えた。

「どうですか？」

だから私は、エルドリッジさんに戦ったカスタム機を見せた。

凍ったパイロットは既に下ろされ、【凍結】した他の軍人達と一緒に脇に置かれている。

後で官憲に引き渡してから【凍結】を解除することになるだろう。

「この機体、最高品質の盗難対策が使われている。加えて、通信用装備が非常に多いな」

「通信用？」

「推測するに、こいつが通信妨害の源であり、連中の通信網のホスト機だ」

商業ブロックは船の中央部付近にあるため、通信をバイパスするには最も効率が良かったのだろう。正統政府が連携を取るための要。重要な機体であるならば、盗難対策スキルが積まれていたことにも納得がいく。

だけど、それでは《地獄門》によって【凍結】しなかったことの理由が分からない。盗難対策、通信妨害、通信ホスト。それが《地獄門》の判定に影響するとは思えなかった。

「以前に〈マジンギア〉を相手にスキルを使用したことは？」

「クランでのテストで何度か」

姉さん主導での検証実験、だったはずだ。

あのときは機体に乗ったクラン内の決闘ランカーの人達が【凍結】していた。

思えばあれは、ギデオンで決闘ランカー相手に使えるかの実験だったのだろう。

「なら、その時との違いがどこかという話になるな」

「そりゃ違うっすよね？　前にネットで見た【マーシャルⅡ】とかなり違うっす」

カスタム機の傷ついた胸部装甲をコンコンとノックしながら、合流したエルドリッジさんのクランメンバー……フェイがそう言った。

「色が違うし、あと、なんかいろいろ違うっす?」

「砂漠仕様で全体的に金が掛かった仕様だ。だからこそ、俺達にとっては助かる」

「詳しいっすねオーナー!」

「獲物の下調べはする。それだけのことだ」

「ですが、彼らはどうやってここまでの改造を? 国を出奔した軍人達ですよね?」

「前提が足りていないぞ、ニアーラ」

ニアーラさんの言葉にエルドリッジさんはゆっくりと首を振った。

「連中は逃亡兵だが、それ以前に元第一機甲大隊。性能と設定が特殊極まる特務兵を除けば、皇国の最精鋭部隊。元から〈マジンギア〉を扱い、整備し、改造していた連中だ。パワードスーツと戦車に関しては、〈叡智の三角〉以上のスペシャリスト達。そんな連中なら、持ち出した機体を環境に合わせて改造するくらいはできるだろうさ」

「……なるほど」

「俺も《グレーターービッグポケット》が通じなければ面倒に感じる相手だ。装甲を叩き割らねば、《グレーター・テイクオーバー》でパイロットを狙うこともできない」

エルドリッジさんはそう言って、フェイ同様にカスタム機の胸部装甲に手を触れ……。

「……ところで、ユーゴー。この傷は戦闘中に？」

亀裂のような傷を指差して、私にそう尋ねた。

「はい、こちらのブレードで」

「相手のパイロットが凍ったのは、この傷の後か、前か？」

「え？　後……だったはずですが」

「そうか……。なら、こうなるまで効かなかった理由はそういうことか」

エルドリッジさんはそう言って、擱座したカスタム機を弄り始める。

「理由が、分かったんですか？」

「ああ。破壊の前後での変化を自分でも考えてみろ。検証は大事だ。雑にスキルを使うのではなく、効果の詳細を把握するのも重要だ。それが一線級と二線級の境になる」

「オーナー良いこと言うっすねー！」

「……うちのクランで一番雑にスキルを使ってるあなたが言いますか？」

「それがフェイらしさだ。〈エンブリオ〉の能力特性は本人に依るからな。……よし」

話している間に、エルドリッジさんはカスタム機から一部の部品……盗難対策に用いられるパーツを取り外した。

「こいつは貰っても？」

私が頷くと、エルドリッジさんは「感謝する」と述べて機体を強奪した。

「さて、商業ブロックにはもう敵はいないだろう。次は客室の方に向かうべきか？」

「あ！　そうだったっす！　忘れてたっす！」

エルドリッジさんの言葉に、フェイが慌てて声を上げた。

「さっき金ぴかでデカくて強そうな〈マジンギア〉が走ってったっす！　壱号に尾行させてるからどっちに行ったかは分かるっす！」

金色で大型の〈マジンギア〉……？　それって……。

「今はどこにいる？」

「えーっと……あっちっす！」

フェイは目を閉じてコメカミに指をあてて暫し集中した後、斜め下を指差した。

「そっちは……動力ブロック？」

「下船しているのでなければ、そうなるな。そして、推測だがその機体は正統政府の首魁だろう。そんな見た目の機体を旗頭にしていると、聞いたことがある」

「向かいますか、オーナー？」

「……できればマニゴルドと合流したいな。盗難対策も含め、手に余りかねない」

私もその意見に頷く。

先刻のカスタム機のように、何らかの要因で《地獄門》が効きづらい恐れもある。

「通信妨害をかけていた機体を排した今なら、連絡が取れないか？」

「やってみます」

マニゴルドさんに預けられていた通信機を起動させると、すぐに応答があった。

『ユーゴーか？』

ノイズも少なく、繋がった様子だ。

「はい。商業ブロックで通信妨害の原因機体を倒しました。また、エルドリッジさんのクランメンバーから、正統政府の首魁が動力ブロックに向かったという情報も得ました」

『そうか、なるほどな……。こちらはブリッジを奪還した。操船スタッフも無事だ。しかし、動力炉が止められ、今は残存魔力で動いている状態だ。遠からず船は停止する』

「ああ。船速の変化はそのためか」

マニゴルドさんの言葉に、エルドリッジさんは納得したようにそう言った。

「……正統政府が動力炉を止めたってことですか？」

『そう考えるのが自然だが……停止処理が妙に早いのは気になるところだ。これではまるで、連中が止め方を知っていたかのようだろう？』

「……たしかに」

『皇国から来た連中ならできるかもしれんがな。ともあれ、俺もそちらに……何？』

そのとき、通信機の向こうから何人もの人々の困惑の声と、爆発音が聞こえてきた。

それから一秒の差もなく私の耳にも直接……より大きな爆発音が聞こえた。

「これは……!?」

『護衛一番艦、轟沈！』

『二番艦も被弾！』

通信機からはブリッジスタッフのものだろう状況報告が聞こえてくる。護衛艦とは、【エルトラーム号】の周囲でモンスターなどの警戒に当たっていた船のことだろう。

『……前言撤回だ。俺はそちらに行けない。ユーゴーとエルドリッジで対処してくれ』

「マニゴルドさん？」

商業ブロックから見ることができない船の外で、何が起こっているのか。

私達には分からないけれど……。

『二番艦、被害増大……轟沈！』

『三番艦も被弾！』

『四時方向、地平線の彼方より未確認反応急速接近！』

通信機を介して伝わってくる窮状と、

『――ど、ドラゴンです！　機械のドラゴンが、護衛艦に砲撃を……!?』

その言葉が……状況の急転を報せていた。

■五分前　【エルトラーム号】・南西二〇キロメテル地点

夜の砂漠を紅白の機械竜が疾走している。

機械竜内部の複座式コクピットには一組の男女の姿がある。

【器神】ラスカル・ザ・ブラックオニキス。

彼の〈エンブリオ〉と融合したポンコツメイドにして、機体の設計者であるマキナ。

「ご主人様！　そろそろ【エルトラーム号】に到着ですよ！」

「随分と、早く、着いたな……」

マキナの報告に、ラスカルは胸を押さえながらそう言った。

胸を押さえているのは肋骨に罅が入っているからだ。予定にはなかった超音速機動のツケである。【エルトラーム号】内の張との通信が途絶したタイミングで、「あ！　これは緊急事態ですね！　急がねば！」とマキナが超音速機動による長距離航行を実行。

結果として同乗者であるラスカルは物理的な反動で骨を折る羽目になった。

そもそも当初の予定ではラスカルの身体に負担の掛からない速度で移動するはずだったので、これほど無理を強いれば早く着いて当然だった。

『ラスカルさん』

機体速度を緩め、ラスカルが高品質の【ポーション】でダメージを回復していると、通信機から呼びかけがあった。【エルトラーム号】にいる張の声だ。

「張か。通信が回復したのか？」

『はい。通信妨害の原因が船内戦力によって排除されたためと考えられます』

「そうか。現状は？」

『ドライフ正統政府を名乗る軍人達によって船が占拠。しかしＶＩＰの集まった特別ホールは既に〈超級〉のマニゴルドらによって解放。今は残敵掃討に移っています』

そこまでは当初の予定通り、戦力分析のための抗争だ。

ただ、ラスカルの目論見と違い、珠を目当てとした抗争ではなかったが。

『ですがエミリーが……』

「エミリーに何かあったのか？」

『ドライフ正統政府を敵と認識し、敵影を探して船内を徘徊しています。以前ならばもう解除されてもいいはずですが、戻りません』

「…………そうか」

以前のエミリーならば、周囲に敵がいなくなれば自然と元に戻っていたはずだ。

だが、そうはならず、敵を求めて彷徨っている。

それは戦闘要員としては利点があったが……ラスカルにとっては歓迎できない事態だ。

(症状が悪化？　なら、病院に指示してハードを外してでもエミリーをリアルに連れ戻すべきか？　だが、それでは〈自害〉扱い。〝監獄〟に入っては、当初の目的とズレる)

黙したまま、彼は考える。

(まだ克服できていない以上、ここであの子を止めるべきではない)

『ラスカルさん？』

「ああ、事態は理解した。エミリーはひとまずそのままでいい。後で俺が迎えに行く」

『……分かりました。それともう一件、お伝えすることがあります』

張はもう一つの報告事項、エミリーに預けられたドリスについてもラスカルに報告した。

「……ああなったエミリーが保護を頼んだ、か」

報告された事実に、ラスカルはまた考え込む。

（敵を求めて徘徊するのは悪化だが、そちらは好転と言えるのか？　まだ判断が難しいな。後で担当医とも相談すべきだが……。ともあれ、確保はすべきか）

「張。その少女は保護しろ。エミリー本人より優先度を上げていい。エミリーならどんな状況でも無事で済む。それに前回とは装備も違うからな」

『分かりました』

　張に指示を出し、ラスカルは通信を切った。

　そのタイミングを待っていたように、マキナも報告する。

「ご主人様、ちょっぴりやばいです」

「……聞きたくないが、聞こう」

「えーっと、【エルトラーム号】の動力が停止してます。多分、取り外してるかと……」

「――Fuck」

　ラスカルは彼にしては珍しくスラングを吐き捨て、忌々しそうな表情を浮かべた。

「連中の狙いは珠じゃなくてそちらか。ブッキングとは最悪だ……。これでも、いま突っ込むしかなくなった。状況を静観する時間すらない」

「えーっと、何でです？」

「正統政府の連中が動力炉を奪ったとする。そのまま持ち去られても面倒だが、これをマニゴルドが倒してみろ。【エルトラーム号】の関係者には正統政府に持ち去られたことにしながら、その実は〈セフィロト〉が手に入れる、なんて状況になるぞ」

「……あくどすぎません？」

「だが、そういうことを平気でやりそうな奴（やつ）はいる」

カルディナではほとんどの人間が知っている顔……議長の顔を思（おも）い浮かべながら、ラスカルは苦虫を噛（か）み潰（つぶ）したような顔になる。

「だから、その前に奪うかぶち壊（こわ）すかする必要が出てきた。……フゥ」

ラスカルは重々しく溜息（ためいき）を吐き……顔を上げる。

「先制攻撃を掛けるぞ、マキナ」

「アイアイサー。【紅縞瑪瑙（サードニクス）】、いつでもいけますよ」

ラスカルの呼びかけにマキナと、彼らの乗る機械竜——現代で再設計・新規製造された地竜型　煌玉竜（こうぎょくりゅう）【紅縞瑪瑙（サードニクス）】が応える。

咆哮（ほうこう）の如き動力炉の唸（うな）りが、砂漠の空に木霊した。

「巡航砲撃形態（カノン・クルーザー）から超越狙撃形態（オーヴァー・スナイピング）にシフト。超長距離狙撃重砲（ホライズン・アーチ）を使うぞ」

「おっ！　テスト以来の主砲（しゅほう）解禁ですね！　わかりました！　轟沈させますね！」

「違う。狙うのは護衛艦だ。船内のどこにエミリーと張がいるかも不明だからな」

「アイアイサー！」

ラスカルの指示に応え、マキナが自身の手元のキーボードを高速で叩く。

その操作に従って、【サードニクス】の形状が変化する。

翼のない竜を模した姿に変化はないが、その首が徐々に伸び始める。

その首は長く、直線的で……口を開いた姿は巨大なライフルを思わせた。

「シフト完了！　観測ブイ射出！」

変形した【サードニクス】の背から、一発のミサイルが信号弾のように打ち上がる。

一定高度まで到達すると同時に外装を外し、浮遊するセンサーとなってその高度に留まる。センサーは眼下の広範囲を見下ろし、光学情報を【サードニクス】本体に送り込む。

「映像きました。こっち側に面してる護衛艦は二隻……あ、頑張れば三隻狙えますすね」

「全て潰せ。後のことを考えれば、減らしておくに越したことはない」

「アイアイサー。照準合わせますね。……よっと」

直後、マキナの座っていたシートが変形する。向きが反転、かつ椅子型だったシートが水平に角度を変える。まるで前部シートに座るラスカルの頭上にマットを敷くように。

その上でマキナは寝そべり、同時にコクピット上部から降りてきたトリガーとカメラアイ連動式の照準器が一体となった装置を抱え、照準器を覗き込む。

もっとも、照準器を覗き込んでも見えるのは砂漠だけだ。

当然である。まだ【エルトラーム号】は地平線の果て。物理的に視認不可能だ。

そもそも、地平線を挟む以上……どう足掻いても狙撃などできる訳がない。

だが、マキナは照準器越しに何かを見ていた。

「上空からの観測情報がこれで……機体の現在地と……一致する砂漠丘陵と……目標の現在地が……うん、合った」

彼女は上空の観測ブイから送られてくる光学情報と、カメラアイ越しの観測情報を、自分自身演算機で結びつけながら……照準を合わせている。

「じゃあまずは……一発目、と」

仰角をつけながら、【サードニクス】の口腔から一発目の砲弾が発射された。

それは発射角度そのままに斜め上方へと音速の数倍で飛翔。

やがて空中の一点で砲弾にセットされた炸薬が起爆。

砲弾の角度を斜め下へと動かし——、

——【エルトラーム号】の護衛一番艦のブリッジに直撃した。

「ヒット～！」

「……Beautiful、とでも言えばいいか？」

「えへへ～♪　もっと言ってくださいよ～♪」

「二射目、早くしろ」

「デレが短い……！」

嘆きながらも、しかし嬉しそうにマキナは二射目を放ち……二番艦に命中させた。

【ホライズン・アーチ】。【サードニクス】の最も特徴的な武装であり、マキナが設計した長距離狙撃砲である。直線距離で半径五〇キロ……列車砲の如き長射程を持つ。

その上で、事前に設定したタイミングで砲弾側面の炸薬を点火させ、砲弾の飛翔中に弾道を変えることもできる。

だが、それはあくまでも机上の空論。地平線の先の目標を狙い撃つ角度、引き金を引くタイミング、炸薬の点火時間のセット。その三つが完璧でなければ、命中しない。

そもそも地球において長射程を誇った列車砲の命中率とて、高いものではない。

だが、マキナはこれを百発百中で当てて見せる。

狙い撃つ角度も、引き金を引くタイミングも、炸薬のセットも、彼女がマニュアルで全てをこなす。異常なまでの演算能力。

しかし、それは当然のことだ。

彼女こそは煌玉人の長姉（ちょうし）。最も優秀（ゆうしゅう）と謳（うた）われたＤＥＸ特化型煌玉人【瑪瑙之設計者（アゲート・デザイナー）】。二〇〇〇年前に機能停止し、〈遺跡（いせき）〉の中でラスカルに拾われ、彼の〈超級エンブリオ〉であるデウス・エクス・マキナと連結することで新たな命を得た存在。

その設計技術に陰りなく、操縦技術に劣化（れっか）なし。


「二番艦轟沈（かんごうちん）。三番艦にも命中。あ、そろそろ砲身（ほうしん）が焼けてきました」

火薬式銃器としては最大級の長射程を誇るゆえに、砲身は数度の発射で焼けつき始める。このまま使用を続ければ発射中に砕（くだ）け、機体に大きなダメージを与（あた）えるだろう。

「分かった。直す」

ラスカルはそう言って自らのシートの手すりに触（ふ）れて……スキルを行使する。

「《リワインド・ウェポン》」

彼が宣言した直後、【サードニクス】全体が光に包まれた。

そして光が収まったとき、焼けついていたはずの砲身は……まだ一度も撃ったことがないかのように傷一つなく、冷めていた。

それこそが、彼の……【器神】のスキルである。

「何度見てもずっこいですね！」

「あるものを使っているだけだ」

兵器運用特化型超級職、【器神】。そのスキル傾向を端的に言えば、回復魔法。

いや、機械に対して回復魔法が使える。それが【器神】という超級職だ。

整備士のようにどれだけ早く部品を交換して修繕するかが重要なスキル傾向ではない。

それこそ魔法のように、壊れた機械を直す。修繕魔法とでもカテゴライズすべきものだ。

マキナの本来の左腕のように根こそぎ失われているものは治せないが、部品が砕けている程度ならばスキル一つで修繕してみせる。

また、機体がエラーを吐き出してもスキル一つで調整し、正常化させてみせる。

つまり、ラスカルが乗っている限り……【サードニクス】には破損もエラーもない。

それこそが、彼が骨を折ってまで同乗している最大の理由だ。

むしろ、ラスカルなしではいつバランス崩壊してもおかしくない機体と言えた。

「昔の【器神】はご主人様ほど上手くは使えませんでしたけどね！」

【器神】の修繕魔法は、前提として対象の機械の構造を完全に把握する必要がある。

だが、問題はない。ラスカル自身ではなくラスカルの半身、〈超級エンブリオ〉であるデウス・エクス・マキナが知っている。デウス・エクス・マキナが連結した機械の構造を完全に把握するからこそ、ラスカルは【器神】たりえた。

〈エンブリオ〉によって転職の判定条件をクリアすることは、【地神】など〈マスター〉の【神】シリーズには珍しくない経緯だ（むしろ、本人の純粋技術で到達した【抜刀神】カシミヤなどの方がレアケースと言える）。

「はい、ドーン。三番艦もこれにて終了ですよー」

「巡航砲撃形態にシフト。【エルトラーム号】に突入し、動力ブロックへ向かう」

「アイアイサー！」

伸長していた【サードニクス】の砲身が格納され、マキナのシートも元の位置に戻る。

そして護衛艦が行動不能となった【エルトラーム号】へと突撃する。

「ところでご主人様」

「何だ？」

「張さん達ってブリッジには絶対いませんよね？」

マキナが何を言わんとしているか、ラスカルはすぐに察した。

「撃て」

「アイアイサー！」

ラスカルの短い指示の直後、【サードニクス】の竜頭が再び口を開く。超長距離狙撃ではなく行進間射撃用の短砲身モードで、マキナは再び《ホライズン・アーチ》を放つ。

今度は地平線を越えて目視可能なれども、高速移動中の砲撃。

それでも超音速の弾頭は狙い過たず、テストでベルリン中佐の部隊の〈マジンギア〉を撃ち抜いたときのように、【エルトラーム号】のブリッジに突き刺さった。

「ヒット……あれ？」

見事に命中させたというのに、マキナが疑問の表情を浮かべる。

「どうした？」

「いえ、何かダメージが予想よりも——回避」

言葉を言い終えるより早く、咄嗟に操縦桿を倒して真横への緊急回避を行った。

強烈なGに再びラスカルの身体が軋み、口から血が零れる。

だが、それに対してラスカルは何も言わない。

今この瞬間、【サードニクス】の存在した位置を……巨大な光弾が通過したからだ。

「……《金銀財砲》！　マニゴルドか！」

見覚えのある一撃に、ラスカルは状況をすぐに察した。

「ブリッジにいたのか。直撃弾も奴自身が壁になって防いだ、と」

「ご主人様、どうしますか？」

今こうして話す間も、億単位の金を投入された光弾がブリッジから矢継ぎ早に飛来してくる。マキナの巧みな操縦で回避こそしているが、後方の着弾点では巨大なクレーターが幾つも誕生している。直撃すれば、ただではすまない。

「無駄弾は撃つな。スキル起動中のあいつに攻撃は通じん。だが、やることは変わらない。前進しろ。シューティングゲームではなくアクションゲームだ。隙を見てあいつの迎撃を掻い潜り、船に辿り着く。船内に入ってしまえば好き放題には撃てないだろうからな」

強度面において【マーシャルⅡ】とは比較にならない【サードニクス】。それを破壊するだけの威力を込めるならば、【エルトラーム号】に命中したときもただでは済まない。

「距離を詰めるとなるとかなり無茶な動き方しますけど……ご主人様大丈夫ですか？」

身体的に脆いラスカルの身を案じ、マキナはそう問いかける。

「俺は、前進しろと言ったぞ？」

だが、ラスカルは口から血の雫を零しながらも……進めと告げた。

「……アイアイサー！」

ならばもはや、問答無用。マキナは所有者であるラスカルの意思に沿い、接触致死の弾幕へと【サードニクス】を突撃させた。

◇◇◇

□【エルトラーム号】・商業ブロック

ブリッジ方向からの振動、それに続く船外からの地鳴り。

状況の急転の中で、即座にエルドリッジはニアーラに指示を出す。

「ニアーラ。梟だ」

「承知しました」

ニアーラが左手を翳すと紋章が発光し、次いで彼女の周囲に六つの青いウィンドウが浮かび上がる。ニアーラがその内の一つに指で触れると、彼女が触れた面の反対側から……

機械仕掛けの梟が一羽飛び立った。

同時にエルドリッジは壁の一部をスキルで奪い、梟はそこから外部へと飛んで行く。

直後、外部の映像が梟の飛び立ったウィンドウに映し出される。

ニアーラの〈エンブリオ〉、TYPE：レギオン【羽翼全一 スィーモルグ】。

今用いた観測用の《スポッター・オウル》をはじめ、攪乱用の《グループ・クロウ》、

伝令用の《メッセージ・ピジョン》、運搬用の《カーゴ・ペリカン》、空戦用の《ファイティング・ファルコン》、爆撃用の《ジェノサイド・コンドル》といった様々な用途に使い分けられる鳥型レギオンの群れである。

ただし、レギオンではあるが行動指示のためにある程度はニアーラ自身の管制が必要であり、同時使用できる数も彼女の能力に依存する。そのため普段は梟によって敵の位置を観測しながら、彼女が狙撃するといった運用がメインとなっている。

余談だが、高い戦闘力の鳥ほど起動に重い外部コストを必要とするため、最近の懐事情の悪化も不使用の理由となっている。

「交戦中、ですね」

梟の伝えてくる外部の映像に、ニアーラは困惑と共に述べた。

船に接近しようとしている機械仕掛けのドラゴン。

それを阻むように、ブリッジから繰り出される無数の光弾。

光弾の着弾点では大破壊が起きており、仮に船に当たれば轟沈は免れないだろう。

だが、彼らはそれに見覚えがあった。

「……新手の襲撃者が現れ、マニゴルドはそれに対応しているということか」

エルドリッジは、恐らくは敵方も〈超級〉であろうと踏んでいた。確定ではないため口にはしなかったが、マニゴルドが手古摺っているのがその証左とも言える。

（また〈超級〉か……。マニゴルドに与しても安全とは言えなくなったな。新手を除いてもあと二人。しかも一人はあの【殺人姫】だ。……久しぶりに仕事が成功したと思ったのにこの状況。どこかで引き際を考えるべきか？）

マニゴルドとの一時的な同盟を破棄して逃亡すれば後が怖くはあるが、〈超級〉を相手にしてこれ以上負けるのもエルドリッジは御免だった。

（しかし、動力炉にいる正統政府の首魁が持つ機体は、最も価値があるものだろう。可能ならばそれを手に入れたくはある）

収穫としてそれがあるのとないのとでは雲泥の差ではあった。

退くか、進むか、エルドリッジは悩んでいた。

「どうしたっすかお嬢ちゃん！　血まみれっすよ！」

そんな折、フェイの心配そうな声が聞こえた。

声の方を見れば、フェイが血で汚れたドレスを着た少女に近づいているところだった。

少女は左手に紋章があり、〈マスター〉であることが一目でわかる。

少女はどうやら客室ブロックから歩いてきたようだ。ニアーラもエルドリッジも、梟の伝える映像に気を取られ、少女の接近には気づかなかった。

血塗れの少女は一見すると、正統政府による被害者の姿だ。

だが、僅かな間をおいて、エルドリッジは目の前の危険を理解する。

少女の顔と紋章が――記憶の中の要注意リストに該当したからだ。

「オーナー！　この子怪我して……」

「『離れろっ！』」

エルドリッジと……同時にユーゴーも叫ぶ。

「え？」

しかしフェイが二人の警告を聞いて何らかの行動に移すよりも早く……。

『行く手を阻んだ』フェイを、少女は〝敵〟と見做し……。

「――マイナス」

その一言と共に少女――【殺人姫】エミリーはフェイの胴を袈裟切りにした。

◇◇◇

□【装甲操縦士】ユーゴー・レセップス

私達の目の前で、彼女の細い体が床(ゆか)の上に倒れていく。

体に走った長い傷から……大量の血と体の中身を零れさせて。

「キューコ！」

『うぃ、まむ』

咄嗟に、私のすべきことを……私がこの船に乗った理由を私は実行する。

エミリーに対する迷いも、この瞬間の窮地(きゅうち)に頭から消え失(う)せる。

ギデオンでの最後の攻防(こうぼう)のように、私の身体は意思に沿って迷うことなく動いていた。

「――《地獄門(じごくもん)》！」

私は【ホワイト・ローズ】に再搭乗(とうじょう)して、即座に《地獄門》を起動する。

「――――」

エミリーはコルタナでの戦いのときのように、一瞬(いっしゅん)で【凍結(とうけつ)】した。

正統政府のカスタム機と戦ったときのような判定回避もなく、完全に凍(こお)りついた。

「あとは……！」

コルタナのときと同じ。《ブークリエ・プラネッター》を用いて彼女の氷像を閉(と)じ込め、斧による氷像破壊と彼女の復活を防ぐ。一度やったこと。今度もできるはずだ。

そう思った直後、氷像の中でエミリーの左胸が輝き――彼女は光の塵になった。

「……え？」

困惑に思考が一瞬空白化するけれど、それも長くはない。

「――マイナス」

――光の塵から再構成したエミリーが、両手に斧を構えてこちらに仕掛けてきたから。

「ッ！」

機体に備わった防御スキルをフル稼働させて、防御態勢を取る。

【殺人姫】の、コルタナの時よりも重くなった攻撃音が機体内に反響する。

彼女の攻撃の重さは奪った命の重さ。

そしてそれは《地獄門》による【凍結】を伴うものなのに……！

『さいはんてい』

十三秒が経過して、再び彼女が凍りつく。

けれど、彼女の左肩が光り、彼女の全身がまた光の塵になって……再構成される。

「まさか……！」

予想はしていたことだ。一度は彼女を破った戦法に、彼女が……彼女にもいるだろう仲間が対策を打つ可能性は考えていた。

けれど、まさか……。

『……あいつ、こおるたびに、しんでる』

――状態異常に掛かったら死ぬ、なんて……。

スキルではない。既に〈超級エンブリオ〉に至ったものが新たなスキルを習得したとは思えないし、こんなデメリットしかない汎用ジョブスキルがあるとも考えづらい。

恐らくは……拘束系や呪怨系の状態異常に反応して、生命活動を停止させる装備。

デメリット以外の何物でもないし、普通ならばありえない。

状態異常は厄介だけれど、死よりは軽いものだから。

けれど、エミリーにとっては違う。

エミリーにとっては長時間封じられるよりも、一回死んだ方が軽い。

だけどまさか、そんな割り切り方をしてくるなんて……。

「………クッ」

エミリーへの対抗策として、私はマニゴルドさんに雇われた。

この状況は……あまりにも不利。十三秒に一回の凍結、十三秒に一回の死。

けど、エミリーの蘇生回数は限界が見えない。蘇生回数が尽きるよりも早く私が敗れる。

【ホワイト・ローズ】の稼働時間の問題もある。状況は、コルタナ以上の不利。

「……それでも、ここで彼女を見過ごすわけにはいかない」

このモールを抜けた彼女がどこに行くのか。

ブリッジに行って、応戦中のマニゴルドさんを襲うのか。

特別ホールに行って、大勢の人々を襲うのか。

彼女がどこへ行くにしても、彼女が向かった先で人が死ぬ。

彼女がまた人を殺してしまう。

「だから、ここで彼女を食い止める……！」

『うぃ、まむ』

□■【エルトラーム号】・商業ブロック

「フェイ……」

床に倒れたフェイを、エルドリッジが抱き起こす。

「フェイ！　大丈夫ですか！」

ニアーラも普段の冷静な表情を捨てて、アイテムボックスから回復アイテムを幾つも取り出してはフェイに掛けていくが、彼女のＨＰ減少は止まらない。

彼女の身体からは既に大量の血液が失われ、内臓も零れている。

死を回避するには最低でも司祭系統上級職の奥義が必要だが、この場にはいない。

フェイは不規則に息を吐きながら、自らの身体を見下ろす。

「ドレス、破れちゃったっす……おっぱい見える……はずかしい」

「フェイ、あなたこんな時まで……」

にひひと笑いながら、フェイは引きつる顔で無理やりに笑顔を作る。

それから、自らを抱き起こしているエルドリッジの顔を見る。

「オーナーに抱きしめられて……役得っすね。ニアーラ、うらやましいっすか……？」

「もう……！」

フェイに、別れの悲壮感はない。ティアンと違い、〈マスター〉は不死身だ。デスペナルティが明ければ、また彼女は戻ってくる。

「ああ、だけど……残念っす。……オーナーと、舞踏会で、踊りたかったっす」

だが、彼女がそのときに叶えたかった願いだけは、叶わない。

落ちぶれた自分についてきてくれた少女の、些細な願いすら叶えられない。

そのことに、エルドリッジは自己嫌悪を覚える。

「オーナー」

それでも、フェイは彼に笑いかけて……。

「アタシ、オーナーに勝ってほしいっす……」

代わりの願いを、口にした。

「勝つ……？」

「あいつに、勝ってほしいっす」

フェイの指す『あいつ』が誰なのか、エルドリッジにはすぐに分かった。

フェイに致命傷を負わせた【殺人姫】エミリー。

不死身の〈超級エンブリオ〉の持ち主であり、〈超級〉の中でも有数の猛者。

これまでエルドリッジに敗北を与えてきた〈超級〉に、何ら劣ることのない至強の一角。

「俺(おれ)では……」

だが、そんな相手を指してフェイは……。

「オーナーは強いっす……」

穏(おだ)やかに微笑(ほほえ)んで、

「〈超級〉にだって負けないって……アタシ達は信じてるから」

愛する男の、背を押した。


彼女の言葉に、エルドリッジは言葉を失う。

答えの行き先を探して、フェイの顔を見下ろし、隣(となり)に立つニアーラの顔を見上げる。

だが、二人ともが……彼を勇気づけるように頷(うなず)いていた。

「――――」

〈ゴブリン・ストリート〉が〝酒池肉林〟のレイレイの手で最初の全滅(ぜんめつ)を味わったとき、彼らはまだ信じていた。『オーナーがいれば〈超級〉にも勝てていたはずだ』、と。

だが、その後に〈超級〉を相手にエルドリッジが連敗を重ねたことで信頼(しんらい)は失われ、メンバーは去っていった。

それでも、今消えんとするフェイはまだ信じていた。
エルドリッジの隣で彼女を見送るニアーラもまた、信じていた。
彼ならば、〈超級〉にも勝てると。無邪気に、純粋に、心から……信じ続けていた。
それが……エルドリッジにも痛いほど理解できた。
「…………」
再度の〈超級〉への敗北を、彼は何よりも恐れていた。
次に負ければ今度こそ、彼女達さえも去って行ってしまうのではないかと怯え続けた。
けれど今、彼は理解する。
たとえ彼が負けようとも……彼女達は共にあってくれたのだと。
彼が幾度敗北を重ねても……彼を信じ続けてくれたのだと。
ならば彼が見せるべきは……〈超級〉を恐れる姿ではない。
「頑張って、アタシの大好きな人」
最期に言葉を遺して……フェイは光の塵になった。
「…………ああ」
エルドリッジは消えていくフェイの姿と、彼女の遺した言葉を刻み込む。
エルドリッジは、フェイだった光を見送り……立ち上がった。

そして交戦するユーゴーとエミリーを見据(みす)え……。

「――代われ、ユーゴー」
言葉と共に――両の手を振(ふ)るった。

直後、エミリーの首から血飛沫(ちしぶき)が飛び散り……喉(のど)を抉(えぐ)られたエミリーが後退する。

そのタイミングで《地獄門》の判定が訪(おとず)れ、喉を押(お)さえた態勢で凍結した。

体の左脇(わき)腹が輝いた後にまた光の塵となって復活するが、一時的に動きが止まる。

「ニアーラ。隼(はやぶさ)だ。埋(う)めろ」

「了解(りょうかい)！」

エルドリッジの指示に従い、ニアーラがスィーモルグ最速の戦闘機(せんとうき)……《ファイティング・ファルコン》を呼び出す。

戦闘機の如き機械仕掛けの隼は、エミリーの真上の天井(てんじょう)へと飛翔し……激突(げきとつ)。

商業ブロックの天井が崩(くず)れ落ちて、エミリーの氷像を生き埋めにする。

これで蘇生したとしても、瓦礫(がれき)から出てくるまでに僅かに時間が稼(かせ)げるだろう。

この時間で、エルドリッジは伝えるべきことをユーゴーに伝える。

「《地獄門》は対策を打たれ、通じていないらしいな。ならば、ここは俺が相手をする。

ユーゴーは動力ブロックに向かえ」

『ですが、今は効かない《地獄門》も相手の対抗装備を奪えば……』

再度凍結封印できる。そう言いかけたユーゴーに、エルドリッジは首を振る。

ユーゴーの言わんとすることは彼には十分に分かっている。その上で、否定する。

「無理だ。その装備は奪えない」

エルドリッジは油断なくエミリーの埋まった瓦礫を見据えながら、言葉を続ける。

「奴が死ぬ直前の発光点……装備スキルの発動した箇所がその都度違うことに気づいたか？　加えて、発光点に目立つ装備もない。恐らくは皮下で装備スキルが発動している」

消えゆくフェイを見送る間も、彼はエミリーの身に起きた変化を注意深く捉えていた。

「それはどういう……？」

「推定される装備箇所は『体内』。それも流れる『血液の中』だ。目視できない以上、俺でも狙って奪うことは出来ん」

「体内……!?」

「超小型のアクセサリーを注射器で流し込んだか、あるいは別の装備を身につけさせて、その装備の効果で体内に送り込んだか。どちらにしても周到だ。まるで、知り合いに『装備を盗むのが得意な手合い』でもいたかのような対策ぶりだ。そんな仕組みが作れることも驚きだが……できる奴もいるだろう。〈Infinite Dendrogram〉ならばな」

その装備の名は【ユーサネイジア】。

アイテム作成能力において先々期文明でも最高峰の技術力を持つマキナ――【瑪瑙之設計者】が開発した、血液の中を流れる極小のアクセサリー。

極小のサイズは、エルドリッジの言うように既知である【盗賊王】などを参考に奪われないための対策も施した結果である。

マキナがデータを持っていたとある超級職のスキルを参考に、『装備している』・『拘束系状態異常に掛かっている』という条件付きで装備者に即死効果を発動させる。

体全体に誘発即死効果を及ぼす際の予兆を消せない（消す機能を積む余裕がない）という欠点はあるが、狙って破壊や強奪を行うことはまず不可能。

想定外だったコルタナでの敗北を、エミリーに二度と迎えさせないための装備である。

「全身を塵一つ残らず焼却でもできれば話は別かもしれんが、見た限りそういった攻撃への耐性は他の装備で揃えている」

コルタナでの戦闘映像を見たエルドリッジは、エミリーの装備が《クリムゾン・スフィア》の直撃を受けてもまるで燃えなかったことを知っている。

「だから、対策装備を排してお前が【殺人姫】を抑える可能性は諦めろ」

『ですが……』

「繰り返すが、お前は動力ブロックに向かえ。そちらは《地獄門》も有効なはずだ。先刻の〈マジンギア〉と同じ理由で最初は効かない可能性も高いが、その問題はクリアしろ」

エルドリッジさんは、ユーゴーにエミリーを捨て置けと言い切って……。

「【殺人姫】とは俺がやる」

改めて、〈超級〉との戦いを宣言した。

あれほどに避けていた戦いを……しかし今の彼は恐れない。

「仇を討つ、なんて大仰な言葉を言う気はない。三日もすればまた会えるからな」

〈マスター〉は、不死身。エミリーのように即時復活する訳ではなくとも、こちらの時間で三日のデスペナルティが明ければ再ログインできる。

「――だからと言って、フェイをやられたことに怒りがないわけではない」

彼は怒りで拳を握らない。

開いた掌こそが彼の戦闘態勢だからこそ、開いた両手で怒りを示す。

「ここまでついてきてくれたあいつの、ささやかな願いすら叶えてやれなかった。そんな俺自身と【殺人姫】への憤懣は……ここで晴らす」

『エルドリッジさん』

「何より……二人が俺の勝利を信じているならば、それに応えるだけだ」

自らが戦うと言うエルドリッジに、ユーゴーは聞かなければならないことがあった。

『……勝てますか？』

〈超級〉と、準〈超級〉。戦力差は歴然だ。それこそ単独での〈超級〉打倒を成しえたマリー・アドラーが、〈超級殺し〉と称されるほどには。

他ならぬエルドリッジも、それは理解している。

彼ほどに、実戦で〈超級〉に負け続けた男もそうはいない。

そんな幾つもの事実を重ねた上で、彼は……。

「勝率は――七〇％だ」

至極当然のように……そう言い切った。

〈超級〉に負け続けた男が、不死身の〈超級〉に「勝てる」と冷静に言い放ったのだ。

「ニアーラもユーゴーについていって補佐しろ」

「……はい」

エミリーとの戦いで、ニアーラの助力は不要。足手まといになりかねないことはニアーラも分かっているからこそ、エルドリッジの言葉に頷いた。

「心配するな。今度は……俺が勝つ」

「……信じています」

「そういう訳だ、ユーゴー。ここは俺に任せて先に行け」

『分かりました。……ご武運を』

「騎士かサムライのような言い回しだが、受け取っておこう」

エルドリッジは少しだけ笑みを浮かべ、背中でユーゴーとニアーラを見送った。

ユーゴーは振り返らず、ニアーラは一度だけ振り返って……動力ブロックへと向かった。

そのタイミングで、瓦礫の中からエミリーが復帰した。

「――マイナス」

感情の見えない無機質な両目は、エルドリッジを完全に敵と見做していた。

少女の姿をした恐るべき殺人マシン。〈超級〉でも彼女に勝利しうるものは多くない。

「カルディナ最強のＰＫ、【殺人姫】エミリー・キリングストン」

それでも、眼前の強大な敵の名を呼ぶエルドリッジの顔に恐れはない。

ただ冷静に……勝利までの手順を再確認している。

相手の手の内を、コルタナでの戦闘映像で彼は既に知っている。

「俺の名は【強奪王】エルドリッジ」

そうして彼はゆっくりと自身の名と、

「――王国最強のPKと呼ばれた男だ」

――古い二つ名を名乗った。

それは……彼がかつて持っていた異名。ゼクスやカシミヤといった者達に入れ替わり、今では彼がそうだったと知る者すら少なくなった。

だが……その名は偽りではない。王国で最初にそう呼ばれた男は――彼なのだ。

「――――」

自動殺戮モードのエミリーが敵手の戦力を分析できているかは定かでない。

しかし、今のエミリーは……確かにエルドリッジを警戒しながら、見据える。

エルドリッジもまた……自らの敵を見据えて。

小鬼は――不死身の殺人鬼に牙を剥いた。

□■【エルトラーム号】・貨物ブロック

マニゴルドがラスカルと交戦する数分前。

イサラはマニゴルドと別行動をとり、貨物ブロックを目指していた。

本来であれば護衛である彼女が主の傍を離れるべきではないが、今の……必殺スキルを発動中のマニゴルドならば問題ない。如何なる攻撃も金銭に変換する彼の護りはMP回復を併用すれば一時間程度の連続発動が可能であり、今の彼は何者にも傷つけられない。

イサラの護衛としての役割は、発動前の奇襲への警戒と彼の補助が主なものだ。

元々は暗殺者として生きてきた彼女をスカウトし、側近として侍らせているのは彼女の培ったそうした技能ゆえである。

彼女の夢……『幼い子供が自分と同じ境遇に至らないためにカルディナ中に孤児院を作る』。そんな願いを叶えられる莫大な金銭で、マニゴルドは彼女の身と腕を買った。

イサラはそのことに深く感謝している。

彼女が元の仕事を続けるだけでは、彼女の願いは叶えられなかったからだ。

だからこそ、大恩ある彼の指示通りに、イサラは彼から離れて役目を果たす。

この船で重要な場所は四ヶ所。VIPの集まったホール。操船を行うブリッジ。船のエネルギーの全てを賄う動力ブロック。そして、数多の貴重品を輸送する貨物ブロックだ。

ドライフ正統政府はカルディナにおいて物資強奪犯として名が知れている。貨物ブロックにも向かった可能性は高く、それゆえにマニゴルドは彼女を此処に向かわせた。

(やはり、パワードスーツが通った形跡がありますね)

イサラに指示したマニゴルドの予想通りに、彼女は敵の移動痕を見つけた。

それはまっすぐ貨物ブロックに向かっており、痕跡は六人分。

だが、パワードスーツや銃器で武装していても彼女の敵ではない。彼女は金属操作魔法の超級職、【鋼姫】。レジストもできないただの武具ならば、逆に彼女の武器となる。

(敵は既に貨物ブロックの中にいると見るべきですね)

その力で敵集団を奇襲するべく、彼女は貨物ブロックに近い階段――昼間にエルドリッジが座っていた場所から貨物ブロック入り口の様子を窺い……。

(…………え?)

臨戦態勢にもかかわらず、呆気にとられた。

声までは出さなかったのは、彼女のこれまでの経験の賜物だろう。

彼女が貨物ブロックの中に見たのは――床に転がった防具。

軍服や、甲冑型の〈マジンギア〉が六セットも床に転がっている。

そしてそれらの防具の中には例外なく、白い粉が大量に詰まっていた。

それぞれ、人間一人分はあるだろう。

イサラは直感的に、それが『人間の成れの果て』だと察した。

この貨物ブロックの物品を目的に侵入した正統政府の軍人達である、と。

「…………！」

彼女は袖の内に隠していた神話級金属製のブレスレットを晒す。

ブレスレットは金属操作魔法によって瞬時に細い糸となり、彼女の意思のままに貨物ブロックの中へと延ばされる。貨物ブロック内に延ばされた糸は更に細くなりつつ四方八方に延び、まるで蜘蛛の巣のように網となって貨物ブロックに張り巡らされた。

イサラは糸を通し、内部にいる存在……軍人達を殺傷した存在を探ろうとする。

だが、糸を通して伝わる情報は……内部で動くものはなにもないということだ。

イサラは意を決し、自ら貨物ブロックへと踏み込んで床の死体を調べる。

「……氷の粒？」

白い粉が急速に冷凍された体が砕けたものだと、近づいて見て初めて分かった。

（これは……熱だけでなく生命力も奪われている。レジェンダリアの吸血鬼氏族……【血戦騎】の《バイタル・スクイーズ》の症状に近い）

彼女の知るそれは一種のＨＰドレインスキルであり、それで倒されたものは灰になるという特徴も似ているが、この死体はそれよりも遥かに……徹底的に奪い尽くされている。

（内部の状況は……ひどいですね）

貨物ブロックの内部では積み荷のアイテムボックスが破損し、中身が散乱していた。

積み荷に攻撃系のジェムもあったらしく、壁や床にも作動した攻撃痕が残されている。

「？」

ただ、彼女は破損したアイテムボックスの中に、一つ奇妙なものを見つけた。

それは一見すると市販品のよくあるアイテムボックスの残骸のようだったが、アイテムボックスに施される空間格納のための処理がなく、外見だけ似せた箱に過ぎないものだ。

（誰かが紛れ込ませていた？　何のために？）

加えて、もう一つ。様々な物品が散乱する室内で、彼女の目を引いたものがある。

偽のアイテムボックスの傍に落ちていたそれを、彼女は拾い上げた。

「ッ！　これは……！」

彼女は砕けたガラスか何かの破片のようなそれに、目を見開き……。

——直後、隣接するブロックから大きな機械の動作音が聞こえた。

（隣は……脱出艇を収めた避難ブロック！）

緊急時に貨物を運び出すために、ここと避難ブロックは隣接している。

そこから聞こえた音は、更なる異常を報せるものだ。

イサラは踵を返し、無人の貨物ブロックから避難ブロックへと向かう。

そうして到着した避難ブロックで彼女が見たものは……。

「スロープが……下りている？」

脱出艇の投下スロープが下ろされている光景と、スロープの先に広がる夜の砂漠だった。

（先ほどの機械音は、スロープの下りる音？）

船が移動中であるため、流れる景色の砂丘も高速で形を変えている。

スロープが下りた瞬間の地点からは既にそれなりの距離を移動しているだろう。

（……恐らく、これを開いたのは貨物ブロックで軍人達を殺傷した何か）

貨物ブロックの内側にいて、扉を開いた軍人達を殺した。

そして、隣接するこのブロックからたった今脱出したのである。

「………」

イサラは追うべきかを迷ったが、彼女の役割はマニゴルドの護衛であり、船内での索敵と掃討だ。彼女の独断で船外まで正体不明の相手を追うことはできない。

何より彼女の直感が――『追えば死ぬ』と告げていた。

加えて、更に事態は変化する。

「船が、停止した……？」

【エルトラーム号】が振動と共に速度を落とし、停船したのだ。

（ブリッジで、何かあった？）

正統政府が動力炉を取り外したと知らない彼女は、真っ先にブリッジの異常を考えた。

貨物ブロックで起きた異常も踏まえ、彼女は主と合流することを選ぶ。

そうして彼女は、避難ブロックから遠く離れたブリッジへと駆け出した。

そんな彼女の手には、貨物ブロックで拾った破片がまだ握られている。

その破片の光沢は、彼女の主が昨日買い取ったものと酷似していた。

即ち、黄河の国宝――宝物獣の珠と。

それが意味すること……貨物ブロックより出でて、この船を去ったモノとは……。

□■エルドリッジについて

エルドリッジ……レオン・フィラデルフィアが〈Infinite Dendrogram〉を始めた理由について、きっかけになる劇的な出来事は何もなかった。

合衆国でも有数の銀行家の御曹司として生まれた彼は、後を継ぐことが確定していた。

しかし、親に望まれた一流大学の学業と後継者としての勉強、二つをこなしていた彼にはゆったりと羽を伸ばす時間もなかった。

忙しい日々を過ごしていたとき、〈Infinite Dendrogram〉の発売の告知が為された。

様々な謳い文句の中で彼の目を引いたのは『三倍時間』だった。

『本当に時間が三倍になるなら、何万ドル払っても惜しくはない』

休む時間、遊ぶ時間が三倍欲しい。

ありふれた理由だが、時間に追われる彼にとってそれなりに切実な話であった。

そして、〈Infinite Dendrogram〉は彼にとって満足のいくものだった。

〈Infinite Dendrogram〉の世界に感銘を受け、結果として三倍に伸びた時間以上にリアルを削って切磋琢磨することになるのは、ある意味で誤算だっただろうが。

大学を卒業して父の仕事を手伝いはじめてからも、彼は二足の草鞋を続けた。


彼が〈Infinite Dendrogram〉で強盗系統に就いたのも、大した理由ではない。

リアルと真逆の稼業に就こうと考えたわけでもなく、単に効率が良いと考えたからだ。

そんな日々の中、自然と同じような行動を取る者達で集まり、仲間ができていた。

彼がリアルで培ってきた分析力は集団をまとめるのにも一役買い、何時しかその手腕への尊敬と畏怖によって彼は野盗クランのオーナーになっていた。

彼の手口は巧みだった。他国のセーブポイントを確保しつつ、リスクを抑えながら成果物次第では犯行を決行し、かつ国際指名手配にならない範囲に留める。

多様な情報から状況を見極め、クランに富と勝利を与える男。

次第に彼はトップクラスのPKとして畏れられ、慕うメンバーも増えていった。

時間を得るために始めたゲームで、自己強化と仲間のための思案に時間を費やした。

けれどそれは、彼にとってただ骨身を休めるよりも遥かに心安らぐ時間でもあった。

しかし、そうした畏怖や仲間はほとんどが失われた。
カルディナ主導の王都封鎖に乗ってしまってからの立て続けの敗北、判断ミス。
焦りが失敗を生む負の連鎖で彼は軽んじられ、多くの者が彼から離れた。
それでも残ったものが、二つある。
一つは、今の彼が戦う理由。クランが崩壊しても残り続けてくれた二人の仲間。
もう一つは、畏怖された理由。
たとえ幾度の敗北を重ねようと変わらない。
彼が王国で畏怖された理由、彼自身の力は一切減じてなどいない。
二人の仲間と彼の〈エンブリオ〉同様に……決して彼から離れない。

◇◆◇

□■【エルトラーム号】・商業ブロック

破壊されたモールで始まった準〈超級〉と〈超級〉の戦い。
一対一の戦いを、監視する者の姿があった。

（ユーゴーではなく、エルドリッジが奴と戦っている？）

それは、マニゴルド。ブリッジにいる彼は接近の機を窺う【サードニクス】を弾幕で押し留めながら、ニアーラが商業ブロックの天井に空けた大穴から見下ろしている。

（ユーゴーは敗れたのか？　そうであった場合、俺があの機械竜……恐らくはラスカルの奴だけでなく、【殺人姫】までも同時に相手取ることになるぞ。……最悪だな）

マニゴルドでは、超音速機動するエミリーの姿をまともに捉えることすらできない。〈超級〉の中でも彼は屈指の鈍足。戦闘における生物としての主観時間が違いすぎる。見えずとも船ごと消し飛ばす大火力を発揮すれば話は別だが、実行できる筈もない。

（エルドリッジも辛うじて食いついてはいるが……届いてはいないな）

戦う両者は共に超音速機動の最中であり、マニゴルドにとってはそれを目視することも容易ではないが……それでもどちらが速いかは見ていれば分かる。

エルドリッジもAGI型の超級職であるが、それにも増してエミリーは速い。

【殺人姫】の《屍山血河》と彼女自身が積み上げた殺人数が、エルドリッジを凌駕するAGIを彼女に与えている。

ステータスにおいて、エルドリッジが勝る点はない。回避に徹することで辛うじて決定打を避けているが、少しずつ皮膚を削るように攻撃を受けているのがその証左だ。

この時点で、マニゴルドは一つの疑問を持つ。

（エルドリッジはなぜ〈エンブリオ〉を出さない？）

かつて〈セフィロト〉が王都封鎖を計画したとき、依頼する相手のデータを収集した。

それはかなり詳細なものであり、〈超級殺し〉の正体などを除けばＰＫの情報はほぼ網羅していた。マニゴルドもその内容は記憶している。

だが、その中にもエルドリッジの〈エンブリオ〉の情報はなかった。

それこそ事件当時にはまだ判明していなかったフィガロと同様に、以前から名が知られながらも〈エンブリオ〉は謎に包まれていた。

（テリトリー系列だとしても、発動の兆候すら見えない。カルルのようにパッシブのルールなのか、それともユーゴーのように発動に条件が必要なものなのか）

ステータスで劣るエルドリッジがエミリーに勝るには、ユーゴーのように〈エンブリオ〉の特殊性で勝るしかない。マニゴルドはそう考える。

（特典武具もあの服くらいだ。そもそも……なぜエルドリッジは素手で戦っている？）

エルドリッジは強盗であり、武闘家ではない。エミリーの攻撃を寸前で回避しているので、もしかするとサブジョブに《武術》系のセンススキルを得られるジョブを配してはいるのだろうが、それでも両手に何も装備しない理由にはならない。

強奪系のスキルを使用するにしても、片手には武器を持っていてもいいはずだ

（両手で同時にスキルを使用するためか？　同時発動可能なのは〈エンブリオ〉か特典武具の効果なのだろうが……。しかし、無手では攻撃を己の体で受けざるを得ないぞ）

まだ直撃していなくとも、速度に劣るならばいずれ必ず捉えられる。

その懸念が現実となったように、エルドリッジは壁際に追い詰められて逃げ場を失った。

「――マイナス」

エミリーが脳天をかち割るように手斧を振り下ろし、

自らに迫る手斧に対して、エルドリッジは己の左腕を掲げた。

それは明らかな悪手。四万近いＳＴＲを有した相手の攻撃を、生身で防げる訳がない。

左腕は瞬く間に両断され、頭蓋も割られることだろう。

明らかな結果が待つ接触はコンマ一秒よりも早く訪れて、

――ガキン、という金属同士の激突音が響いた。

エミリーの手斧、〈超級エンブリオ〉ヨナルデパズトリの刃は……エルドリッジの左手に食い込んだまま止まっている。

「――隙ができたな、【殺人姫】」

彼は空の右手を振るい、刃の食い込んだ左手も捻じりながら、同時にスキルを発動する。

セットされたスキルは、敵手の肉体を抉り取る《グレーター・テイクオーバー》。

右手はエミリーの左足首を抉り、左手は右足首を抉る。

エミリーの両足に、軽くはないダメージが入った。

「…………ッ」

エミリーは即座に手斧をエルドリッジの左腕から引き抜いて、飛び退いた。

傷ついた両足に負担がかかって血が噴き出るが、頓着する彼女ではない。

彼女からすれば、被ダメージも出血も大したものではない。死ねば全て治る。

それでも、エミリーは再度の突撃を敢行しなかった。

致命の一撃が防がれたことに、殺人マシンのような彼女の動きにも慎重さが生じた。

防いだのは【ブローチ】ではない。無効化された感触はなく、確実に腕に食い込んでダメージを与え、しかし腕を断ち切れずに止まったのだ。

「ネットに上がっていたコルタナでの戦闘映像」

エミリーが踏み込まない中、エルドリッジが静かに言葉を発する。

「お前は手斧で幾度もユーゴー・レセップスの機体を攻撃したが、破壊できていない。あの機体の装甲は神話級金属の合金。スキルも含めて、防御力は推定で四万から五万といったところ。つまり、お前の攻撃力はそれを易々とは破壊できない程度ということだ」

己の腕が致命の一撃を阻むことを事前情報で知っていた男は、至極冷静に言葉を続ける。

「本人のＳＴＲは申し分ない。ならば問題は……手斧。規格外のスキルを持ったために、武器としての攻撃力は高くなかったようだな。アームズにはよくある型で、読み通りだ」

だが、それはおかしな話だ。手斧……ヨナルデパズトリが武器として優れていないとしても、振るうエミリーのＳＴＲは四万近い。

それを耐久型の超級職でもないエルドリッジが、受け止められるわけがない。

だが、エルドリッジは左腕から出血していても……その腕は繋がっている。

「だからこそ――武器としては俺の〈エンブリオ〉が勝った」

そう言う彼の左腕の傷口は深く……骨が覗いていた。

だが、その骨は白くはなかった。

血に塗れていたが、それ以上に紅い色の金属が……骨としてそこにあった。

戦いを見下ろしていたマニゴルドは、そこで気づいた。

（……なるほど。あの【超闘士】と同じ手合いか）

そう、心臓の〈エンブリオ〉を持つフィガロと同じ……ソレは常に彼の体内にあった。

【奮骨砕刃　スケルトン】――金属製全身骨格の〈エンブリオ〉である。

「ミスリル程度なら容易く砕ける強度はあるが、その手斧も攻撃力はともかく強度は申し分ないようだ。流石は〈超級エンブリオ〉。砕くのは、骨が折れるな」

冗談を口にしながらも彼は笑みも浮かべず、一切油断していない。それをして生き残れる相手ではないと重々に承知しているし、彼自身も生存に長けた手合いだからだ。

エルドリッジはジョブこそ超音速機動を可能とするAGI型超級職であるが、神話級金属に匹敵する〈エンブリオ〉によってEND型超級職相当の防御力も有している。

彼はAGIとENDの両極ビルド……エミリーと同じく生存特化型の〈マスター〉。

不意打ちで心臓を抜かれる、山ごと沈められて窒息する、海ごと燃やされる、強度無視の長射程斬撃で両断されるといった敗北を繰り返したが、本来の彼もまた死には縁遠い。

特にENDに関してはAGIほどにエミリーとの差は開いていなかったが……。

（あの耐久力がエルドリッジの〈エンブリオ〉だというのならば、勝ち目はないぞ）

戦いの経過を見ていたマニゴルドがそう思考したのも当然だ。

スケルトンがあっても、エミリーに全ステータスで劣っているということなのだから。

そもそも、エミリーを相手に長期戦など愚の骨頂。

「――――」

エミリーが段々と動きが悪くなる不自由な足を見下ろして――自らの首を斬る。

死亡するも、すぐに光の塵から再構成して五体満足となる。

（……【殺人姫】にはこれがある。勝ち目はない）

相手は何度でも死ねるが、エルドリッジは耐えていても一度死ねば終わりだ。

（時間を稼いで、援軍を待つ……というのならば分かるが）

だが、援軍などいない。マニゴルドとて、モールの戦闘推移に注意を払いながらも、間断なく砲撃を続行しているので一歩も動けない状態だ。

エミリーも相手の援軍なき籠城を察したのか、エルドリッジに飛び掛かる。

あとは先刻の光景の繰り返しだ。

いずれはエルドリッジが敗北することが確定した消耗戦の……。

（……？）

だが、マニゴルドは先刻とは違うことに気づく。

僅かだが、エルドリッジとエミリーの速度差が……詰まっているように見えた。

（……まさか、あの【超闘士】と同じスキルか？）

フィガロの〈超級エンブリオ〉であるコル・レオニスは三つのスキルを持つ。

その一つが戦闘時間比例強化スキル、《生命の舞踏》。

あの迅羽との〈超級激突〉で世間に知れ渡った破格のスキルである。

ありえないと思いながらも、眼下の光景は映像資料で見たあの決闘と重なる。

エルドリッジの〈エンブリオ〉も同質のスキルを持つのかとマニゴルドは考えた。

だが、違う。この現象を引き起こしているのはエルドリッジの〈エンブリオ〉ではない。


これこそは、【強奪王】の奥義——《グレーター・オールドレイン》。

その効果は、『与えたダメージに比例して敵手のステータスを奪う』こと。


相手のＨＰを最大ＨＰの一割削れば、ステータスの一割を。

五割削れば、五割を奪い、自らを強化する。

初撃の喉への不意打ち、次いで先刻の両足首への攻撃でＨＰを一割近く削れている。

ゆえに、一割分の増減で……両者の差は詰まった。

これからもエミリーのＨＰを削れば、それだけ差は縮まり……いつかは逆転する。

長期戦をすれば、いずれ必ず優位に立てるスキル。

使用できるのは一日一回。発動中に指定できる対象は一人のみという制限はあるが、相手がHPを回復しようと、効果時間中は強奪したステータスによる強化も消えない。

それこそ、エミリーが蘇生しようともそれは変わらない。蘇生でエミリー自身のステータス減少は治っているが、エルドリッジが奪って強化されたステータスはそのままだ。

もっとも、蘇生する相手にこの奥義を試行したことはないため、この結果はエルドリッジ自身も今知ったことだ。彼が勝率を七〇%と言った理由の一つは、蘇生に伴って減少も強化も元通りになるケースを想定したからである。

だが、その未知も蓋を開ければ彼に好都合な結果であった。

「――――」

エミリーもうっすらと、相手の戦闘スタイルとスキルを理解し始める。

そして際限なく強化される可能性を考え、短期決戦で勝負を決める必要があると悟る。

攻撃が苛烈さを増し、彼の皮膚……スケルトンに阻まれない範囲を切り刻み始める。

「……それもお前の欠点だ」

それらの攻撃による致命傷を避けつつ、丸薬型の回復アイテムを嚥下したエルドリッジは再び言葉を述べる。言葉もまた、相手を自分のペースに嵌めるための手管の一つ。

「戦闘手段がシンプルに過ぎる。蘇生にリソースを振りすぎたせいか〈エンブリオ〉自体の手札は少なく、超級職である【殺人姫】もステータス増強以外に能がない。だからお前の戦法は不死身の身体を活かした突撃だけだ」

他に持ち合わせた攻撃手段といえば、見えている札では投擲くらいのものだ。

あるいは、必殺スキルを用いる可能性もエルドリッジは考えていたが、それも今はない。

そして、最も簡単な別の武器に切り替えるというケースはまずないだろうと考えた。

「手斧の攻撃力が低く戦法も限られるのならば、別の武器を使えばいい。特典武具など遭遇さえすればいくらでも手に入る強さがあるのに、武器は手斧のみ。それは、なぜか」

エルドリッジは言葉を繰りながら、僅かに生じた隙に《グレーター・テイクオーバー》を叩き込み、HPと機動力を削り……自らを強化する。

「アームズ系列の多くは、〈マスター〉との接触によってスキルを発動する」

レイのネメシスが、彼に触れることで《復讐するは我にあり（ヴェンジェンス・イズ・マイン）》を発動するように。

迅羽のテナガ・アシナガが、彼女に装着されてはじめて手足が伸びるように。

彼のスケルトンやフィガロのコル・レオニスが、体の一部に組み込まれているように。

アームズは使い手と接触しなければ効果を発揮しないことがほとんどだ。

「では、その〈超級エンブリオ〉はどうだ？　触れていれば自動蘇生が発動するのか？　違うな。お前はコルタナで両手の手斧を同時に投擲していた。体から離せば蘇生できないのならば、一本は必ず手に持っているはずだ。しかし、そうではなかった」

戦闘映像を分析した考察をエルドリッジは述べる。

エルドリッジはエミリーの猛攻の中でも、冷静に分析を続ける。

「ならば無関係に使用できるのか。違う。そうであるならば、さっさと特典武具でも何でも使用している。手斧を投擲して自動攻撃させながら、両手に別の武器を持つ。理論上はそれが最も強いはずだ」

自分が相手であればどうするのがベストか。

そして、なぜ相手がそのベストを行っていないのか。

それを分析して……答えを出す。

「それをしていないのは……装備スロットが埋まっているからだ。【超闘士】でもなければ、武器は両手に一つずつ。お前の装備枠は、二つの手斧で埋まっている。手放してもいいが装備状態でなければお前の手斧のスキルは発動しない。投擲然り、蘇生然りだ」

「――――」

そして微かに感情の揺らぎのようなものを見せたエミリーが雑に斧を振るうも、エルドリッジはそれをいなして肉を抉る。

「お前の戦闘力は〈超級エンブリオ〉に依存しすぎている。自動蘇生がなければ、ただステータスが高いだけの猪。であらば、やることも決まっている」

「ッ！」

エミリーは四万近いＳＴＲの渾身を手斧に込める。

今度は骨格ごと叩き切らんと、一切の防御を捨てた全力で武器を振るう。

だが……相対するエルドリッジは防御も回避も選択していなかった。

エルドリッジは両手を広げて《グレーター・テイクオーバー》の体勢を取る。

自らの頭部を叩き割らんとする右手の斧は無視するように……。

そしてエルドリッジとエミリーは交錯して――金属が砕ける音が響いた。

スケルトン。骨格という言葉であり、様々な伝承にある骨の怪物の総称。

皮も血肉も失くした、何も持たない死者の末路。

そのためか、スケルトンの能力特性は……無手である。

なぜこんな特性になったのかはエルドリッジも知らない。

息抜きにと〈Infinite Dendrogram〉を始めた頃に日々の生活を重荷に思っていたがため

かもしれないし、あるいは彼が自覚しない理由があるのかもしれない。

しかしいずれにしても、その能力特性ゆえにスケルトンのスキルは例外なく『武器も盾(たて)も持たぬこと』をトリガーに起動する。

第一スキル、《死後に遺るモノ(アフター・ワン)》は両手が非装備状態の時のみ、全身金属骨格の〈エンブリオ〉たるスケルトンの強度やエルドリッジのENDを引き上げるスキル。

総合防御力は既(すで)に見せたように神話級金属に匹敵し、【殺人姫】として四万近いSTRを持つエミリーの攻撃にも耐えるだけの防御力を有している。

第二スキル、《死者は骸と遺志を持つ(スピリット・ダブル)》は両手が非装備状態の時のみ、アクティブスキルの並列(へいれつ)起動を可能とするスキル。

【強奪王】のスキルを両手にセットして同時起動しているタネ。

副次効果として、クールタイムの減少も有している。

そして第三のスキルにして必殺スキルは……二つの条件を持つ。

一つ目は他の二つのスキル同様に無手であること。二つ目は、相手との戦闘時間が三〇〇秒を超(こ)えること。理由は、相手を分析(ぶんせき)する時間が必要なためだろう。

この条件を初めて見たときに、エルドリッジは笑った。

時間を得るために始めた〈Infinite Dendrogram〉。

しかし今は逆に〈Infinite Dendrogram〉のために時間を使っている。

自身の変化を如実に示したのは、その使用条件であるのかもしれない。

だからこそ、それが面白く……納得もする。

そして、必殺スキルの力もまた……納得のいくものだ。

「――《副葬品は要らず、ただ還るのみ》」

交錯の瞬間に、エルドリッジは己の必殺スキルを宣言した。

刹那の後に右手の手斧がエルドリッジの頭部に接触し――砕け、散った。

〈超級エンブリオ〉であるヨナルデパズトリが、甲高い音を放って微塵に砕ける。

エミリーは呆然とその破片を見送り、

「――まずは一つ」

エルドリッジは両手の《グレーター・テイクオーバー》で、彼女の両目を抉った。

「ッ……！」

両目を押さえながら、エミリーが必死に飛び退く。

それは死を恐れない突撃を繰り返した彼女らしくない動きだが、無理もない。
現状は、彼女に取って全くの未知。
自らの不死身を保証するヨナルデパズトリが……片方とはいえ砕け散ったのだから。

スケルトンの必殺スキルの効果は——戦闘相手の武器破壊。

三〇〇秒間の戦闘継続を条件として……相手の両手の装備の内一つを破壊する。
たとえそれが超級金属であろうと、〈超級エンブリオ〉であろうと、例外はない。
かつて王国最強のＰＫ——〝アームズ殺し〟のエルドリッジと謳われた由縁。
エミリーの不死身の要は、ヨナルデパズトリの《適者生存》によるオート蘇生。
それゆえ、ヨナルデパズトリが破壊されていた場合どうなるかは……言うまでもない。
要を失った不死身の仕組みは——破綻する。
「…………！」
エミリーは迷いながらも、左手のいまだ健在なヨナルデパズトリで首を斬った。
直後、彼女は光の塵となり……無事に再構成される。
両目の視界も取り戻したが、右手のヨナルデパズトリは直らない。砕けたままだ。

「――あと一つ」

それは、彼女の不死身の仕組みを完膚(かんぷ)なきまでに粉砕(ふんさい)するという宣言。

そして、もう一度同じことができるという証言。

《副葬品は要らず、ただ還るのみ》は、一日二度の必殺スキル。

両手の武器を破壊するには当然の回数設定であり、そのクールタイムもまた三〇〇秒。

ゆえに彼の言葉は、クールタイムが過ぎた後に確実に訪(おとず)れる破壊の宣告。

「…………っ」

光を取り戻した彼女の両目には、一人の男の姿が見えている。

彼女の前に立ったがために斬り殺された少女の愛した男。

彼女の不死身の半分を奪った元王国最強のＰＫ。

「――小鬼(ゴブリン)を舐(な)めるなよ殺人鬼(マーダー)」

――エミリーにとってユーゴー以上の天敵がここにいた。

第七話　道化と竜

■カーティス・エルドーナについて

偽皇王ラインハルトの打倒。

ドライフ正統政府の掲げる目的は、カーティスの目的でもある。

従兄達の仇という怨恨。戦乱で皇国を苦しめる簒奪者を討たねばという使命感。

それらの感情、特に後者は正統政府に属する多くの者達と共通する思いだろう。

だが……彼の理由はそれだけではない。

怨恨や使命感と同等……あるいはそれ以上の感情が、彼を動かしている。

その感情とは——恋であった。

◆

六年前、カーティス・エルドーナは恋(こい)をした。

それはまだ〈マスター〉が増加するよりも前のこと。彼は皇国辺境で猛威(もうい)を振るった〈UBM〉の討伐(とうばつ)者を表彰(ひょうしょう)する式典に参加していた。

壇上(だんじょう)、高齢(こうれい)だがまだ存命だったザナファルド皇王の前には一組の男女が立っている。

男の方、ギフテッド・バルバロス特務大尉(たいい)はバルバロス辺境伯(へんきょうはく)の養子であり、これまでにも多くの戦歴を有し、まだ若いながらも皇国の大戦力の一角と目されている。

彼が〈UBM〉を討伐したことに、不思議はない。

だが、表彰されているもう一人は——まだ十三歳(さい)程度の少女だった。

驚(おどろ)くべきことに……特典武具らしき赤い結晶(けっしょう)は彼女の手の中にあった。

それが意味することは、ギフテッド以上の戦果を若年(じゃくねん)の彼女があげたということだ。

「——クラウディア・ラインハルト・ドライフを、ここに表彰する」

ドライフという家名。双子(ふたご)はお互(たが)いの名前をミドルネームにするというドライフ特有の、男性名が混ざったフルネームが彼女の出自……皇族の一人であることを表している。

彼女こそは今は亡(な)き第三皇子の娘(むすめ)であり、彼女を表彰する皇王の孫。若き【衝神(ザ・ラム)】クラウディアである。

「……美しい」

壇上の少女の姿。自分もまた優れた実力を持つカーティスは……彼女に見惚れていた。

彼もまた超級職を得た天才であるがゆえに、彼女という存在に強く惹かれたのだ。

式典以降、カーティスはクラウディアのことを考えるようになった。

活躍を新聞や人伝に聞き心を躍らせ、夜会では彼女にどう話しかければと緊張した。

それはファンのようであったし、恋する若者のようでもあっただろう。

彼の心はクラウディアだけで埋まっていた。

〈マスター〉の増加で世界の情勢が大きく動いた頃でもそれは変わらない。

彼女が嫁ぐに適した年齢になると、『どうすれば彼女と結ばれることができるか』を悩むようになった。

彼女は立場が弱いとはいえ、皇族。有力貴族……第一皇子の母方の実家であるエルドーナ家とはいえ、次男の彼ではまだ迎え入れるには不足かもしれない。

そのため、貴族としての格ではなく、別の価値を自らに付与して高めることを考えた。

それは皇国元帥の地位。

高齢の元帥はじきに代替わりを迎えることになるが、後継者候補は何人かいる。

一人はカーティス自身。皇国の大貴族の出自であり、第一機甲大隊を率いる者。

次に、第二機甲大隊の大隊長。同様に大貴族の出自で、部隊指揮能力で彼に勝る男だ。

また、第二皇子の派閥の軍人達も二人には劣るものの候補として名を連ねる。

同様に大貴族の養子であるギフテッド・バルバロスの名が挙がることもあったが、彼は特務兵であり、全軍を指揮する元帥の座に就くことはないとも思われていた。

カーティスにとって、最大の壁は第二機甲大隊の大隊長だ。

同じ第一皇子派閥であり、優れた指揮官。王国との合同演習という外交的に栄える役目も、カーティスの第一機甲大隊ではなく彼の第二機甲大隊が選ばれた。

カーティスも〈UBM〉の討伐で軍功を重ねていたが、それはあくまで個人武力。

元帥に必要な運営・指揮能力で劣っている自覚もあった。

このままではと若干の焦りを覚えていたカーティスだが、あるとき状況は急変する。

――第二機甲大隊が王国で壊滅したのである。

それを行ったのは〈SUBM〉【三極竜　グローリア】。王国を襲った黄金の魔竜によって、彼のライバルは部隊ごと消滅した。

カーティスはこの悲劇に沈痛な思いを抱き、軍人としては惜しいと感じていた。

だが……一人の男としての彼は、心のどこかでライバルが消えたことを喜んでもいた。

多くの災厄を齎した黄金竜だが、彼の個人的事情には大きな転機となったのである。

祝福か、禍根か。どちらにせよ彼と皇国の運命を大きく動かした金色の魔竜。

それを忘れないため、彼は自身の新たな愛機に……黄金竜に準えた名をつけた。


そうして、彼が元帥になることを阻む壁は消えた。

他に第二皇子派閥の軍人が幾らかいるが、それも問題はない。

じきに次代の皇王が決まるためだ。

最有力の候補は第一皇子グスタフかその息子ハロン。両者のどちらかが皇王となれば第一皇子の縁戚で、派閥内最高位の軍人であるカーティスが元帥になるだろう。

元帥の地位を得れば、クラウディアを嫁に請うこともできる。

それゆえ、皇都の中枢……先々期文明の要塞【エンペルスタンド】で次代の皇王を決める会議が開かれている間、彼は望む未来を待ち続けた。

しかし、その展望は砕かれる。
今は亡き第三皇子の子――ラインハルトが皇王に就いたためだ。

他の皇族はラインハルトの双子の妹であるクラウディアを除いて全員死亡。

第一皇子派閥も、第二皇子派閥も、皇王継承の会議に参加した者は全員殺された。

その手口は外道とさえ言えるモノ。整備士系統超級職【機械王】として【エンペルスタンド】を整備する立場にあったラインハルトは、国と皇族を護るべき要塞の防衛機構に細工を施し、それを以て他の皇族を抹殺したのである。

最初から、暴力で皇位を奪い取る算段だったとしか思えない事件だった。

その上、新皇王は元帥の地位に自身の縁戚にして腹心……ギフテッドを指名した。

想定すらしていなかった最悪の事態に、カーティスは呆然となった。

従兄の死や自身の未来の破綻、国家の危機など、思うことは多々あったが……それらを飲み込んで思考能力を取り戻した後、彼が真っ先に抱いたのは強い怒りだった。

『ふざけるな！　ラインハルトだと!?　貴様、今まで何をしていた！』

妹であるクラウディアが公の場で貴族の務めを果たし、四方でモンスターを相手に闘っていた頃、表舞台に上がることすらなく機械弄りをしていただけではないか、と。

妹に危険な役目を任せていたくせに、皇王の座をゲスな手段で掠め取る。

カーティスにとって、そして彼と同程度の情報を持つ者……ほぼ全ての皇国貴族にとって、ラインハルトとは最悪の卑劣漢であった。

「こんなことが……あっていいものかッ！」

カーティスは何より、卑劣漢の兄と並べて語られるクラウディアが不憫だった。兄の手駒として使われ、非道にも手を染めざるを得ない彼女の心境を想い、彼は涙した。

自分が彼女に選ばれないとしても、せめて彼女の自由は取り戻さなければならないと、カーティスは心に誓った。

それゆえ、彼はラインハルトを討つべく他の大貴族や軍人達と共に立ち上がった。

皇国内戦の勃発。彼はその中でラインハルト側に就いた軍人や、ラインハルトに雇われた超級職の〈マスター〉を打倒した。

彼が唯一恐れたのは愛するクラウディアが悪辣な兄の手駒として彼と相対することだけだったが、幸か不幸かその機会はなかった。

内戦において彼個人は一度も負けることなく戦い続けた。

だが、結果として彼の陣営は内戦で敗れた。

大貴族が幾つも倒れ、乾坤一擲の作戦を敢行した特務兵団は壊滅し、カーティスの実家であるエルドーナ家も……倒れた父の後を継いだ兄が降伏した。

皇国内戦は、ラインハルト陣営の勝利で終結したのである。

だが、彼自身はまだ敗北を認めていない……認められなかった。

ラインハルト打倒、そしてクラウディア解放。

その二つを諦(あきら)められない彼は、異国の地で戦って力を蓄(たくわ)える道を選んだのだ。

しかし、そのような状況に至っても尚(なお)、彼には知らないことがある。

それは――ラインハルトとクラウディアは同一人物であるということだ。

彼女自身とバルバロス辺境伯家の最大の秘密であり、余人が知る由もないこと。

カーティスは気づかない。気づけない。

彼は一度として、『ラインハルト』の彼女に直接会ったことがないからだ。

或(ある)いは直接顔を合わせれば、『クラウディア』に恋する彼ならば気づけたかもしれない。

だが……彼が知るラインハルトは名前と写真、そして所業だけであった。

ゆえに、知りようもない。

自身の二つの目的が相反し、彼の行動と望む未来が大きく矛盾(むじゅん)しているなど。

だからこそ、カーティス・エルドーナという男は……この上なく道化であった。

■【エルトラーム号】・動力ブロック

『機関停止処理、完了』

『これより船体からの取り外しに掛かります』

甲冑型〈マジンギア〉を装備した正統政府軍人達が、【エルトラーム号】に搭載された動力炉を前に作業を行っている。

その作業を監督するように、黄金の竜頭機と二機の【マーシャルⅡ】の姿もあった。

「急ぎたまえ。どうやら、状況は我々の望まぬ方へと推移している」

自機のコクピットでカーティスは静かに、しかし急かすようにそう言った。

彼らの状況は悪化している。通信機から聞こえた突然のエマージェンシー。その理由を問い返すも応える者はなく、さらには重要な占拠ポイントだった特別ホールの担当も音信不通。彼らの秘匿通信のバイパス及び他通信の妨害を担っていたホスト機が落ちたのだ。

敵対勢力がいるのは確実。遠からず、この動力ブロックにも手が回る。

問題はそれだけではない。ホスト機による秘匿通信が使えなくなる前から、客室ブロックや貨物ブロックの部下達とは連絡が取れなくなっていた。

そして作戦決行前に、外部のベルリン中佐と連絡を取ろうとしても叶わなかった。

明らかに、雲行きが怪しい。

『エルドーナ少将、完全な取り外しに十分はかかります。ここは……撤退すべきでは？』

僚機として連れてきた二機の【マーシャルⅡ】の内の一機から、そんな通信が届く。

これ以上の被害を抑えるための撤退は戦術的に間違いではない……が。

『動力炉を持ち去るのではなく乗客を攫い、身代金として要求すれば……？』

続くもう一機の僚機の言葉は、カーティスの目を僅かに細めさせた。

「愚問だ。貴官は二度と同じ発言をすべきではない」

その言葉と共に——黄金の機体は手にしたランスを僚機のコクピットに突き立てた。

『ひっ、ヒィ……!?』

僚機のパイロットの頭部、その一〇センチ横に……ランスの穂先があった。

それは脅しのため、パイロットに当てずに突き刺した……というだけではない。

彼の【マーシャルⅡ】は、胸部装甲に穴が空いたこと以外は何も損なわれていない。

ランスの接触した衝撃で他の部位にダメージが伝播させることもなく、ほんの少し穴を空けて、パイロットの真横の空間に穂先を置くだけ……そんな超精密操縦。

それができるだけの腕前を、カーティスは持っていた。

「そして作戦変更、撤退もありえない」

撤退は戦術上間違いではないが、カーティスの戦略上はありえない。

ここで動力炉を押さえなければ、彼らはこの襲撃で何も得られず……それどころか戦力の大半を失っただけとなる。そうなれば再起の目は消えたも同然だ。

少なくとも、十年単位で遠のくだろう。

それをカーティスは許容できない。十年、皇国をラインハルトから解放し……クラウディアを救う日が先送りになってしまうのだから。

「失った戦力を補充するためにも、今ここでの動力炉の確保は必須だ。できなければ、ドライフ正統政府も、今日ここで終わりだ。理解できたかね？」

ランスの穂先をゆっくりと引き抜きながら、静かに、脅すように問いかける。

それに対する答えは、一つしかない。

『さ、サー、イエッサー！』

「よろしい。引き続き警戒せよ」

そうしてカーティスは外部スピーカーを切り、息を吐く。

「……奴なら脅さずとも、騙さずとも、統制が取れたのだろうな」

ライバルであった男……第二機甲大隊の長を思い浮かべ、カーティスは自嘲する。

元帥になるための最大の壁で邪魔者ではあったが、軍人としては信頼していた。

彼が生きていれば、内戦に勝利できたかもしれない。敗れていたとしても、ドライフ正統政府は今と別の……より良い形であったとは確信している。

恋に狂うカーティス個人は彼の死を喜んだが、軍人としてのカーティスは惜しんでいる。

（結局は、地力で届かぬと知るからこんな作戦に縋っている）

今回の動力炉奪取作戦は、協力者から持ち掛けられたものだ。

協力者である技術者はこの船の構造や動力炉の扱いを彼に教え、部隊を忍び込ませる段取りをつけ、さらには奪った動力炉で大型の機動兵器まで建造してくれるという。

怪しい話だ。旨すぎる話だ。明らかに、意図がある。

しかし、そんな話に乗るしかないほどに、倒すべきラインハルト陣営は強い。

ゆえにカーティスはこの作戦を成功させるしか……勝つしかないのだ。

「……来たか」

彼の呟きと共に、竜頭に収まったセンサーアイが目まぐるしく動き、他ブロックに通じる扉へと焦点を当てる。センサーアイは、扉の向こうから接近してくる気配を捉えていた。

「このサイズ、魔力使用パターン……敵手も〈マジンギア〉か」

言葉の直後、扉を破り――氷の装甲に包まれた純白の〈マジンギア〉が現れた。

『──《地獄門》!』

スキルの使用宣言に気づき、カーティスの機体は咄嗟に防御態勢を取る。

だが、スキル攻撃による衝撃はなく……代わりに僚機のパイロットや取り外し作業中だった者達の悲鳴が聞こえた。

背部カメラが捉えたのは、体の半分以上が凍って恐怖した甲冑型〈マジンギア〉の姿。

(広範囲冷却スキル? だが、表面温度に大きな変化はない。僚機も片方は無事か)

悲鳴を上げているのは、先刻ランスで胸部装甲に穴を空けた機体だけだ。

「……フン?」

カーティスが疑問の声を漏らす。

しかし同時に操縦桿横のパネルを操作し、機体のオプション装備を起動。

直後、機体のセンサーアイ……接続された逸話級特典武具【凝視三眼 ドラグサイト】が視覚モードを切り替え、周囲の変化を観測する。

すると、敵機を中心に何らかのエネルギーが放出されていることに気づいた。

逆に、熱エネルギーは【凍結】した者達から敵機へと動き続けている。

(あの機体、妙な力場を発散しているな? 以前討伐した【焦竜王】の対生物限定焼死ス

キルに近い。凍結の原因はそれか）
僚機を見れば、その奇妙な力場が胸部装甲に空いた穴から内部へと流れ込んでいる。
だが、彼や無事な僚機に対しては装甲表面を流れるだけで、内部に侵入してこない。
（違いは……気密性か）

◇

「ッ……！」

【ホワイト・ローズ】のコクピットで、ユーゴーは予想していた展開に舌打ちする。

（やっぱり凍らない……か！）

モールの戦闘で《地獄門》が機能しなかった理由について、エルドリッジのヒントを聞いてユーゴーも推測できていた。

それは、気密性が関係するのだろうということ。

機体外の歩兵は凍っても、機体内のパイロットは凍らなかった。

パイロットにしても、装甲が破損するとすぐに凍りついた。

つまり、空気を……《地獄門》の影響を帯びた空気を浴びる必要があるということだ。

その理由は、ユーゴーにも想像できる。

キューコの《地獄門》は対象を凍結させるだけでなく、凍結の際に熱エネルギーをキューコ自身に蓄積している。それは第二スキルである《煉獄閃》で用いるためだが、だからこそ……熱エネルギーを移動させる必要がある。

そして空間を超越して熱エネルギーを吸収するような芸当を、キューコはできない。

彼女は空間法則を変容させるテリトリーではないのだから。

キューコは空間そのものに干渉するのではなく、自身と相手の間にある空気を触媒として熱エネルギーの移動を行っている。

ゆえに、外気と完全に遮断された相手には——スキルが届いていない。

空気に触れてさえいれば炎の塊と化したビシュマルの熱量も奪い切れるが、触れていなければ人間一人分も吸い取れない。

(どうして今までこの弱点に気づけなかったのかは……分かった)

ユーゴーは《地獄門》に関して、〈叡智の三角〉にいた頃からフランクリンの下でいくつかの検証を行っている。検証の中には当然、機体に乗った相手への使用もあった。

その際は内部のパイロットも凍ったため、ユーゴーとフランクリンは《地獄門》は〈マジンギア〉にも有効であると判断した。

だが今、正統政府の機体には通じていない理由は……。

「……うちは、気密が完全じゃなかったってことかな」

思い返すのは、ユーゴーがクランを去ったあの日。

〈叡智の三角〉の——実験用プールの底に沈んだ試験用の水陸両用機。

沈没し、コクピット内部に浸水し、失敗だと騒いでいたあの光景。

——水陸両用機ですら完璧でなかった気密性が、陸戦機で確保されている訳がない。

〈叡智の三角〉は〈マスター〉の集団であり、リアルでの技術者も数多く在籍している。

人型ロボットの〈マジンギア〉を開発した実績もある。

だが、逆を言えば、〈マジンギア〉に関して元々は素人だった。

対して、正統政府……第一機甲大隊は元より甲冑型や戦車型の〈マジンギア〉のプロ。

蓄えた魔法機械技術はエリートかつベテランのそれであり、彼らが砂漠仕様のために気密性を上げようとすれば、それは一部の漏れもなく完璧な状態となる。

発想力はともかく、技術力では正統政府に一日ならぬ長があった。

（そして、あの黄金の機体も……私が見たデータから改修済みか）

コクピットに穴が空いていた一機を除き、残りの二機に凍る気配はない。

だが、モールと違い、相手に通じないケースは既に想定内だった。

『どうするの、ユーゴー？』

「事前の打ち合わせ通りだ……！」

直後――無事だった【マーシャルⅡ】の胸部装甲に穴が空いた。

「――ヒット」

後方から聞こえてきた微かな声を、機体の音響センサーは捉えている。

声の主は……長大なライフルを構えて寝そべったニアーラだった。

彼女が構えているのは、魔力式の狙撃銃。

誰が使おうと威力が変動しない火薬式銃器と違い、注ぎ込んだ魔力と使い手のスキルレベルに応じて威力が変動する魔力式銃器。MPをチャージし、スキルと共に発砲すれば亜竜の甲殻も……〈亜竜級マジンギア〉の装甲も撃ち抜ける。

動力ブロックに突入する前にニアーラと打ち合わせていた手筈通りだ。

もしも相手が凍らなかったならば、モールでの戦闘同様に装甲を破損させて凍らせる。

ニアーラもそのために【ホワイト・ローズ】の突入前から狙撃姿勢で待機していたのだ。

『ぎ、…………！』

ニアーラに撃ち抜かれた【マーシャルⅡ】のパイロットは被弾の痛みに悲鳴を上げようとした。だが、それよりも早く《地獄門》の二度目の判定で全身が【凍結】した。もう一機のパイロットよりも、同族討伐数が多かったのだろう。

同時に、他の凍りかけだった者達も完全に凍りつく。

そうして、動力ブロックに静寂が訪れる。

動力炉は停止し、複数の氷像とモノ言わぬ機体が二機。

それをなした純白の機体と、動力ブロックの外で狙撃銃を構え続けるニアーラ。

そして、動かず……見に回っていた黄金の機体。配下が全滅するのを視覚とエネルギーの複数センサーで捉えながら、しかしカーティス本人は動かなかった。

『さて……疑問だな』

繰り返そう。

動けなかったのではない。――彼は動かなかった。

『初手で仕掛けてこなかったならば、二人だけか？』

「……！」

カーティスの問いが投げかけられる。

それと同時に、ニアーラの次弾が黄金の機体の胸部装甲を直撃する。

だが、軽い金属音と共に……弾丸は弾かれて明後日の方へと跳弾した。

『この【凍結】、推測するにコクピットの破損による気密性の低下が条件なのだろう？

最初の狙撃でこちらを狙わなかったのは、装甲強度が不明だったからだ。ゆえに、高確率で当てられる初弾は、確実に胸部装甲を抜ける【マーシャルⅡ】を狙った』

ニアーラの考えをそのまま述べたかのように、カーティスは言葉を続けた。

『第二の狙撃手や別種のアタッカーがいるのならば、同時奇襲の機会を逸することはないだろう。だからこそ……今ここで敵対しているのは凍結能力の君と後ろの狙撃手のみ』

カーティスは至極冷静に、ユーゴー達の戦力を見抜いていた。

『さて、疑問を述べようか。なぜ、君の方は奇襲のタイミングで仕掛けてこなかった？』

「…………」

問いかけにユーゴーは沈黙するが、問いの答えはカーティス自らが口にしていく。

『答えは、知っていたからだ。扉を破ってこの機体を見た瞬間、これが如何なるものかに気づいたからだ。君はこの機体――【インペリアル・グローリー】を知る者……皇国の人間だ』

「……ッ！」

そう、ユーゴーは黄金の竜頭機――【インペリアル・グローリー】を知っていた。

〈叡智の三角〉が総力を結集して生み出した最強の機体……皇国軍の依頼で生み出した動力炉搭載の〈マジンギア〉だと知っていた。相手の性能を知るからこそ、一目見てそれと分かった時点で……予定していた奇襲攻撃を仕掛けられなかったのだ。

『〈叡智の三角〉の関係者だな。機体を見れば分かる。〈叡智の三角〉の開発、それも量産段階にない試作機。機体構造の癖、パーツの噛み合わせが甘い点も彼らの仕事だ』

真正面から『〈叡智の三角〉の仕事は雑だ』と言われ、ユーゴーが幽かに苛立ちを覚えたが、動けない。動けば、その瞬間に状況が悪化すると……予感できてしまう。

『その強度、神話級金属か？　いや、ヒヒイロカネの緋色ではなく白。ミカル鉱石との合金か。皇国内の鉱床はどちらもバルバロス辺境伯領。なるほど、……ラインハルトめ』

機体に接触したわけでも、攻撃したわけでもないのに、カーティスは言い当てる。

独り言のまま、自ら答えに辿り着き……カーティスは舌打ちした。

『【グローリー】制作時は供出しなかった、ということだな。【グローリー】の制作時点で、私と敵対することも……皇王の座を奪うことも想定していたのか？　あの外道……』

目の前にいない誰かに恨み言を吐いている姿は、隙だらけに見えた。

『しかけるなら……いま。あいつのカウントなら、いっかいのはんていでじゅうぶん』

自身にだけ伝わるキューコの念話に、ユーゴーは静かに頷く。

撃破する必要はない。相手の気密性を崩せば、それで勝てる。

ほんの僅かに、装甲を歪めればいいのだから。

そして、ユーゴーは【ホワイト・ローズ】を黄金の機体へと駆けさせ、

『──ああ、この程度の速度ならば奇襲しなくて正解だったな』

──瞬く間に、動きを止められていた。

右肘を貫き、床にまで届いたランスに縫い止められている。

一瞬の間に、【ホワイト・ローズ】の動きは潰された。

「……⁉」

武芸の達人のように、ごく自然にランスを【ホワイト・ローズ】に差し込んでいる。

だが、それを為すのは生身の人ではなく、人型の巨大ロボット。

巧みな操縦技術などという言葉程度で説明できる現象ではなく、そもそも……。

「どうして、【ローズ】の装甲に……！」

神話級金属合金で作られた、〈マジンギア〉の中で最硬の防御力を持つ機体。

何故いとも容易く、相手のランスに貫かれているのか。

『このランスは私の特典武具だ。【針衝暴死　ドラグスティンガー】。穂先の直径を〇・一ミリメテルまでコントロールでき、しかし折れない。使い勝手のいい槍だ』

カーティスはあっさりと手の内……かつて【針竜王】を討伐して得た特典武具の情報を明かした。〈叡智の三角〉の関係者であり、【インペリアル・グローリー】とカーティスに

関する情報は持っていると判断したためでもある。
だがしかし、その情報は答えにはなっていない。
穂先の直径を変えるだけで、なぜ装甲を貫通できているのかの答えには、程遠い。
その疑問の気配が伝わったのか……カーティスは嘆息する。
『だから、パーツの噛み合わせが甘いと言った』
カーティスは前言を繰り返し、
『――肘関節に〇・二ミリも隙間がある』
――針の穴より小さい穴を貫いたのだと……事もなげに言ってのけた。
真実を知らず、相反する目的を抱くカーティス・エルドーナは道化である。
だが、ただの道化であれば彼は此処に立っていない。
皇国に接した〈厳冬山脈〉から降りてくる数多の地竜、【竜王】を狩り続けた男。
彼こそは大陸最強のパイロット、〝竜王殺し〟のカーティス・エルドーナ。
そして彼の愛機こそは最強の魔竜の名を冠した機体、【インペリアル・グローリー】。
最強のパイロットと最強の〈マジンギア〉が、ユーゴーの前に立ちはだかった。

第八話 三つ巴と最後の選択

□【装甲操縦士】ユーゴー・レセップス

相手は、私の想定を遥かに上回って厄介な相手だった。

装甲の隙間を縫い止められた【ローズ】。

その右腕を操作してランスを引き抜こうとしても、微動だにしない。

それはランスを手にする【インペリアル・グローリー】との出力差によるもの。

こちらの【ローズ】は純竜クラスの出力を発揮できるけれど、あちらは明らかにそれを凌駕している。言うなれば〈竜王級マジンギア〉とでも言うべき存在。

「カタログスペックよりも、さらに上、か……」

それは恐らく、操縦者の違い。

彼が口にした【ドラグスティンガー】という特典武具の名で思い出した。

その特典武具の持ち主は私が〈Infinite Dendrogram〉を始めるよりも前、ドライフで最も名を馳(は)せたパイロット……【超操縦士(オーヴァー・ドライバー)】のカーティス・エルドーナ。

「姉さんは『内戦で誰が持ち去ったのかも分からない』なんて言っていたけれど……」

何ということはない。預けられていた持ち主がそのまま持ち去っただけだ。

そして操縦士系統超級職の彼が乗った機体は、本来の数段上の性能を発揮している。

状況はかなりまずい。パイロットの腕前と機体性能。比較(ひかく)すれば、向こうが勝る。

中でも最悪なのは……稼働(かどう)時間。こちらはどれだけ持たせても十分程度が限界、《ブークリエ・プラネッター》を用いる第二戦闘(せんとう)モードならその半分だ。

対してあちらは、先々期文明の動力を使っているから半永久的に動ける。

こうして縫い止められているだけでも、遠からず私達の負けだ。

「……けれど」

けれど、こちらが有利な点が三つある。

第一に、神話級金属合金と防御(ぼうぎょ)スキルの重ね合わせによる機体強度。

第二に、キューコの《地獄門》。これがあるお陰(かげ)で、『相手のコクピットの気密性を崩せば勝利』という一方的に有利な条件を獲得(かくとく)できている。

そして第三は……ニアーラさんの存在。

二対一。数の優位と突入前に打ち合わせた戦術を活(い)かせれば、まだ勝機はある。

『そのためには、このやりをぬかないとね』

「ああ」

身動きできなければ、勝機はない。最悪、右手を肘からパージすれば解放されるだろうけれど、それをすると後の展開で『手』が足りなくなる恐れもある。

『話の前に、まずは分断するとしようか』

けど、私が考える間に敵機は言葉と共に左手を私達が入ってきた入口へと向ける。

『――《ミサイル・ダーツ》』

言葉の直後、敵機の左前腕部装甲がせり上がり、幾つもの穴――小型ミサイル発射口からミサイルが射出された。

ミサイルは扉の手前の天井を爆砕し、扉を埋めるガレキへと変えた。

それによってニアーラさんの射線は塞がれ、私と敵機は完全に一対一の状況に陥る。

「ッ……！」

三つの利点の一つが潰されて、私は焦りと共に舌打ちする。

「……？」

けれど、『話の前に』とはどういうこと？

そもそも、どうしてカーティスは最初に【ローズ】の肘関節を貫いた？

関節の隙間を狙えるなら、コクピットの隙間を狙って私を殺すこともできたはず……。

『さて、準備が整ったところで一つ……いや二つ尋ねようか』

私が疑問を抱くと同時に、カーティスがそう言った。

「……何を？」

『簡単な話で、君ならば知っているだろうことだ』

私なら、知っている？

この【エルトラーム号】を占拠したテロの首魁が、求めるような情報を？

『第一の質問だ。……どうすれば解除できる？』

「……《地獄門》のこと？」

たしかに、軍人達を【凍結】させた《地獄門》に関しては私しか知らないだろう。

だが、カーティスは器用に機体の首を振って否定した。

『今はそちらじゃない。この【グローリー】についてだ』

私の言葉を遮るように、カーティスはそう言って……。

『〈叡智の三角〉の一員である君ならば知っているのではないかな？　この【インペリアル・グローリー】の機能制限の解除方法を』

「……!?」

機能制限……？　今も【ローズ】を圧倒するパワーを発揮しているのに、それでもなお機体に制限が掛かっている？

〈叡智の三角〉のみんな、一体……どんなバケモノを作って……。

『知っているならば教えてもらおうか』

黄金の機体は竜頭をこちらに近づけて、問う。

『――内蔵兵器使用時の音声照合をオフにする方法を』

「…………え？」

音声、照合？

『武装名を発声しなければ使用できないふざけた制限のことだ。音声の主が誰かは問わないから奪われたときのセーフティにもなっていない。この機能、何のためにある』

……そういえば、先ほども『《ミサイル・ダーツ》』と発声していた。

私がかつて乗っていた【マーシャルⅡ】のように、〈マジンギア〉の兵装はよほど特殊でなければ普通は発声しなくても使えるものだけれど……。

ただ、音声照合になっている理由は分かる。

あの機体は先々期文明の動力炉をベースに、〈叡智の三角〉の総力を結集して作ったオンリーワンのスーパーロボット。

だからきっと、メンバーの誰かが言い出したのだろう。

『スーパーロボットなら、武装を叫ぶのは外せないよな！』、と……。

『何故わざわざ武装名を宣言して使用する。実践においては無意味どころかマイナスだ。明らかにデメリットしかない。照合に直結していてブラフにも使えん。何を考えてこんな機能制限を積んだ？　何の意趣返しだ？　【グローリー】の制作時、我々の関係は良好だと思っていたが、まさか当時からラインハルトの手が回っていたのか？　こんな余計な機能が付いていなければ、バルバロスをあの時点で殺せたかもしれんしな……！』

捲くし立てる言葉に、よほどその機能制限に苦しんできたことが窺えた。

だが、きっとそのデメリットに理由はない。〈叡智の三角〉は趣味人の集まり。不要な様式美を追求する者もまた多いというだけの話だろうから。

「……その機体の制作は私がクランに入る前だから、オフにする方法は分からない」

駆け引きをしようにも、本当に何も知らないのでそうとしか答えようがない。

うちのメンバーのことだから……そもそもオフにする方法などないのかもしれない。

『……そうか』

明らかに落胆しながら、カーティスはそう言った。

もしやこれを聞くためだけに、私を初撃で殺さなかったのだろうか？

だとすれば、危うい状況になっているけれど……。

『では、本命の質問に移ろう』

あれは前置きの質問で本題は他にあったらしい。お陰で、まだ首は繋がっている。

『私の部下達の【凍結】は解除できるか？　生命反応は確認しているが、通常の【凍結】状態ともエネルギー波形が違う。君の任意で解除できるのか、殺害で解除できるのか、あるいは殺害で永続的に解除されなくなるのか。それが分からないから生かしている』

やはり本題は《地獄門》についてだった。

たしかに、キューコの【凍結】は普通の【凍結】とは違う。条件を満たしている相手ならば耐性アイテムをも無効化するし、回復アイテムも効果がない。

そして、私が《地獄門》を解いた場合やデスペナルティになった場合も、一時間は解除されない。即座に解除できるのは、私が【凍結】を解いた時だけ。

『嘘を交えずに、答えるべきだ』

そう言うのならば、きっと《真偽判定》を持っているのだろう。

「……私が死んだ場合、最短で一時間後に解ける」

『…………それでは、遅いな』

【凍結】した軍人達の数人は動力炉の取り外し作業中。

十中八九、このために連れてきた技術者なんだろう。

正統政府の目当てが動力炉ならば、彼らが動けなければ目的は達成できない。

そしてきっと……彼らのタイムリミットは《地獄門》の効果時間より短い。

『その言い方。他にも解除手段がある、と見ても？』

「私が任意で解除した時のみ、即座に解除される」

嘘はつかない。つく必要すらない。

『彼らを解放するには、君を殺して一時間待つか、君との取り引きに応じるしかない、か』

「……そのとおり」

相手にとって、私は既に人質を取っているようなもの。

一時間待つという選択肢は、相手にはない。

なぜなら、船内各所で起きたトラブルはあちらも既に知っている。

どの程度把握しているかは不明だけど、自分達が急ぐ立場だということは重々承知の筈。

『一応聞こうか。交換条件は？』

「この船からの即時撤退。何も奪わず、誰も殺さず、すぐに立ち去ってほしい」

……相手からしてみれば、獲物を得られないけれど人員は失わなくて済む選択肢。

今ここで諦めて逃げ出せば、それ以上の事態の悪化はないという逃げ道。

ただ、相手が船外に出れば……恐らくはマニゴルドさんが砲撃で対応できる。撤退する背を、あの砲撃で殲滅できる。

そう考えると罠に嵌めるも同然で、まるで姉さんみたいなやり口だけれど……、ここで彼らに情けをかければそれだけ無辜の人々が犠牲になる。

それは、寝覚めが悪い。

だから私は撤退という名の罠を条件に、嘘をつかず【凍結】の解除を提示して、……？

「……一応？」

一応聞く、とはどういうこと？

『ああ。やはりそういう要求になるか。ならば………仕方がない』

私の問いに少しだけ面倒そうな声で彼は答え――機体の左手を他の軍人達に向けた。

『《ミサイル・ダーツ》』

小型ミサイルは炎の尾を引きながら亜音速で【凍結】した軍人達に直撃し、先刻の天井同様に彼らの体を木っ端微塵に粉砕して焼き尽くした。

「な、にを……!?」

『《ペイント・ナパーム》』

言葉と共に、機体背面から伸びる竜の尾――を模したテールバランサーが振るわれる。

尾の先には繊維が束ねられ、それは何かの液体で湿っている。

尾の動きに沿って液体は二機の〈マジンギア〉……パイロットが【凍結】した【マーシャルⅡ】に降りかかる。

二秒後、液体は発火して激しく燃え上がり、装甲ごとパイロットの氷像を焼き尽くした。

「何を、している!? どうして、仲間を……！」

理解できなかった。理解したくなかった。

『何故、だと？』

私の動揺の声に、竜頭の機体が特徴的なセンサーアイをこちらに向ける。

『――我々は死んでも果たさなければならない目的のために戦っているからだ』

――私に向けられたのは、ゾッとするような声だった。

『こうしなければ、これがなければ、目的は果たせない。……動力炉は力ずくで外していく。破損するかもしれないが、奴が噂通りの腕前ならば直せるだろう』

部下を手にかけたカーティスは、動力炉に視線を向けながらそう言った。

彼は、動力炉を手に入れるため……私の人質になっていた部下を自ら排除したのだ。

「仲間じゃないの……⁉」

『率いる者だからこそ、天秤を見る。ここで……この作戦で失われた人員と機材よりも、あの動力炉と、動力炉によって作られる兵器が必要だ』

「………………！」

『ラインハルト打倒という目的を果たすためならば犠牲は厭わない。彼らもそう考えていたからこそ此処を襲撃した。それが彼らの身に変わったとしても……仕方がないことだ』

仲間だった者達の屍を背に立つ姿に、思い出す。

かつて、私が相対した相手……〈ゴゥズメイズ山賊団〉の二大頭目、ゴゥズ。

死した部下の亡骸を喰らい、私と戦った男。

姿や性格は似ていない。けれど……在り方が類似している。

「貴様は……！」

『質問は終わった。――もう生かしておく必要もない』

言葉と共に、テールバランサーが揺らめく。

ランスで縫い止めたまま、ナパームで焼却する心算なのは明らかだった。

ミサイルでは砕けないと踏んだ、冷静な判断の結果だろう。

『ッ！　《ブークリエ・プラネッター》!!』

咄嗟に、両肩の盾型装甲を切り離し、浮遊盾として黄金の機体に叩きつける。

『そのようなギミックだろうな。見れば分かる』

だが、二枚の浮遊盾は敵機のアームに掴まれ、止められていた。

「これも……！」

不意を突いたはずが、完全に御されている……！

浮遊盾をコントロールしようとしても、向こうの保持力が勝るためか動かない。

『さらばだ、〈叡智の三角〉の【操縦士】。第一の質問についてはいずれ皇国に凱旋したときにお仲間に聞くとしよう。《ペイント・ナパーム》』

そして黄金の機体は液体燃料で湿る尾を振るい、

『――――！』

唐突に後方へと飛び退いた。

【ホワイト・ローズ】を縫い止めていたランスさえも引き抜き、全力での後退。

直後、――【ホワイト・ローズ】に数多のミサイルが着弾した。

「ッ……!?」

爆炎が装甲を叩き、機体をシェイクし、内部モニターにノイズが走り続ける。

『う、く……』

キューコの短い悲鳴と共に表面の氷結装甲が砕け、【ホワイト・ローズ】は地に伏す。

「キューコ……!?」

『……だいじょうぶ。まだ、うごく……』

キューコの言葉通り氷結装甲はかなりの割合を砕かれたけれど、モニターを見る限り内側の【ホワイト・ローズ】のダメージはあまり多くはない。

神話級金属装甲によって大部分が防がれたからか、機体もまだ動きそうだ。

ただ、爆圧で内部にもダメージが通っているから、完全復旧まで少し時間が要る。

「……《地獄門》を解除。砕けた破片はそのままで維持」

『うぃ、まむ』

私の指示に従って、キューコが《地獄門》を解除する。現在の【ホワイト・ローズ】は、氷結装甲が派手に砕け散ったお陰で外観的には恐らく擱座したようにしか見えない。

だから《地獄門》を解除すれば、デスペナルティになっていないとしてもこちらが【気絶】したとは思わせられるはずだ。

「でも今のミサイルは、一体……?」

明らかに、【インペリアル・グローリー】のミサイルとは違う。

そしてミサイルの大半はあちらを狙っていたけど……【ホワイト・ローズ】にもお構いなしに攻撃してきた時点で味方じゃない。一体、誰が……。

『いい反応ですね！　中身は超級職なパイロットと見た！』

私の疑問に答えるように、天井に空けた穴からそんな声が届いた。

ミサイルが飛び込んできただろうその穴から……今度は巨大な物体が飛び込んでくる。

声は陽気そうな女性のものだったが、現れたモノの姿は声と乖離している。


――それは、紅白の色をした機械竜だった。


「あれは……」

その姿には、見覚えがある。ニアーラさんの梟の映像越しに見たモノだ。

マニゴルドさんと交戦していた機械竜が……この動力ブロックに現れた。

□■【エルトラーム号】・商業ブロック

時は、エルドリッジによってヨナルデパズトリの一つが砕かれた時点に遡る。

「…………」

自身の〈超級エンブリオ〉の喪失。今はまだ左手のヨナルデパズトリが残ってはいるが、そちらも砕かれれば蘇生できずに死ぬ瀬戸際。まして敵手であるエルドリッジは【強奪王】の奥義によってエミリーとのステータス差をほぼ詰めている。

それは自動殺戮モードのエミリーにとっても、未知にして最大の危険域。

エルドリッジは既に敵性対象認定を超えた絶対排除対象認定であり、必殺スキルを用いてでも抹殺しなければならない相手だ。

幸いにして、今は真夜中。必殺スキルを用いる条件は整っており、手斧が一本になろうと行使に支障はない。使ったが最後、この船全体を広域殲滅スキルが蹂躙する。

しかし船内には味方である張がおり、暫定的に保護対象認定したドリスがいる。

敵味方を識別し、敵を抹殺するエミリーだからこそ味方に対しての攻撃行動はとれない

……とらない。

だが、使わなければ眼前の天敵に対しての対処法がない。

手をこまねいていれば、クールタイムが明けた後の必殺スキルでもう一本のヨナルデパズトリも破壊されるだろう。

未だかつてない窮地に、エミリーが置かれていた時……。


「――起！」

――そんな声と共に巨大な何かが這いずるような音がモールに響いた。


自然、音の方へエルドリッジとエミリーの意識が向けられる。

そこに在ったのは、巨大なミミズの如き怪異。

額に符を貼りつけられた、純竜級ワームのキョンシーであった。

その姿に、エルドリッジは、『敵方にとって想定外だろうエミリーの窮地に、控えていた戦力が出てきたのだろう』と察した。

それは正しく、この【ドラグワーム・キョンシー】はエミリーの仲間……張が呼び出したもの。〈蜃気楼〉の壊滅後に設えた彼にとって数少ない戦力をここで切ったのだ。

エルドリッジを敵と見定め、符の指令のままに襲い掛かるキョンシー。

だが、エルドリッジにとって純竜級のキョンシーは敵ではない。

今はエミリーから奪ったステータスで大幅に強化されている上に、そもそも……。

「そこか」

エルドリッジは右手を――《テイクオーバー》ではなく、《ビッグポケット》をセットした右手をキョンシーに振るった。

直後、キョンシーは額の符を奪われ、地響きと共にモールの床へと倒れ込んだ。

キョンシーは自律型ではなく、符によってコントロールされるアンデッド。

ゆえに、符を奪ってしまえば無力化できることをエルドリッジは知っていた。

結局、この【ドラグワーム・キョンシー】は多少の時間稼ぎにしかならず、それもクールタイムの観点から見れば稼ぐことに然程の意味はない。

しかしそれは、【ドラグワーム・キョンシー】がこの場の一体だけであればの話だ。

キョンシーはエルドリッジを襲った一体ではなかった。

一体目は脅威と認めたエルドリッジの注意を一時的にでも引きつける囮。

「……キョンシー、だと？」

二体目のキョンシーは船のデッキを這いずりながら、ブリッジへと突き進んでいる。

ブリッジでは、マニゴルドが【サードニクス】の接近を妨げる弾幕を展開している。

それを阻もうとするかのように、二体目のキョンシーはブリッジを目指していた。

マニゴルドの砲撃であれば一瞬で破壊できる相手だが、それはできなかった。

射角が悪い。下方にいるキョンシーを撃てば、そのまま船体を破壊してしまうだろう。


「――《真渦真刀旋龍覇》」

――逡巡の直後、モールとデッキにいた二体のキョンシーが内側から膨れ上がった。


破裂した二体から舞い散ったのは無数の符。

奥義発動のために予め作成される、道士の符である。

キョンシーの内部に奥義の符を仕込むは、【大霊道士】張葬奇の十八番。

発動した奥義は万物を切り刻む風の大魔法、《真渦真刀旋龍覇》。その規模はかつてAR・I・CAに用いたものよりも小さかったが、しかし二ヶ所で同時に巻き起こった。

それは一時的にでもエルドリッジを押し留め、――マニゴルドのいたブリッジを船体から斜めに切り落とした。

轟音と共にブリッジが崩れ、デッキに、そして砂漠に落ちていく。

その事態においても己の〈超級エンブリオ〉の力でマニゴルドは無傷、だが……。

「……ああ、これはまずいな」

焦っていないような声音の彼は、その実は本当にまずい状態に陥ったと思っていた。

崩落はマニゴルドのAGIで対処するにはあまりに速く、彼はブリッジの残骸と共に砂漠へと墜落し……数多の巨大な残骸の中に閉じ込められていく。

ダメージはなくとも、動きは封じられる。

迂闊に砲撃すれば船体と乗客を撃ちかねないため、残骸を消し飛ばすこともできない。

そうして身動きの取れないまま、彼は砂と残骸の檻に閉じ込められて戦線から離脱した。

自然、敵対者に向けていた弾幕は途切れる。


「――今」


行く手を阻む幕が失われた隙を見逃すマキナではない。

方向転換もままならないほどにバーニアを全開。超音速機動によって一瞬で船体との距離を詰め、その速度のままに壁を突き破って内部へと侵入する。

壁を破って侵入した先は、エルドリッジとエミリーが交戦中のモールだった。


「――――」


突然の闖入者に意識が空白化したのは、エルドリッジとエミリーのどちらであったか。

いずれにしても、張の奥義によってエルドリッジは身動きが取れず。

その硬直に――【サードニクス】の焼夷徹甲弾が叩き込まれた。

エルドリッジの神話級に匹敵する防御力と、エミリーから奪ったステータス。

だが、焼夷徹甲弾は正確に腹部の肉を抉り、内臓を焼き尽くした。

その有り様は、上半身と下半身が背骨でのみ繋がっている状態だった。

「ご、ふ……」

致命傷を受けたエルドリッジが血を吐きながら仰向けに倒れ込む。

しかし倒れながら……《ビッグポケット》を闖入者である機体へと行使する。

だが、それは弾かれた。

(対策済み……か。かなり、強固だな……)

致命傷だが、まだ命はある。

しかし、それが逆にまずかった。この一撃が致死であれば、【ブローチ】で無効化できていただろう。死なない程度に重傷であり、傷痍系状態異常の継続ダメージで死が免れない。【ブローチ】にとって最悪な状態。

だが、これは偶然ではなく……マキナが狙ってやった芸当だ。

「……ここまで、か」

HPが全損するまでにできうることをエルドリッジは考えたが、何もなかった。

未だクールタイムは明けず、自身とエミリーの間に立つように紅白の機械竜が陣取っているために、エミリーを《テイクオーバー》で狙うこともできない。

己にできることが全て終わっていると……エルドリッジは察した。

(…………結局、〈超級〉に負けたか)

結果を言えば敗北以外に言いようがない。

だが、この一戦に〈IF〉が要した戦力は、〈超級〉二人とティアン超級職一人。

どれか一手が欠けていれば、エルドリッジはクールタイム解除まで持ちこたえ、エミリーにトドメを刺していたかもしれない。

不死身にして最強のPKの撃破に、彼は限りなく近づいていたのだ。

あるいはそれは……ただ〈超級〉を殺す以上の結果であるかもしれない。

『……【強奪王】エルドリッジか』

そして、その結果を許する者はこの場にいた。

【サードニクス】に乗るラスカルは戦闘機動で身体に相当のダメージを負っていたが、それでも外部モニターから得られた情報で全てを察した。

エミリーのヨナルデパズトリの片方が破損している。

エミリーをここまで追い詰めたのが眼前に倒れるこの男だと、彼には分かっていた。

エルドリッジの名はリストに載っていたし、これまでの経緯も知っている。

それなりのＰＫクランを率い、実績を重ねられるだけの頭脳と統率力を持ち合わせていたが、先の王国での事件以降はメンバーにも見放されて身を持ち崩した過去の男。

そのような評価だったが、修正しなければならない。

『エルドリッジ。俺はラスカル。〈ＩＦ〉のラスカル・ザ・ブラックオニキスだ』

その名に、エルドリッジは聞き覚えがあった。指名手配された〈超級〉の一人であり、最強の犯罪クランを実質的には運営している男である、と。

『アンタに、一つ提案がある』

「……何だ？」

そんな相手が、自分に何を言うのかとエルドリッジは考えたが……。

『デスペナルティが明けてから――〈ＩＦ〉に入れ』

それは、勧誘の言葉だった。

〈ＩＦ〉が一連の事件を起こしているのは、在野の戦力を把握するため。

相性があるにせよ、圧倒的に格上のエミリーを相手に有利に戦いを進めていたこと。余人では事件が起きることさえ予見できなかっただろうこの船に居合わせている嗅覚。過去の実績と、今でもそれをなした彼の実力が決して朽ちているわけではないという証左。

ラスカルは、彼こそが一連の戦力調査を経て仲間に加えるべき人材だと見定めていた。

「……お前達のクランに？」

『サポートメンバーからだが、アンタが〈超級〉になれば正式メンバーに格上げする。しばらくはエミリーに敵と認識されるだろうから、カルディナ以外の仕事に行ってもらうことになる。だが、資金やアイテムに関しては十二分に支給する』

「…………」

そうしてラスカルは手付金の金額も提示した。〈ゴブリン・ストリート〉が最盛期であった頃にも得たことがない莫大な金額だ。

決して、悪い条件ではない。負け通しの男には破格の好待遇。

ここに来て、ようやく運が向いてきたと言える。

「――――断る」

だが、彼はそれを受け入れなかった。

迷うことさえなく、彼は首を振った。

エルドリッジの脳裏をよぎったのは、二人の女性の顔。

「俺のクランは……一つだけだ」

ラスカルの申し出よりも、これまで自分についてきてくれたフェイとニアーラに……エルドリッジの天秤は揺れることもなく傾いていた。

『…………』

断られることを、予想していなかった訳ではない。

しかしラスカルが考えていたよりも、エルドリッジの言葉に迷いはなかったのだ。

「……負けても、それだけは譲れない」

そしてエルドリッジは敗北を口にしながら……光の塵になった。

そうして廃墟に近い有様になったモールには、ラスカル達だけが残っていた。

『…………惜しいな』

消えゆくエルドリッジの姿を見送りながら、ラスカルは呟いた。

彼を仲間にできなかったことを本心から残念に思い……同時に微かな敗北感を覚えた。

だが、気を取り直す。今はそれに思いを巡らせるよりもすべきことがあるからだ。

「…………」

エルドリッジが消えた後、エミリーは虚ろな表情でそこに立ち続けていた。

自動殺戮モードではなく、平時の状態でもない。ラスカルも見たことがない状態だ。

(……あるいは、精神的に疲労したとでも言うのか？)

この客船において、エミリーはこれまでにない行動をとりすぎた。それがエミリーにとって好転であるのか、暗転であるのか。それはまだラスカルにも分からなかった。

ともあれ、エミリーにこれ以上の戦闘行動はとれないだろうと判断した。

限りなく可能性は低いが、もう一人武器破壊スキルの使い手がいた場合は詰む。

少なくともエミリーはここで退去させるべきだと判断した。

ラスカルは張に通信で呼びかけ、エミリーを連れての撤退を指示した。

今ならば外部の護衛艦は沈黙しており、キョンシーをばら撒けば安全に逃げられる。

『ラスカルさんは……』

『俺は動力ブロックに向かう。想定外の事態に陥ったが、それはやらなければならない』

このような事件が起きた以上、【エルトラーム号】はこの航海で終わりだ。

そうなれば、動力炉をカルディナ議会が接収……あるいは合法的に買い取る可能性すらある。後々を思えば絶対に避けなければならない事態だった。

『急げよ、マキナ』

『アイアイサー！』

そうして彼らは動力ブロックに向かい……二体の〈マジンギア〉と相対することになる。

◇◇◇

□【装甲操縦士】ユーゴー・レセップス

『ご主人様！　多分、メチャクチャ強いパイロットですよ、あれ！』

機械竜とも言うべき紅白の機体から陽気そうな女性の声が響く。

『【インペリアル・グローリー】とカーティス・エルドーナ、か。リストには、いたな』

次いで、どこか怪我でもしているのか苦しげな男性の声も聞こえた。

どうやら紅白の機械竜は二人の人間が搭乗しているらしかった。私とキューコのように〈マスター〉と〈エンブリオ〉で運用する機体なのかもしれない。

『煌玉竜を模した機体……何者だ？』

誰何するカーティスの声には、私と相対していた時にはなかった強張りがある。

優れたパイロットにのみ分かる嗅覚のようなものがそうさせているのかもしれない。

『名乗るほどのものじゃない。アンタには用もないしな』

『あれ？　超級職なのに勧誘とかしないんですか？』

『強いだけの人材なら不要だ。改人で事足りるからな』

その会話の意味は私には、そしてカーティスにも不明だっただろうけれど、そこに僅かなりの低評価が混ざっていることは察せられた。

それゆえか、【インペリアル・グローリー】からの威圧感が増す。

『あ、ご主人様！　今チェックしてて分かったんですけどね！』

それを意に介さないように女性が陽気に声を発し、

『あの金色も地竜型の動力炉積んでますよ？』

『……Fuck。余計な手間ばかり増える船だな、ここは』

男性がひどく不機嫌そうな声で応えると共に、機械竜が動き出す。

『乱入と侮辱、何よりその敵意……敵と見定めて支障ないようだな』

それに対応して、【インペリアル・グローリー】も動き出す。


黄金の竜頭機と機械竜は動力炉の唸りを響かせながら向かい合い、――激突した。


【インペリアル・グローリー】が極小先端のランスを機械竜へと突き込む。

それを読んでいたかのように、機械竜は器用に左前足でランスの側面を押して逸らす。

竜頭の機体は右に流される勢いに乗せてテールバランサーを横回転に振るい、先刻から使用待機状態にあったのだろう【ペイント・ナパーム】を機械竜へと振りかける。

迫る液体火薬に対して機械竜は身を低くし、バーニアを吹かして一瞬で潜り抜ける。

液体火薬の炎上を背にして機械竜は【インペリアル・グローリー】の背後へと移動。

そのときには竜頭の機体も背後への回頭を済ませており、機械竜の背に左手を向ける。

『――《ミサイル・ダーツ》』

『――《ラッシュ・ミサイル》』

竜頭の機体の左手から放たれた無数の噴進爆弾。

それを迎え撃つように機械竜の背面からも数多のミサイルが飛び出す。

双方の攻撃は爆風に二機とも巻き込むような中間点でぶつかり合い、動力ブロックに爆風と破壊を巻き起こす。

爆炎も収まらないうちに二機は互いに向けて動き出していた。

轟音と共に機体をぶつけ合う。

『ほう……！』

『や、っりますねぇえ！』

機体の激突音に、パイロット同士の僅かに愉しげな声が混ざる。

相対する両者は、互角。少なくとも、私には互角としか見えない戦いがそこに在った。

私には見えないレベルでの攻防も数多重ねているのかもしれない。

それほどに、両者の実力は伯仲しているように見えた。

少なくとも、真っ当な戦闘では私はどちらにも及ぶべくもない。

『ユーゴー、かてる？』

「…………」

勝率は決して高くないけれど……ゼロではない。

事前にニアーラさんと打ち合わせたあの戦術を使うことができれば……。

あの二機に対し、こちらが持つアドバンテージを最大限に活かせれば……勝機はある。

◇◆◇

□■【エルトラーム号】・動力ブロック

「……若干の不利、か」

後部座席のマキナが超絶した技術で機体を繰る中、ラスカルは冷静にそう判断した。

機体性能は悪く言えばバランスを度外視した【インペリアル・グローリー】よりも、先々期文明技術の権化であるマキナが手掛けた【サードニクス】が勝る。

むしろバランスが破綻した機体を乗り回すカーティスの技量が異常とさえ言える。

「本来ならば、動力炉の時点で勝負にならないはずだが……相手も積んでいるのではな」

ドラゴン型の〈マジンギア〉である【サードニクス】が、他の〈マジンギア〉と比して最も優位な点は先々期文明産の動力炉である。

通常の魔力式機械の動力炉は搭乗者の魔力を地属性魔法に類する動力や、天属性魔法に類する電力に変換して機体を動かす。動力炉と言うよりは変換器とでも言うべきもので、それゆえに搭乗者のMPによって稼働時間や出力に大きな制限が付く。ユーゴーの【ホワイト・ローズ】は最も際立った例だが、【マーシャルⅡ】も戦闘兵器として見たときの稼働時間は決して長いとは言えない。戦車型の【ガイスト】にしても、走行や砲撃に個別の人員を割り振ることでMPの損耗を抑え、稼働時間を延ばす仕様だ。

現代の動力炉で最も変換効率と出力に優れているのは【ブルー・オペラ】の動力炉だが、それも静粛性のデメリットと引き換えであり、偶然作れた代物で再生産もできない。

しかしフラグマンの動力炉はそれらとは一線を画す。

人の魔力を変換することなく、動力炉自体がほぼ永続的に魔力を供給し、変換する。

一体どこからそれだけの魔力を引き出しているのかは初代フラグマンしか理解できず、

代替わりして知識を引き継ぐはずの歴代フラグマンにさえ理論が遺されていない。

製法を知っている【瑪瑙之設計者】にしても、なぜそうなるのかは理解していない……と言うよりも理解できないようにセーフティが掛けられている。

それゆえオリジナルの煌玉竜に使われた大型の天竜型動力炉だけでなく、小型の地竜型動力炉でも極めて希少であり、搭載すれば〈マジンギア〉の格に埋めがたい差が生じる。

しかし奇しくも……ここに相対する二機はどちらもが地竜型動力炉搭載機。

二〇〇〇年の時を経て搭載された物と、マキナによって新造された物という違いはあれど……性能に大差はない。

「あちらが気づけば……不利だな」

動力炉の数は【サードニクス】が勝るが、それでも発揮性能は互角。

むしろ、僅かながらに【サードニクス】が押されている。

理由は、超級職の差だ。

マキナは優れた技量を持っている。先々期文明の搭乗型フラグマン兵器、その基本操縦データは全て彼女が手掛けたほどだ。

しかし彼女は人間ではなく、ジョブに就くことができない。

彼女の操縦に、ジョブスキルによるサポートの類は皆無なのである。同乗する【器神】

も兵器の運用・継続使用が主目的のジョブであり、性能自体を高める効果は薄い。

対して【超操縦士】であるカーティスはスキルレベルEXの《操縦》をはじめ、機体性能を引き上げるスキルも揃っている。

長期戦を続けるならば、回復し続けられる【サードニクス】に分がある。

だが、短期決戦ならば【インペリアル・グローリー】が倒しきるかもしれない。

未だにカーティスの方は【サードニクス】の手札を把握しかねているので畳みかけてはこないが、戦う内に手を読み切れば踏み込んでくるだろう。

あちらの奥義を先に切られれば不利になると……ラスカルには分かっていた。

「……マキナ。ハイリガー・トリニテートを使う」

ゆえに、先に鬼札を切ることを決めた。

「いいんですか？」

今もカーティスと鎬を削る最中のマキナは、ラスカルの言葉に驚いた。

「構わん。どちらにせよ、あの悪趣味な金色も、ここの動力炉も、潰す必要はある」

あるいはデウス・エクス・マキナで接触すれば回収できるかもしれないが、稼働状態の【インペリアル・グローリー】にそれを実行するのは不可能であり、敵機が健在であろううちには動力炉に近づくこともできない。

何をするにも、【インペリアル・グローリー】を潰すことが前提だった。

「了解です！　リミットは……」

「俺が死ぬ前に止めろ」

「……アイアイサー！」

そうして、マキナは覚悟を決めて、

「近接白兵戦モード、セットアップ！　ハイリガー・トリニテート……起動！」

【サードニクス】のコンソールにコマンドを入力した。


「まさか、機動兵器戦で私に伍する者がいるとはな。皇国にもいなかったぞ」

カーティスは自分と渡り合う【サードニクス】に、内心で舌を巻いていた。

彼は二十年近くも〈マジンギア〉に乗っている。

一人用に改造した【ガイスト】、エルドーナ侯爵家に残置した半人半車の専用機【アウトレイル】、今はベルリン中佐に与えた【マーシャルⅡＨＣ】。

そして、この【インペリアル・グローリー】。

これまで数多の機体を操ってきたが、彼と互角に戦えるパイロットはいなかった。

それがまさか今になって現れるとは……彼も予想しえなかったことだ。

技術だけでなく、機体の完成度も凄まじい。【ホワイト・ローズ】にさえ装甲の間隙を見つけていたカーティスが、狙うべきポイントを見つけられないでいる。

「これがただの戦場なら、心を躍らせようというものだが……」

今は一刻も早くこの敵を討ち滅ぼし、【エルトラーム号】の動力炉を奪わねばならない。

今は戦士としての愉悦と己の目的が、天秤の両側に置かれて揺れていた。

そして目的が皿に乗ったとき、彼の天秤の傾きは決まっている。

戦士として戦いを愉しむのではなく、軍人として敵を倒す。

「何より、この敵も同じ動力炉を持つと言うのならば……それも頂く」

相手の出力、そして戦い続けても弱まる気配のない様子に、カーティスも相手が先々期文明の動力炉を積んだ機体であると察した。

予定外の難敵であっても、得られるものが増えるのならばそれも良し。

カーティスはそう考えて、眼前の機械竜を倒すための手順を組み立て……。

「……む？」

――機械竜に起こり始めた変化に目を見張った。

前足……アンカー程度に過ぎなかったクローが伸長し、明らかな武器と化している。

また、全身のフォルムも手足が伸び、スラスターの配置も修正される。

だが、最大の差異は……その色。

紅白だった機械竜。その装甲の白色部分が赤熱し、全身が紅と赤に染まる。

「何を――」

カーティスが咄嗟に機体を逸らしたのは、無意識の行動だった。

直後、――目視不可能なほどの速度で赤い塊が通り抜けた。

黄金の機体の肩部アーマーには、その通過を示すように爪痕が刻まれている。

「……‼」

『速い』という言葉を口にする暇もなく、さらなる追撃がクローによって齎される。

紅赤色に染まった機体が、先刻を凌駕する速度での連撃を仕掛けてくる。

猛攻の中で防御と牽制のために振るったテールバランサーが破損し、《ペイント・ナパーム》が使用不能に陥った。

「……これ、は！」

今までの動きは三味線でも弾いていたのかという程に、その戦闘機動は別物だった。

（奥義か！　特典武具か！　どちらにしろ、あちらが切り札を切ったようだな……！）

冷や汗をかくほどの敵機の急変に……既に天秤を傾けたはずのカーティスの口角が上がり始めていた。

カーティスの推測は、半ば正しい。

この力は紛れもなくラスカルとマキナの切り札であるが、奥義でも特典武具でもない。

――聖なる三位一体。

ラスカル達の母艦である【テトラ・グラマトン】と同様に、最大宗教の用語を元にしたそれはスキルではなく……コンビネーション。

三位一体の名のままに、【サードニクス】の性能、マキナの操縦技術、そしてラスカルのジョブスキルを……同時に全開使用する。

限界を超えて爆散するほどの出力で二基の動力炉を稼働。

機体が砕け散るほどの操縦で機体を駆動。

それらの反動を、【器神】の修繕・エラー消去スキルの連続使用で強引に制動。

即ち、レッドゾーンで機体を安定させる。

リミッター解除による自損とスキルによる回復の均衡が取れていれば、それは純粋に性能を桁違いに向上させるに留まる。

「ご、ふっ……！」

だが、超音速機動状態での超高速ステップと衝撃の連打は、肉体的耐久性に劣るラスカルにとっては致命的だった。血を吐き、現在進行形で骨が砕けている。

【器神】ラスカルがいなければ使用できない力なれど、そのラスカルこそが唯一の欠点。

マキナが敵機を討ち滅ぼすのが先か、ラスカルが反動で息絶えるのが先か、ハイリガー・トリニテートとは諸刃の剣に等しい技だった。

「ご主人様……！」

「……構うな」

己の血と共に強引に回復の丸薬を飲み下しながら、ラスカルは言う。

「……俺の命が惜しければ、さっさとこいつを倒すんだな」

「……アイアイサー！」

ラスカルの言葉にマキナは頷き、リミッター解除した機体で更なる連撃を畳みかける。

「ふ、ふふ、フハハハハハ……！」

カーティスは少しずつ手足から装甲が砕けていくのを実感していた。

だが、その顔と喉は我知らず……笑っている。

未だ見ぬ、これまで出会えなかった同種の強敵に心が躍っているのだ。

生身で槍を振るう者ではなく、数多の人形兵を操る者でもなく、巨大な怪獣を従える者でもなく、全身機械の殺人マシンでもない。

彼と同様に機動兵器を操り、彼と同等に戦える者と初めて出会った。

ラインハルト打倒、クラウディア解放。それらの目的に並ぶものが俄かに生じる。

そもそも彼の本質は戦う者だからこそ、破格の才を持つクラウディアに一目惚れした。

そして今この戦いを、戦士としての原初の純粋さで愉しみかけている。

「ハッ……、ッ……！」

だが、笑う自分に、愉しむ自分に気づき……彼は自らそれを戒める。

彼がここに来たのは愉しむためではない。

軍人として、一人の女を想う男として、目的を果たすためだ。

それを理由に、この船の者達も……そして部下達も殺したのだ。

ゆえに、自らが愉しむために戦うことを彼は自分に許さなかった。

ただ只管に……『正統なるドライフの勝利のため』、と。

「《マンマシン・インターフェイス》……起動！」

決意した彼が用いたのは、日に一度しか使えない力――【超操縦士】の奥義。

直後、【サードニクス】の爪が【インペリアル・グローリー】の胴体に迫る。

しかし、カーティスは槍で爪をいなし、膝蹴りを【サードニクス】の胸部に叩き込んだ。

『!?』

【サードニクス】のコクピットで、今度はマキナが目を見張った。

明らかに動きが違う。

純粋な速度だけではない。竜頭の機体は先刻にも増して……流れるような動きだった。

それこそは【超操縦士】の奥義、《マンマシン・インターフェイス》の力。

パッシブではなくアクティブの強化スキル……STRとAGI性能の三倍化。

しかし、このスキルの根幹は強化などではない。

それこそは、《操縦》の極致。思うがままに操縦する方法が分かるスキルの最終系。

――思考のままに、機体が動く。

もはや操縦桿を握る必要すらない。

今のカーティスこそが、【インペリアル・グローリー】。

肉体を動かすが如く、一切のタイムラグなしに機体が彼の思考に追従する。

『見える、見えるぞ！　貴様の動きが！』

自らの口を動かさず、機体の外部スピーカーでカーティスは言葉を発する。

鋼の機体は音速を凌駕しながら、しかしその動きは人体よりも流れるが如し。

『………敵機脅威度修正。パターン構築。対処プランを連続試行』

対するマキナは、己の演算能力の全てを戦闘行動に振り分け、人機一体と化した眼前の敵を葬り去る戦術を繰り出す。

事ここに至り、両者の戦力は再び拮抗するが……両者共にタイムリミットが存在する。

半永久的に戦える動力炉を持つ二機でも、永遠ではないものがある。

黄金の竜頭機は蓄積したダメージで機体の限界が近づいている。

紅赤の機械竜はラスカルの死が近い。

共に、望むのは短期決戦。

だが、切り札を切ってもなお両者の差が詰まらないのであれば、打つ手は一つ。

一か八かの、大博打。

『チャージ完了。狙撃砲バレルをエネルギーモードへと置換。敵機……射程内』

紅赤の機械竜は狙撃砲の砲身でもある首を敵手へと向け、

『これで決めさせてもらう!』

黄金の竜頭機もまたその竜頭の顎を大きく開き、
両者は……双竜は互いを見据え、

『――《ブラスト・フレア》！』

『――《ドラゴニック・バーン》！』

――ど、ち、ら、も、が頭部から超高熱のエネルギービームを撃ち放っていた。

動力ブロックを染め上げるほどの眩い光と膨大な熱量が、二機の中間で激突した。

『『！』』

驚きは、両者同時。

地竜型動力炉の生み出す全魔力を熱量に変換し、至近距離から浴びせかける。そんな武装とも呼べぬ代物を、まさか相手も積んでいるとは思いもしなかったためだ。

機械竜は頭部を狙撃砲としての用途しかなさぬと見誤った敵手への、至近距離の隠し手としてマキナが仕込んだ武装。竜頭機は……『スーパーロボットなら熱線を出すべき』という製作陣の趣味によって積まれた武装。

そして奇しくも、両者の威力はまたも互角だった。

機体そのものの変換効率や出力では明らかに二基搭載した【サードニクス】が上。

だが、【インペリアル・グローリー】は【超操縦士】のスキルで出力自体が向上している。

結果として、同系の武装は互角の力でぶつかり合い、瞬殺かつ必殺となる筈が均衡状態を生み出してしまった。

だが、自分から解除することもできない。

この状態で先に解けば、相手の攻撃を一方的に浴びせかけられることになる。

結果として、『どちらが先にエネルギービームを吐き出す機構に限界が生じるか』というチキンレースの様相を呈していた。

そんな命懸けの均衡の中、

「──キューコ」


──沈黙していた白薔薇が唯一の勝機を見出していた。

立ち上がった白い機体は再び氷結装甲を纏い、《地獄門》を展開する。

『『──!』』

二機にとって半ば思考から消えていた三機目、【ホワイト・ローズ】の存在。

だが、二機は【ホワイト・ローズ】への対処をすぐには取れなかった。

より脅威度の高い眼前の相手との戦いの中で、迂闊には動けない。

だが、《地獄門》と多少の頑丈さを除けば、【ホワイト・ローズ】に見るべき点はない。

間違いなく、この場の三機の中では格下。

まともに二機を打倒できる武装を持っているかも怪しく、あったとしても亜音速にすら届かぬ機体速度では限界を超えた性能を発揮している二機を捉えることも不可能。

ゆえに、この時点での【ホワイト・ローズ】は、カーティスとマキナの両者にとって些細なステージギミックに過ぎなかった。

ただし、その判断はすぐに覆る。

「ニ、ニ、ニアーラさん！」

ユーゴーの言葉と共に——天井の大穴から四機目が飛び込んできたからだ。

『ッ⁉』

その驚愕が、どちらのものであったか。

二機が同時に目撃したのは、コンドルを模した爆撃機。ニアーラのレギオンである【羽翼全一 スィーモルグ】の中で最大火力機体、《ジェノサイド・コンドル》。

天井の大穴の縁には、ニアーラの姿があった。【インペリアル・グローリー】によって出入り口を封鎖されてから、船内の通路を移動して大穴まで回り込んできたのだ。

そして今、ユーゴーの指示に応じて打ち合わせ通りにコンドルを飛ばしたのだ。

『KUOOOOOOO——』

雄叫びを上げるようにエンジンを唸らせたコンドルは、墜落するが如き猛烈な勢いで動

力ブロックの中央に飛び込み、

——自爆した。

□動力ブロック突入前【エルトラーム号】・通路

それはユーゴー達とニアーラが動力ブロックの正統政府に襲撃をかける前。

二人はお互いの持つ戦力について説明し合っていた。

「私の〈エンブリオ〉は複数種型のレギオンです。ただ、戦闘行動に特化したものは二機しかなく、うち一機……戦闘機の《ファイティング・ファルコン》は先ほど使ってしまったため、残るは爆撃機の《ジェノサイド・コンドル》だけになります」

『爆撃機の火力はどの程度ですか？　例えば……【破壊王】の戦艦などと比較して』

「……比較対象が悪すぎます」

ユーゴーは自分の記憶にある最も火力の高かった兵器の〈エンブリオ〉を引き合いに出

したが、ニアーラは頬を引きつらせながらそう言った。

「機能分化した上に第六形態の〈エンブリオ〉ですから、〈超級エンブリオ〉のようにはいきません。そうですね……恐らくは【ホワイト・ローズ】の装甲にはほとんどダメージを与えられません。神話級金属合金ですよね？」

『はい』

「防御スキルやパッシブスキルも考えれば、まずダメージは軽微。誤爆しても損害が抑えられるのでこちらは良いのですが……。ただ、一段階下……古代伝説級金属相手でも防御態勢を取られればダメージは抑えられてしまいます」

かつてニアーラも闘技場で試してみて、威力はある程度検証済みだった。

「ですが、【マーシャルⅡ】ならばまとめて吹き飛ばせるだけの火力はあります」

『……なるほど』

「という訳で、私の手札は今述べた通りです」

『ありがとうございます。お陰で、少し作戦も立てやすくなりました』

「それで、敵がモールと同様に《地獄門》を無効化してきた場合はどうしますか？」

『……その原理は、もう概ね察しました』

相談の中で、相手が《地獄門》を無効化してきたらどうするかという課題が出た。

気密性が原因であるという推測は、ユーゴーもこの時点で立てていた。

それゆえ、ユーゴーはこう言ったのだ。

『推測ですが、正統政府の〈マジンギア〉に効かなかった理由は相手の気密性が高いためです。だから、気密性を崩す工程をニアーラさんにお願いすることになると思います』

「私に？」

『【マーシャルⅡ】の装甲は狙撃で。もしもそれ以上の装甲を持つ相手がいれば、お話にあった《ジェノサイド・コンドル》を使ってください』

「…………」

『狙撃による貫通か、爆撃による破損。気密性の破綻に持ち込めれば、《地獄門》を有効化できます。……無効化が今述べた推測通りの理由ならば、ですが』

「前者は問題ありません。ですが後者は……コストの問題で使用が難しいかと」

ユーゴーの戦術を聞いて、しかしニアーラは苦い顔をした。

「何分、コンドルはコストが高いので私も迂闊には使えません。今回の事件でテログループから強奪した装備でいくらかは懐も暖まりますが、それでも使用は躊躇われます」

エルドリッジが強奪したあれらの装備を本当に換金できるのかも、今はまだ不透明。

加えて、今回の収益はクラン自体の復興のために使うのが主なので、個人にどの程度回すかもまた後の相談となる。

『コストとは……どのくらいですか？』

「……一度に一〇〇〇万ほど。チャージ済みのコストで一回は使用可能ですが……」

それは〈超級〉に比べれば安いコストに思えるが、決して軽いコストではない。

食事についても考えるほどに困窮しているニアーラ達にとっては、使用を躊躇われる。

『では私が立て替えるので、動力ブロックでの戦闘では必要に応じて使ってください』

「……なんと？」

聞き返すニアーラに、ユーゴーは一〇〇〇万リルをアイテムボックスから出して応える。

それはかつて〈ゴゥズメイズ山賊団〉を討伐した後、レイから受け取った報奨金だ。

これまでも修理パーツの購入などで使っていたが、それでも一〇〇〇万は残っている。

「……いいんですか？」

『必要だと思うので』

ユーゴーに、迷う様子はなかった。

「……分かりました。お預かりして、使わなかったら返します」

『はい』

「使うタイミングはユーゴーさんに委ねますが、どう運用なさるつもりですか？　狙撃で装甲を抜けない相手に使用する形に？」

『そうなります。……でも』

「でも？」

『それだけでは足りない気がします』

狙撃による装甲貫通。爆撃による装甲破損。

だが、それで届かない相手がいる可能性も、ユーゴーは考える。

「だから、三段構えでいきます」

◇◆◇

□■【エルトラーム号】・動力ブロック

《ジェノサイド・コンドル》の自爆という名の全弾起爆。

それが齎す破壊は〈マジンギア〉の機体サイズからすればさほど広くもない動力ブロックの中で荒れ狂い、猛烈な爆発の連続は全てを塗り潰す。

だが、竜頭機と機械竜は共に古代伝説級金属で固められた機体。

防御態勢を取っていれば、致命的なダメージは避けることができる。

突然に吹き荒れる爆風に、二機は同時にエネルギービームを中断して防御態勢を取った。

――そんな二機に向かって、【ホワイト・ローズ】が駆け出していた。


三機の中で最硬の神話級金属装甲と、機体とジョブ双方の防御スキルをフル稼働することで、爆発の只中でも二機のような防御態勢を取る必要なく動き続ける。

その接近に、二機は気づかない。気づけるわけがない。

動力ブロックを埋め尽くした爆発の連続は光学センサーと音響センサー、さらには【ドラグサイト】のエネルギーセンサーまでもノイズで塗り潰している。

二機には、何も見えていない。いかにそれぞれが【超操縦士】と【瑪瑙之設計者】という、この世界における三大パイロットの内の二人だとしても……反応などできる訳がない。

あるいは、危険を未来視するA・R・I・C・Aならば察知できたかもしれないが、彼らにはそれができない。

だが、それは【ホワイト・ローズ】も同じ。

機体のセンサーは使い物にならず、猛吹雪の只中のようにホワイトアウトしている。

それでも、【ホワイト・ローズ】は決して二機の方角を見誤らない。

なぜならば――。

『ちょくしん、ろくほ』

キューコの感覚が、カーティスとラスカルの莫大な同族討伐数を捉えている。

彼女の能力特性に由来した超感覚は、センサーの効かない灼熱地獄でも倒すべきモノの姿を――同族殺しを逃しはしなかった。

『みぎ、ななほ』

視界と音を奪う爆炎の吹雪の中を、白い機体は……迷わず駆け抜ける。

自らの半身であり、乗騎であり、友である少女の言葉に導かれて。

『――さゆう、いま』

そして【ホワイト・ローズ】は切り札のスキルを発動する。

それこそは第二スキル、《煉獄閃》。《地獄門》が蓄積した熱量を、両手から熱エネルギーブレードとして放出する唯一の純粋攻撃スキル。

前回使用したギデオンから蓄積を続けた熱量の全てを、今この時に――解き放つ。

「――《煉獄閃》!!」

【ホワイト・ローズ】の両腕から熱量の刃が伸び、――二機のコクピットを貫通した。

狙撃で気密性を崩せなければ爆撃で、爆撃で崩せないならば目と耳を潰し……《煉獄閃》で撃ち抜く。それがユーゴーの考えた三段構え。

機体の防御力の差、ニアーラと二人であること、そしてキューコ。

ユーゴーは自分達が持ちえる優位性の全てで挑み――その刃を届かせた。

◆

『…………』

カーティスは暗転した外部モニターを……そこに映った自らの身体を見ていた。

鏡代わりの黒い画面に映る自分の姿は、氷像のように凍りついている。

そして……腹部がなかった。

胸部装甲を貫通した熱エネルギーブレードによって、抉れるように焼失している。

直後の【凍結】によって出血もなくなったが、これが解ければ死ぬしかない。

己が不覚を取り、この結果に陥ったことは嫌でも理解できた。

だが、機体は動く。《マンマシン・インターフェイス》によって機体と同一化した彼にとって、全身が【凍結】していようと機体を動かすには支障ない。

戦闘を継続することは、できる。

だが、戦えることと生きることは違う。

機体を動かせても、この重傷では致死は免れないことをカーティスはよく知っていた。

かつて軍人として幾十、幾百もの人間を殺してきたのだから分からないはずがない。

【凍結】によって留められた命も、長くはない。効果時間が切れるか、既にカーティスが致命傷を負っていることにユーゴーが気づけば、【凍結】を解除して死に至る。

ユーゴーが任意で解除できることを、カーティスも既に聞いている。

打つ手もなく、どうしようもなく、カーティスの死は確定していた。

それを理解して、胸に様々な感情が去来する。

闘争への願望。部下への慙愧。クラウディアへの思慕。ラインハルトへの憎悪。

それらが綯交ぜになって、近づく死によって思考は狭まる。

天秤に乗せるものが減っていく。

同種同格との心躍る戦いは終わり、死する彼にクラウディアとの未来はない。

だからこそ、彼は一つだけを選んで天秤に乗せる。

あるいはそれが必然だったのかもしれない。

彼はそれを目的に掲げて……部下達はその旗の下で死んでいったのだから。

『良いだろう！　私はここで死ぬ！　認めよう！』

彼は不可避となった自身の死を、その先を愛機の中で受け入れて……。

『後を託すぞ、【グローリー】！――《マシン・ソウル》、発動！』

――操縦士系統最終奥義を発動した。

◇◆

マキナはその瞬間を見ていた。

爆撃機の自爆でセンサーを潰されている隙に、零距離に接近していた白い機体。

その機体から放たれた熱エネルギーブレードは、【サードニクス】の積層式古代伝説級金属装甲の防御を僅かに超えた。

エネルギーの刃はコクピット内、前部シートに乗るラスカルの右腕を焼き尽くした。

「ご主人様ぁ……!?」

戦闘思考から引き戻されたマキナが、悲鳴を上げる。

だが、ラスカルは右腕を失った直後に……全身を【凍結】させた。

直後、【サードニクス】のモニターがエラーの表示で埋め尽くされる。

【器神】であるラスカルが行動不能に陥ったことで、ハイリガー・トリニテートの維持が不可能となっていた。

『くぅ……！』

マキナは瞬時に機体を通常モードに戻す。

そしてそのまま……動力ブロックからの離脱を敢行した。

煌玉人であるマキナは《地獄門》の影響を受けない。

しかし、調整不十分である【サードニクス】の戦闘はラスカルのスキルが前提。

彼が戦闘不能に陥った今、戦闘続行は不可能。何より、マキナにとっては眼前の戦闘や動力炉などよりも、右腕を失って凍りついたラスカルの方が大事だった。

そうして彼女は懸命に【エルトラーム号】からの脱出路を設定しながら、他のものには目もくれずにこの戦闘を脱した。

主を傷つけた【ホワイト・ローズ】も、爆撃機を飛ばしたニアーラも。

そして、何かに変貌せんとしている【インペリアル・グローリー】も、置き捨てて。

◇◆

【サードニクス】が戦闘を離脱した直後、胸部に大穴を空けた【インペリアル・グローリー】が、先刻の奥義発動時をも上回る動きで【ホワイト・ローズ】に逆襲を掛ける。

振るわれる両手の拳打。既にダメージを負っていた【ローズ】の右腕を砕き落とし、足の関節を狙って破損させる。

圧倒的な速度と正確さによる破壊の連打。《マンマシン・インターフェイス》の発動時よりも、輪をかけて強大となった力が神話級金属さえも破壊し始めていた。

「くっ……!? これ、は……!」

『どうやら……こうなってしまえば凍結能力も役には立たんようだな』

【インペリアル・グローリー】からは、カーティスの声が聞こえてくる。

だが、それは《マンマシン・インターフェイス》によるスピーカーからの発声とは、根本的に異なっているように聞こえる。

まるで、機体そのものが喋っているかのようだと、ユーゴーは感じた。

『ユーゴー、あいつ……もうしんでる』

そんなユーゴーの感覚を肯定するように……キューコがそう告げた。

「……何だって？」

『もう、――カ、ウ、ン、ト、が、な、い』

――【インペリアル・グローリー】のコクピットで、カーティスは絶命していた。

【凍結】状態だった生命活動が完全に停止して、彼の得ていた【超操縦士】のジョブさえも彼の肉体から解き放たれている。

今の攻撃でも、槍……【ドラグスティンガー】を使っていない。

消えてしまったからだ。他の特典武具も含めて、所有者の死亡と共に消え失せている。

カーティス・エルドーナは【エルトラーム号】の動力ブロックで……確実に死んだのだ。

だが、【インペリアル・グローリー】はまだ動いている。

『然り！　人としての生は捨てた！　捨てざるを得なかったからな！』

キューコの言葉に、様々な感情を込めた声で【インペリアル・グローリー】が応じる。

それをなすのは、カーティスが生前最後に使用したスキルによるもの。

操縦士系統最終奥義、《マシン・ソウル》。

それは《操縦》の極限たる《マンマシン・インターフェイス》の、踏み外した果て。

自らの命を捧げ、ただ一つの目的と遺志を機体に宿し、機体を強大化させる。

本来は乗り手の末期の魔力で機体を動かし、最後の一仕事をさせるためのスキル。機体のエネルギーが尽きたときが終わりの最終コマンド。

だが、動力炉から半永久的にエネルギーを供給される【インペリアル・グローリー】にその限界はない。機体が不滅である限り、その目的もまた不滅となる。

『今ならば、カカかつての私よりもこの体の使い方が分かるルル！』

カーティスの遺志を宿した【インペリアル・グローリー】は自らの身体を誇示しながら笑うが、声にはノイズが混ざり始めている。

本来は短時間で終わるスキルが動力炉によって長時間稼働しているがゆえの不具合か。あるいは何らかの理由で動力炉自体とこのスキルとの相性に問題があるのか。

『動力炉で新兵器を作る必要もなナい！　コの体に組み込み、この体の増強を続け、邪魔する全てを蹴散らして奴を殺ロす！　護国の機神と化してラインハルトを討ウっ！』

生前の彼が選んだたった一つの目的は……ラインハルトの打倒。

その目的だけは彼自身が死んでも、遺志を宿した愛機だけで目指せるからだ。

『生前を上回る力をヲヲヲ感じる！　これがあれば、ヤヤ奴を討てるルルルルッ！』

今の彼は、クラウディアのことを覚えていない。そこに遺志はあっても魂はない。

『殺ス殺ス殺ス殺ス殺ス煤進数ＳＵ』

稼働時間が長引くにつれて、自我の混濁は進む。

もはやカーティスであるのか、機体そのものであるのかも定かではない。

ここにあるのは、ラインハルト抹殺という指向性を与えられただけのマシン。

砕け散った人間の怨恨を持つだけの、バケモノであることを示すかのように……。

【〈〈ＵＢＭ〉〉認定条件をクリアしたモンスターが発生）】

【（履歴に類似個体なしと確認。〈ＵＢＭ〉担当管理ＡＩに通知）】

【（〈ＵＢＭ〉担当管理ＡＩより承諾通知）】

【（対象を〈ＵＢＭ〉に認定）】

【（対象に能力増強・死後特典化機能を付与）】

【（対象を逸話級――【骸竜機　インペリアル・グローリー】と命名します）】

――人でも機械でもないと、世界に認定された。

□■【エルトラーム号】・動力ブロック

それは複数の要素の重ね合わせで生まれた。

半永久式の地竜型動力炉。〈エンブリオ〉を含む〈叡智の三角〉の技術と、皇国の財の結集である機体。【超操縦士】の最終奥義によるありえざる自我の獲得。

それらの複合が、【インペリアル・グローリー】を怪物へと変えていた。

〈UBM〉と認定されても、外見に変化はない。認定型であるために、胸部に空いた大穴を始めとした全身の損傷も、機械であった頃の機能も変わってはいない。

だが、注がれたリソースは出力をさらに一段階引き上げていた。

【インペリアル・グローリー】は生まれたての〈UBM〉であるが、今のユーゴー達が相手取るにはあまりにも……強すぎる。

（けれど、これは放置してはいけない存在だ……）

今の【インペリアル・グローリー】は、あまりにも似ている。

死者の怨念と血肉を結集して生まれた〈UBM〉、【怨霊牛馬 ゴゥズメイズ】に。

変貌した【インペリアル・グローリー】は、限りなくあれらに近いものだ。

死した者の怨念を乗せて、永久機関で動き続ける殺戮の機械兵。

終わらせなければならない存在だと、迷うことなく決断していた。

「【ローズ】……！」

猛攻によって重大なダメージを負った自機を、懸命に立たせる。

キューコもまた、氷結装甲を操って半壊した機体を支えている。

立ち上がれるのかも怪しいほどのダメージを受けた脚部で、【ローズ】は立ち上がる。

あるいは【ローズ】もまた、ユーゴーの意思に応えようとしているのかもしれない。

〈叡智の三角〉によって生まれた兄弟とも言うべき【インペリアル・グローリー】の暴走を、止めようとしているのかも……しれなかった。

『そんなガガラクタで、ココこの私にに勝てるとデデでも？』

「さて、ね。だけど、君は……放置するにはあまりにも寝覚めの悪い存在だ」

二機の戦力差は絶大。

これまでで最大の力を発揮している【インペリアル・グローリー】。

対して、ユーゴーの持つ《地獄門》は通じず、《煉獄閃》は使用済。
優位性など一つもないが——諦めるという選択肢は今のユーゴーにはない。
（考えるんだ……！　何か、何か勝機になりえるものは……！）
だが、その間にも【インペリアル・グローリー】は仕掛けてくる。
拳を振るい、【ローズ】を破壊せんと乱打する。特典武具もなく、内蔵兵器も使わない
純粋暴力。カーティスの操っていたような技巧さえも、今は見えない。
『GAGAGAGAGAGAGAGA!!』
だが、その一撃一撃の重さは、皮肉なことにかつての比ではなかった。
腕が振るわれるたびに、神話級金属の装甲が歪み、砕けていく。
技巧でも兵装でもない。純粋なSTRが【ローズ】の防御性能を上回っている。
【マーシャルII】であれば一撃でスクラップになっている。
最硬の〈マジンギア〉である【ローズ】をもってしても、百撃はもたないだろう。
（反撃の、手段を……！）
しかし、相手は今生まれたばかりのモンスター。同族討伐数はゼロであるため、《第二
地獄門》でさえ通じない。
火器を取り出し、左手で連射するが相手は着弾を意に介さない。些かの痛痒を覚える事

さえなく、【インペリアル・グローリー】は【ローズ】を追撃する。
そして、【ローズ】の頭部を右手で掴み、機体を吊り上げる。
金属の軋む音とともに、【ローズ】の頭部が歪んでいく。
「こ、の……！」
『むー……』
ユーゴーとキューコは抵抗し、左手の氷結ブレードで反撃を試みるが効いていない。
幾度も叩きつけて、しかしブレードの方が圧し折れる。
『オオ終わワワワりだダ……！』
そして左手……《ミサイル・ダーツ》の発射口を【ローズ】のコクピットに押し当てる。
『…………』
だが、何を考えたか左手の発射口を収納し、貫手を作って振りかぶった。
寸刻の後、鋼の指先が胸部装甲を貫通し、ユーゴーを死に至らしめるだろう。
そうしてトドメが刺されようとした瞬間。
――それを阻むように、幾つもの影が【インペリアル・グローリー】に飛来した。

『Gi?』
　それは無数の機械鳥だった。
　梟がいた。鴉の群れがいた。鳩がいた。航空機の如き巨大なペリカンがいた。
「これは……！」
　飛来した機械鳥は全て、ニアーラの【スィーモルグ】だ。
『ジャジャ邪魔だッ‼』
　大口を開けて自身を捉えようとしたペリカンを、左腕を振るって一撃で両断する。
『ユーゴー、いま』
「ああ……！」
　そのタイミングで、キューコが頭部の氷結装甲を解除し、ユーゴーが機体を操作する。
　僅かにできた隙間を使って、【ローズ】の頭部が右手の拘束から逃れる。
　その間も、スィーモルグの機械鳥達は数を減らしていく。
　元より、戦闘能力に秀でた《ファルコン》と《コンドル》は既にない。
　残った機体では、時間稼ぎと視界の攪乱程度にしか使えない。
「………」
　だが、それがニアーラの狙い。彼女自身は、大穴の縁で魔力式狙撃銃を構えている。

彼女は、機械鳥の羽ばたきに惑う敵機に狙いを定め……引き鉄を引く。

放たれたそれは、狙撃弾の中でも最も威力を持つ炸裂弾。

翼と翼の隙間をかいくぐり、弾丸は飛翔。

そして――【インペリアル・グローリー】の頭部に飛び込んだ。

頭部と頸部……《ドラゴニック・バーン》の砲身で、炸裂弾が爆発。耐熱素材ではあるが、外部装甲の古代伝説級金属ほどの強度は持たない砲身が、その爆発で罅割れていく。

『GIGIGI……』

だが、そんな急所への一撃も致命打にはなりえなかった。

急所の損傷でも【インペリアル・グローリー】は意に介さずに動き、そして跳ぶ。

直後、大穴の縁で狙撃体勢を取っていたニアーラの前に現れる。

「……ふぅ」

眼前のそれを見たとき、ニアーラは自身のデスペナルティを確信した。

そのときになって、『なぜ自分はユーゴーを助けたのだろうか』という疑問も覚える。

自分だけで逃げるなら、簡単に逃げられた状況だと言うのに。

けれど、その答えもすぐに見つかる。

『ニアーラもユーゴーについていって補佐しろ』

敬愛するオーナーから、任されていた仕事を全うしたということ。
そして、もう一つ。
ユーゴーを見ていて、話していて、……なぜか彼女の教え子の顔が浮かんだからだ。
助けなければと、自然に思っていた。
(……性別だって違うのに)
苦笑しながら……しかし自分の行動に悔いはないとニアーラは確信していた。
直後——【インペリアル・グローリー】はその腕を振るって彼女を叩き潰した。
「ニアーラさん!!」
ニアーラは光の塵となって消え、スィーモルグの残存機も共に消える。
邪魔者を消した【インペリアル・グローリー】が、再び動力ブロックに降下する。
『オオ終わワりだダ……!』
先刻の言葉を繰り返すように唸りながら、黄金の竜頭機は【ローズ】へと歩む。
ニアーラの助力で遠退いた敗北が、また近づいてくる。
両者の差異は歴然。ユーゴーに勝る点はない。
「だとしても……!」
ここで諦めることはできない。

この怪物を放置することが、後にどれだけの禍根を生むかは想像すらできない。

何より……。

相対して、悲劇を覆してきた。

「レイは……逃げなかった！」

ユーゴーの知る一人のルーキーは……強大な〈UBM〉を相手にしても逃げなかった。

(だからわたしも、逃げる事だけはしない……！)

そして、その決断に迷いもしないとユーゴー……ユーリは決めている。

見えない勝機を掴もうと、打つ手を考え続ける。

『Gi、GAGAGAGA……！』

それでも、強大な竜頭機は一歩ずつ、ユーゴーの死と共に迫ってくる。

竜頭の口腔からは、炸裂弾の後遺症ゆえかスパークが飛び散っている。

「…………？」

不意に、ユーゴーは何かに気づきかけたが、それが形になるよりも早く【インペリアル・グローリー】は【ローズ】を殴りつけ、胸部装甲を大きく歪ませる。

振るわれる拳打の雨。砕ける装甲。繰り返される拳による破壊。

(……さっきから……どうして腕しか使わない？)

その中で、ユーゴーは確信する。

こうなってから、【インペリアル・グローリー】が拳しか使っていないことに。

消え去った特典武具だけではなく、搭載された内蔵兵器の一切を使っていない。

先刻も、《ミサイル・ダーツ》の使用を寸前で止めている。

『GaAaaa!!』

雄叫びと共に、【インペリアル・グローリー】の左手が【ローズ】の右肩に突き刺さる。

「これ、は……！」

圧倒的な攻撃力で神話級金属を破砕した竜頭機の腕。

しかしその腕も罅割れかけている。

それは《ジェノサイド・コンドル》の自爆によるダメージか、あるいはハイリガー・トリニテートを使った【サードニクス】との戦闘によるものだろう。

そのダメージは大きく、恐らくは内蔵している《ミサイル・ダーツ》の発射機構にも影響を及ぼしている。さっきは寸前でそれに気づき、使用を止めたのだ。

そのことは、二つの事実を示唆している。

（今の【インペリアル・グローリー】は十全に内蔵兵器を使用できない状態にある。そして……自分でもそれを目視するまで気づけていなかった！）

〈ＵＢＭ〉と化した今の相手の詳細までは、ユーゴーには分からないが、少なくとも生物のように痛覚で自身の損傷度合いを把握できるわけではないのだろう。

（相手は〈ＵＢＭ〉になっても、機械。痛覚はない。……それ以外にも何か……？）

何か、重大なことを忘れている。

それを思い出そうとユーゴーは思考を回す間にも、【インペリアル・グローリー】は砕けた尾を振り回し、【ローズ】の胴を薙いだ。

胸部装甲の破損が拡大し……ついには剥がれ落ちる。外部モニターを含めた内部装甲までも脱落し、ユーゴーは自身の肉眼で【インペリアル・グローリー】の姿を見た。

「……!?」

『フ、ＨａハハハハハＨａｈａｈａ!!』

【インペリアル・グローリー】は笑いながら、コクピット目掛けて横薙ぎに拳を振るう。

「！」

ユーゴーは咄嗟に左腕を掲げ、キューコも氷結装甲を腕部に集中する。

激突音が直接ユーゴーの耳朶を叩くのと、体が浮遊感を覚えるのは同時だった。

一秒足らずの空中飛行の末、【ローズ】は背中から動力ブロックの壁に叩きつけられる。

「か、は……！」

肺の空気がユーゴーの喉から漏れていく。ハーネスによって固定された体はシートから落ちることはなかったが、それでも体はノーダメージではない。

機体の内部機構にもダメージが生じたのか、コクピット内に火花が飛び散っている。

それでも【ローズ】の機体を起こし、【インペリアル・グローリー】に向かい合う。

霞む視界で、虚ろになりかける意識で、ユーゴーは敵の姿を見る。

今の【ローズ】と同様に、胸部に大穴を開けた【インペリアル・グローリー】。

大穴の向こうにはかつての乗り手……カーティスの死体が見えている。

既に死した者。そして、機体に託した遺志さえも歪み、砕けかけている者。

竜頭の機体は既に彼の愛機ではなく、怪物であり、彼自身であり、彼の箱。

棺の中の彼の遺体は……戦闘のダメージもあって大きく損傷していた。

「…………」

彼の死体を直接見て、思うこともある。

ユーゴーにとって、カーティスは倒さなければならない敵だった。

己の目的のためにこの船でテロを起こし、それによって亡くなった者も大勢いる。

この船の事件以前にも、正統政府は数多の被害者を生み出しているだろう。

戦い、結果として致命傷を与えたことに悔いはない。

だが、彼は〈叡智の三角〉を知り、〈叡智の三角〉の機体を使っていた。

ユーゴーと彼は敵でしかなかったが、ユーゴーの仲間達とは違う関係だったのだろう。

そんなことを想像してしまえば、彼が怪物と化した自機の中で骸を晒していることと、そうさせたのが自分であることには……苦い思いがある。

ユーゴー自身も仲間さえも殺傷した彼の行いには怒りを抱いたが、その前に話していたときは〈叡智の三角〉の趣味人達に困らされたことについて共感もしていた。

こうなるしかなかったのかもしれないが……やるせない。

それゆえか、ユーゴーは脳裏に生前のカーティスとの会話を思い出し……。


「――――」


その瞬間にユーゴーは電流が走るような感覚を覚え、意識が覚めた。

それは、カーティスがユーゴーに投げかけた言葉。今に繋がる会話の記憶。

「もしかしてっ……！」

ユーゴーは、目を凝らしてカーティスを……その手元にあるコンソールを見る。

操縦士系統のスキルで引き上げられた視力は、そこに書かれた『内蔵武装・現在使用・なし』という文言を見て取った。

咄嗟だった。ユーゴーは咄嗟に、あらんかぎりの声を振り絞って……叫ぶ。

「――――《ペ、イ、ン、ト・ナ、パ、ー、ム》!!」

その言葉は――敵、機、の、武、装、名、だった。

その声は、【インペリアル・グローリー】の胸部装甲に空いた大穴から、コクピット……カーティスの手元のコンソールへと届いた。

『Gi……?』

竜頭機が謎の言葉に疑問を覚えて動きが停滞した直後。機体の尾……砕けたテールバランサーから内部機構が動く音がした。

竜頭機のコンソールには『内蔵兵器・使用準備中・《ペイント・ナパーム》』という文言が浮かぶ。

そう、ユーゴーの声に反応して、内蔵兵器が稼働し始めていた。

入力された音声に従い、竜頭の機体は尾部の燃料爆薬の使用を試みていた。

それはユーゴーが思い出した会話の記憶……生前のカーティスが言っていたこと。

――音声の主が誰かは問わないから奪われたときのセーフティにもなっていない。

発音者を問わない、武装名の宣言。

〈叡智の三角〉の技術者が生み出した、意図的かつ趣味的な問題点。

ユーゴーにとって、それが機能するかは賭けだった。

〈UBM〉へと変じたことで、音声照合までも失われている可能性は高かった。

それでも今、音声照合は従来通りに機能していた。

【インペリアル・グローリー】が意志を持つよりも前、生まれたときから設定されていた機能であるがゆえに……今も作動する。

認定型の〈UBM〉は、在り方までは変わらない。

ユーゴーの声は、コクピットを晒す【インペリアル・グローリー】の機能に届いていた。

『な、ニ……!? To、止まれレレ!!』

だが、止まらない。内蔵兵器を組み込んだ〈叡智の三角〉の技術者達は、作動した武装を止めることなど考えてはいなかった。

あるいはカーティス本人であれば、何かしらの対抗策を打ち出せたかもしれない。

しかし【インペリアル・グローリー】は彼そのものではなく、砕けた残滓に過ぎない。

彼は既に死んでおり、今ここにあるのは……骸を収めた黄金の〈UBM〉のみ。

正しい止め方も、技術による対処法も、全ては砕けている。

先刻までのように、野獣の如く拳を振るうしかこの『箱』にはできない。

だからこそ、止まることなく《ペイント・ナパーム》が作動する。

先の【サードニクス】との戦闘で破損していたテールバランサーは……尾の先に液体燃料を浸さなかった。鋳割れ砕けたテールバランサーから、液体燃料が四方八方に噴出。

【インペリアル・グローリー】の全身を染め上げ――コンドルの残火で炎上した。

『ガ、あ……アaアAaアアア⁉』

破損したコクピットから内部へと染み入った液体燃料が、遺体を燃え上がらせる。

そしてそれ以上に、黄金の機体を焼き熔かしていく。

「《ペイント・ナパーム》！」

ユーゴーによって、重ねて宣言される武装名。

液体燃料はさらに吹き出し、あるいはそれを辿って内部機構までも焼き尽くしていく。

『グォOoオォオAaアAア……‼』

断末魔とも、機械の唸りとも分からぬ音が【インペリアル・グローリー】から響く。

しかし、黄金の機体は焦熱地獄の亡者の如く燃えながらも、【ローズ】に向けて駆ける。

焼かれながらもまだ止まりはしない。

終わりはしないと……砕けた目的に向けて駆け続ける。
眼前の敵を、己の目的を邪魔する者を滅ぼさんとして……。
最大の力を込めた、あるいは最後になるかもしれない一撃。
だが、振るわれた拳の一撃を白い機体は受け止め――受けきる。
『そんな拳に倒れてはやれない』と、まるで【ローズ】そのものが告げるかのように。
『――――《ドラゴニック・バーン》！』
そして、更なる武装名を……ユーゴーは叫んだ。
直後、黄金の機体は動力炉のエネルギーを熱量に変換する。
だが、重ねた戦闘や大炎上で内部機構は重度の損傷を負っている。
何よりも……ニアーラの炸裂狙撃弾によって砲身は罅割れていた。
熱エネルギーは砲身の罅を広げながら四方に漏出しはじめる。
『GoOOOAAAAAAAA!!』
だが、逸話級の〈UBM〉である【骸竜機】は、その爆発を抑え込んでいる。
死に瀕して、己の身体を制御しかけている。
体を消し飛ばしかねない熱量を抑え込み、収縮させようとしていた。
「……！」

そもそも、内蔵兵器に止める手段がないと言っても……《ドラゴニック・バーン》だけは別だ。【サードニクス】の《ブラスト・フレア》との打ち合い、そしてチキンレースへと発展したように……この武装だけは止めるタイミングを選択できる。

装甲の内部から膨大な熱量が荒れ狂うが、それを自ら抑え、捻じ伏せんとしている。

決壊しかけたダムのような状態で、【骸竜機】は耐えていた。

「…………」

今この瞬間が、分水嶺だった。

ここでトドメを刺せなければ、【骸竜機】はこの欠点を克服する。

恐らくは、コクピットの音声照合機能を自ら破壊するだろう。

あるいは、この大炎上とエネルギー漏出で既に機能を失ったのかもしれない。

だからこそ、今しかない。

「往こう、キューコ！【ホワイト・ローズ】！」

『うぃ、まむ！』

ユーゴーの言葉に力強くキューコが応じ、【ローズ】もまた機関を唸らせて応える。

そして彼らは、剥き出しのコクピットで溢れ出す熱量の中心へと踏み出した。

かつてのギデオンでの最終決戦のように、氷結装甲がコクピットを覆おうとするが、溢れる熱量にすぐさま融解していく。
流れ込む熱量に、ユーゴーの皮膚が焼けていく。
『ユーゴー……！』
「まだだ！」
ユーゴーは、炎の中で立ち向かい続けた友人を知っている。
だからこそ、ユーゴーも止まれない――止まらない。
前進を――選択する。
今度は――迷わない。
前進の最中、機体のダメージが限界を超える。
【骸竜機】に破壊されていた脚部が、ついにその機能を失おうとしている。
「――《ブゥクリエ・プラネッタアアアアアッ》!!」
機体が膝をつく――寸前に、ユーゴーは機体のスキルを発動した。
瞬間、脱落していた浮遊盾が【ローズ】へと舞い戻る。
そして【ローズ】は浮遊盾を……唯一残った四肢である左手で握りしめた。
「これで……終わらせるッ!!」
両足が砕け散る寸前、【ローズ】は脚部に最後の力を込めて――跳ぶ。

「飛べ……【ホワイト・ローズ】!!」

機体の全出力を乗せた跳躍力と浮遊盾の推進力を累ねて、白薔薇は飛翔する。

真っすぐに揺らぐことなく、機体の全重量を、力の全てを——黄金の骸へと叩きつけた。

『Ｇｉ、Ｇａ、ｇａ……』

それは、弱い一撃。【骸竜機】の拳に比べれば大きく劣る、程度でしかなかった。

だが、ユーゴー達の全てを賭した一撃は——決壊しかけた堤を崩すに足る一撃だった。

『Ｇａａａａａａａａａａａ!?』

最後の一押しを受けて、【骸竜機】の口腔から、そして全身から膨大なエネルギーが溢れ出す。もはや抑えきれないそれは、【骸竜機】の全てを飲み込んで。

炎の薔薇を咲かせるように、一人の男の棺となった〈ＵＢＭ〉を包み込んだ。

それが、決着。損壊を重ねた機体に、暴走した自らの火力に耐える力はなく、成れの果てとも言うべき存在は炎の中に消滅した。

焼け落ちる骸と共に、【エルトラーム号】を舞台とした事件は終結したのだった。

幕間 三人目と水晶

■【エルトラーム号】

乗員乗客にとっての長い夜は明け、【エルトラーム号】を大砂漠の朝日が照らし出す。

既に、船内に人の姿はない。事件後、未明の内に近隣から到着した救援の砂上船や純竜飛行便に移乗し、最寄りの都市に向かっている最中だ。

護衛艦を失い、動力が停止して自衛の砲さえも使用できない今のこの船は、砂上の棺桶に等しい。運悪くワームの大群にでも目をつけられれば、ひとたまりもないだろう。

ゆえに、貨物の類こそ移されたが、船の備品もそのままに退船している。

そんな船に……一人の〈マスター〉がログインしてきた。

「随分と寂しい雰囲気になったものだなぁ」

大きく胸元を開いたシャツを着て顔に化粧をした男性……ニアーラとフェイにチケットを渡し、クリスと会話していた〈マスター〉である。

「これはもしや全滅、あるいは避難の置いてきぼりという展開かな？」

そんなことを呟きながら彼が船内を歩いていると、壁に大きな張り紙を見つけた。

張り紙は避難時にログアウト中だった〈マスター〉に向けたものだ。既に避難が行われたことと、各街にある役所でチケットの払い戻し手続きができる旨が書かれている。

「ハッハッハ、だからどうやってこの船から……ああ！　考えるまでもないことか！」

〈マスター〉ならば、一度ログアウトすれば街のセーブポイントにログインしなおせる。

指名手配犯ならば別だが、そうであれば配慮する必要もない。そういうことだ。

「まいったなぁ。ミーは街には飛べないからなぁ……。いやぁ、本当に参った。砂漠を徒歩で移動しなければいけないってことだね」

AGIによって地球の砂漠を徒歩で進むよりは速いが、それでも時間はかかるだろう。

「これは結構なタイムロスだよ。この分だと講和会議とやらには間に合いそうもない。元々ギリギリのスケジュールだったけれどね！」

彼はアイテムボックスから一通の手紙を取り出す。

それは、とある人物から彼に届けられたものだ。

送り主の名はドライフ皇国の皇王、ラインハルト。

手紙の文面には彼を自国の戦力として迎え入れたい旨と、可能ならば今後計画している皇国と王国の講和会議までに集合してほしいと書かれていた。

「まずは指名手配を解いて欲しいけれど、流石に前払いは都合が良すぎるかな！」

彼はかつて皇国でとある叛逆行為に関わったために、国際指名手配されている。

セーブポイントを使えないのはそのためだ。

しかし、だからこそ戦力としての有用性を誰よりも知る皇王からスカウトされていた。

『皇王さん豪胆過ぎない？』と他人事のように思うが、ともあれ渡りに船である。

「いいさ。ゆっくりと歩いていこう。徒歩の旅もいいものだ」

そうして彼は張り紙に背を向けて砂漠へと歩き出そうとして、

「――いいや、旅する必要はない」

――直後に足を消し飛ばされた。


「おや？」

膝から下を失って、彼は床へと倒れ伏す。

そんな彼を見下ろすように、一人の男が姿を現した。

肥満体で、両手に高額貨幣を握りしめた男は――【放蕩王】マニゴルド。

張によって船の残骸に埋められた彼は、駆けつけたイサラによって掘り起こされた。そして今はとある理由から、独りで此処に残っていたのである。

「これはこれは。君も置いてきぼりになっていたのかぁい？　マニゴルド君」

膝から下を失ったというのに、冷や汗一つ流すこともなく、彼は言葉を投げかける。

「バカを言え。お前が戻るのを待っていただけだ」

「ミーを？」

「エルドリッジから、〈超級〉が三人いるとは聞いていた。俺と【殺人姫】、そしてもう一人。ラスカルの奴は事件中に外から来たからな。それとは別にいることになる」

「ふむふむ？」

「エルドリッジにその〈超級〉が誰かを聞く間はなかったが、お前だと思っていた」

「ほぅ！　それはなぜ？」

自分に辿り着いた理由を、ワクワクしながら男は問い……。

「この船を襲撃したのがドライフ正統政府、カーティス・エルドーナだったからだ」

「うん……うん？」

マニゴルドの答えに男は首を傾げ……。

「そうだろう――〝常緑樹〟のス、プ、レ、ン、デ、ィ、ダ」

導き出された自身の名に、男――スプレンディダは困った表情を浮かべた。

「かつて連中と手を組み、皇王暗殺計画を実行して敗れたのがお前だ。ゆえに、連中が再び大きく事を動かすならば、繋がりのある貴様も動く可能性は高い、とな」

「……途中計算は間違ってるのに答えだけ合ってるのって……反応に困るねっ！」

彼の正体は〝常緑樹〟のスプレンディダ。かつてエルドーナ家と手を組み、皇王暗殺計画に加担し、【獣王】を相手に時間を稼いだ男。その答えは間違いではない。

だが、この船に乗っていたのはかつての依頼主に協力していた訳ではなく、別の依頼主……クリス・フラグメントを観光がてらに手伝っていたことが理由である。

しかしそのクリスが協力者として正統政府を誘導していたので、関係があるかないかで言えばあるという……彼の視点からだとややこしい話ではあった。

「でもミーは今回の事件に殆ど無関係だからね！　時間の無駄さ！　マニゴルド君も忙しいだろう？」

「だとしても、お前が関わった範囲で知りうることを吐かせるのは無意味じゃない」

マニゴルドは《真偽判定》が発動しないことから、嘘ではないと判断するが……それはそれ、これはこれだ。明らかに今回の情報を握っている相手を逃がす道理もない。

「物騒な話だなぁ……」

「お前には聞きたいことがある」

「はぁ……。じゃあ座って話でもしようか。ミーの足なくなったし」

膝から下のない身体で床に尻を置きながら、スプレンディダは発言を促す。

「この船に……何を仕込んでいた？」

対して、マニゴルドは懐から一つの破片――イサラが拾った珠の欠片を取り出した。

「秘匿された区画から連中を手引きしたのがクリス・フラグメントであることは、生き残りへの尋問で明らかになっている。だが、奴は何を目的に連中に協力した。そして、貨物ブロックにこんなものを仕込んでいた理由はなんだ？」

イサラが確認したように、貨物ブロックの中に仕込まれていた珠の中身……そこから復活した〈UBM〉は居合わせた軍人を殺傷した後に船外へと逃れた。

他の戦いに乱入することもなく、何のためにこの舞台にいたのかもわからない。

「貨物ブロックの死体の状況からして、これは氷の珠、ヴェンセールにあると言われていたものだろう。俺達が情報を得た時点で、既に珠はこの船に運び込まれていた訳だ。そして……そのヴェンセールは先ほど消えた。グランバロアとの会談を前に、街そのものが吹き飛んだと連絡が入っている。――どこまでお前達の仕込みだ？」

正統政府や〈IF〉との戦い以上に、この事件には何かがあった。

「ふっふっふ……。何のことかな？」

関与（かんよ）を確信して問い詰（つ）めるマニゴルドに対し、スプレンディダははぐらかし……。


（――なにそれ知らん）

――内心、本気で困惑（こんわく）していた。


依頼主のクリスが貨物ブロックに何か運び込んだのは知っているが、中身が〈ＵＢＭ〉とは聞いていない。また、ヴェンセール消滅も初耳だ。

『教えといてくれればいいのに』と思うものの、そこまで信用はないと納得（なっとく）もする。

今回、スプレンディダは多少の手伝いをした以外は外野で、観客に過ぎなかった。

ただ、それでも関係者の端（はし）くれとして気づいたことはある。

「まぁ、一つだけ言えるとしたら……多分、ミーの依頼主でも全部は知らないと思うよ」

特に、ヴェンセール消滅など関与していたか怪（あや）しい。ヴェンセールから珠を持ちだしたのはたしかにクリスだろうが何日も前の話で、その後に街を消し飛ばす理由がない。

それは、別の思惑（おもわく）によるものだろう。

「この世界（ゲーム）の指し手（プレイヤー）は一人じゃないからね。クリス（今の依頼主）、皇王（次の依頼主）、議長（君の上司）、それと管理（運営）ＡＩ。色んな思惑が絡み合って盤面が構成されているから読めないし、面白い」

どこか俯瞰するような口調で、スプレンディダはそう述べた。

「という訳で、まだまだ見たいものが沢山あるから……そろそろお暇させてもらうよ」

スプレンディダはそう言って、両足で立ち上がった。

マニゴルドが《金銀財砲》で消し飛ばしたはずの両足が、既に元通りになっている。

ただし、靴と膝下の衣服は消滅したままだ。身体だけが、元通り。

「おっと、しまった。これでは砂漠を素足で歩かなければいけないね」

笑いながら冗談めいた言葉を吐く男に、マニゴルドは《金銀財砲》を撃ち放つ。

それも一撃ではない。連射に次ぐ連射。あたかもガトリング砲の如き破壊の連打。

スプレンディダの頭が消し飛び、腕が消し飛び、胴が消し飛び、全てが消し飛ぶ。

ラスカルや正統政府との戦いでは制限されていた力。

船体が砕けて消え去っても構わないという、無差別砲撃。

そうして間違いなく、一片の肉片も残らずにスプレンディダは消滅した。

だが、マニゴルドの表情は硬く、警戒を一切解かずに貨幣を保持し続けている。

数秒の沈黙の後……。

『攻撃力に自信のある方々は、一度はやるよねぇ。『跡形もなく消し飛ばす』って！』

空間に、スプレンディダの答えが木霊（こだま）した。

「ただ、それで死ぬならミーは【獣王（彼女）】に殺されてるはずだけどねっ！」

やがて、彼が消えた場所から……頭が生えた。

頭から順に胴が、手足が生えていく。あたかも、樹木が枝葉や根を伸（の）ばすが如く。

やがて、装備はすべて消失したが……傷一つない体でスプレンディダが立っていた。

「これだから安物しか装備できない。装備も簡単に再生してくれれば助かるのだけど」

メイクの落ちた顔でそんなことをのたまう。

メイクは頭部が吹き飛んだ際に落ちており……今は手配書と同じ顔が露（あら）わになっている。

「ッ……」

マニゴルドが舌打ちし、《金銀財砲》をさらに連打する。

船体が消し飛んでいき、スプレンディダの身体も削（けず）れて消えていくが……再生していく。

その光景は……あまりにも死から遠い。

「……不死身の〈エンブリオ〉、か」

「そうなるねぇ。あの【殺人姫（エミリー）】ちゃんとは違う原理……というかコンボだけど」

「HPをゼロにしても、即死（そくし）級の傷痍（しょうい）系状態異常にしても……挙句に全身を完全に消し飛ばしても復活するのはどういう理屈（りくつ）だ？」

「当ててみなよ。クイズみたいなものだからね」

「チッ……」

身体の全てが消滅してもなお、スプレンディダは生存している。

エミリーのように光の塵になることも……死んですらもいない。

残機制の不死だったエミリーとは、別種の不死身だった。

マニゴルドは、今度は低威力の《金銀財砲》を撃ち放った。消し飛ばして即死させるのではなく、心臓や肺、脳といった重要器官の働きを阻害するように狙い撃つ。

だが、それらの傷もやはり自動で回復していた。

「無理だってば。今は、ミーを、絶対に、殺せないからねぇ」

身を削る弾幕に晒されながらも、スプレンディダは笑みを浮かべ、

「――安全圏は崩れない」

――自らの安全を断言した。

「時間制限型の防御能力の君じゃ、今のミーには絶対に勝てないけれど……まだやる？」

「ああ。お前を放置はできないから、な」

「ふぅん。ところで、トゥの護衛だった彼女はどこだい？」

「仕事を任せて先に帰したとも。お前がどんなバケモノか分からなかったからな」

そして、マニゴルドの想定を超えるバケモノでもあった。

「その判断は正解さ！　だが、継戦を選ぶ判断は間違いと言えるね！」

スプレンディダは両手を広げると、彼の掌から毒々しい煙が溢れ出していた。

背中から樹木の枝葉が翼のように広がり、顔面にも木製の仮面の如き覆いが為される。

『ここからは、ミーも攻撃に移るからね』

「……そこはカルルと同じタイプか。生存特化型は自然そうなるらしい、な」

マニゴルドは所有していたアイテムボックスの一つを砕き、貨幣を床にばら撒く。

（さて、やるとしようか。こいつの手札を把握していくことは無駄にはならんだろうさ）

そう考えて、マニゴルドはスプレンディダと向かい合う。

相性の良い倒し方を探す指針になりえる。

戦いに挑む中、自身の敗北は既に計算に入っていたが……。

それから二時間近くの時を経て、一人分の人影が砕け散った船から現れる。

その人影は……遠く皇国へと歩き出していた。

◆◆◆

■カルディナ某所

　正統政府と〈IF〉の襲撃、その裏での〈UBM〉解放という大事件の舞台となった【エルトラーム号】、……そこから離れた砂漠の片隅に一機の機動兵器があった。

　甲殻類のような奇妙な形状の兵器――かつてカルチェラタンに出現した【アクラ】に似た機体の中では、今回の事件の黒幕……クリス・フラグメントが座していた。

　彼女は機械仕掛けの仮面を着けたまま、自分の椅子の周囲に配された全てのモニターに目を通し、何らかのデータを確認している。

　彼女が見るデータの羅列は、【エルトラーム号】内部に数多く仕込んだ観測機器から転送されてきた情報であり、今回の事件の目的に関係するものだ。

『………』

　だが、仮面越しでも……今の彼女が良い表情をしていないことは誰にでも分かる。

「浮かない顔ですねー。まぁ無理もありませんが！」

そんな彼女に声を掛けたのは、この機動兵器に同乗している人物だ。

同乗者もまた女性であったが、クリスのように機械仕掛けの仮面はつけていない。代わりに、一九世紀中央アジアの民族衣装のような額当てと、両手に手袋を嵌めている。

――スター・チューン。ユーゴーにはそう名乗った女記者である。

『肯定。貴機にヴェンセールから回収してもらった珠の結果がこれでは、不満足だ』

その言葉の意味するところは大きい。正統政府の協力者として彼らを手引きしたのはクリス・フラグメントだが、船内に宝物獣の珠を置いたのはスター・チューンということだ。

彼女達は、分業で今回の事件を仕組んだのである。

そして、工作の結果は……彼女達が望むものではなかった。

『船の動力炉、【超操縦士】の動力炉、そして飛び入り……劣化〝化身(マスター)〟に寝返った愚かなる長姉(瑪瑙)の作りし動力炉。それらのエネルギーは災厄の復活……長きに渡る封印で減じた力を取り戻すには最適と思ったのだが……』

「想定外は二つですね！　一つはあれを封じた黄龍人外(ファンロンレンワイ)の周到さです！」

スターは数多の〈UBM〉を封じ、珠を遺した先々代【龍　帝(ドラゴニック・エンペラー)】の名を口にした。

そんな彼女の視線はモニターの一つに注がれている。

モニターが映し出すのは、貨物ブロック周辺の記録映像。貨物ブロックに押し入った正統政府の軍人達と、彼らに触れてその生命と熱量の全てを略奪した〈UBM〉の姿。

「――まさか〈イレギュラー〉を二分割で封印しているとは思いませんでしたよ！」

――正中線で真っ二つに割かれた人型の影絵。

左半身だけの怪物の頭上には【■白死■　■■■■・アルメーラ】と表示されている。

まるで身も、名も、存在も……半分が欠け落ちたかのように。

「私達は六〇〇年を経ても奴を測り切れてはいなかったようです！」

スターは陽気な口調だが、その表情は不機嫌そうに歪んでいる。

まるで『昔から奴には苦労させられている』とでも言うかのように。

『第二の誤算は、分かたれた災厄の半身がエネルギーの獲得よりも離脱を優先したこと。

目指す先は恨み深い黄河か、自らの半身か。今後の動き、予測は困難』

「私達はアレと違って未来が見えませんからねー。まぁ、こういうこともありますよ！

今回はアレの一人勝ちですね。まぁ、私達とアレは敵対関係とは言い切れませんが」

『……我らの最善にとっては敵だ。しかし、次善では最大の味方である』

「アレにとっては皇王と【覇王】が相容れぬ敵で、私達にとっては〝化身〟がそれ。それ以外の指し手とどう関わるかは、達成への進捗に関わりますからね』

この世に生きるモノのほぼ全てに理解できないことを話す二人。

やがて、スターが話を切り替えるようにパンと手を打った。

「さぁ、これからの話をしましょう！」

『ああ。今後、カルディナで続けてきた従来の活動だけでなく、災厄の半身の追跡もある。二手に分かれて行うべきと提案するが？』

「カルディナは私だけでいいですよ。今回の件で、あなたはカルディナで動きづらくなったでしょ？　だから、インテグラのサポートに向かってください。あの子が今後表舞台に出ると、王国での裏工作がしづらくなるでしょうから」

『一理ある』

「ただ、人格は私に寄せてくださいね。あの子は私達が私達だと知らないから」

スターの言葉にクリスは頷き、機械仕掛けの仮面を外す。

そして、にこやかな笑みを浮かべながら言葉を返した。

「オッケー♪　これでいいですかね？」

先ほどまでの機械的な雰囲気が嘘のような、人間味のある言葉と表情だった。

しかし、その顔は――スターと全く同じものだ。

「バッチリ。じゃあ、王国の方はお願いね。【水晶之調律者】！」

「ええ！　あなたも仕事が多くて大変でしょうけど頑張ってね、【水晶之調律者】！」

同じ顔で、同じ人格で、二人はハイタッチして笑い合う。

「「全ては――初代の意志の下に」」

その額には水晶のような結晶……煌玉人の動力コアが埋め込まれていた。

そうして彼女達……完成形量産型煌玉人【水晶之調律者】は、次の一手へと動き出した。

この世界の古き指し手――初代フラグマンの代理人として。

エピローグ　一つの事件と三人の未来

■【テトラ・グラマトン】

〈IF〉の本拠地である巨大戦艦、【テトラ・グラマトン】が砂漠を進んでいる。

動力ブロックでの戦いで【凍結】し、命からがら脱出したラスカルの姿は、船内の自室にあった。全身の【凍結】は脱出から一時間ほどで解けている。

「……まったく、今回は本当に踏んだり蹴ったりだった。動力炉の破壊も確保も失敗。戦力調査は出来たものの、肝心のスカウトは失敗。エミリーはヨナルデパズトリの片割れが復活するまで行動不可。【サードニクス】は装甲の総取り換え。おまけに、俺はこれだ」

椅子に腰かけるラスカルは、左手で頬杖を突く。

だが、替えのスーツの右袖は所在なさげに反対側のひじ掛けに垂れ下がっていた。

【凍結】は解けたものの、《煉獄閃》によって失った右腕は治っていない。

薬品で傷は塞がって既に皮膚に覆われていても、上腕から先が欠落している。

「……右腕の治療は、ゼクスの脱獄まで待つ必要があるな」

肉体の一部の完全焼失。完治には超級職の回復魔法か、デスペナルティを必要とする。

だが、指名手配の身の上であるラスカルにデスペナルティは選択できず、治療を頼める超級職も〝監獄〟にいるゼクスだけだ。

「あ、そういえば【聖女】持ちなんでしたっけ。私ってそのトランス・セクシャル・スライムさんに会ったことないんですよねー」

「うちのオーナーを新種のモンスターみたいに言うな」

デンドロなら本当にいるかもしれない名称なのが少し嫌だった。

「ラ・クリマの報告では、天地の方での段取りも進んでいる。ゼクスも季節が変わる前には出てくるだろう。少しばかり不便だがそれまでの辛抱だ」

「そのオーナーさんのところに【金剛石】もいるらしいですからねー。オーナーさんやガーベラさんの脱獄が楽しみですよ」

煌玉人の二号機、【金剛石之抹殺者】はゼクスの所有物であり、今は共に〝監獄〟の中だ。

一号機の彼女としては、二〇〇〇年ぶりの姉妹との再会を楽しみに思う気持ちもある。

「あ。治療ならラ・クリマさんもできますよね？　あの人、人間の腕も増やせますし」

「……俺も見た目を気にしない訳ではないぞ？」

ラスカルはラ・クリマの手掛けた【イグニス・イデア】……四本腕になった【炎王】や、【ウェスペルティリオー・イデア】……皮膜付きの蝙蝠人間になった【奇襲王】を思い出す。

あれに任せた場合、良くて人間以外の腕になり、悪ければ三本腕になるだろう。善意で。

「肉体改造……ムキムキ……私の操縦も安心……タフなボディで夜もハッスル！」

だが、マキナは心底イヤそうな顔をしているラスカルに構わず、妄想を続ける。

「そうか。そこまで阿呆なことを考える余裕があるなら、【テトラ・グラマトン】の表面装甲を手作業で磨いてきてもらおうか」

「ヌェ⁉　い、いやだなぁ、じょ、ジョーダンですよ？　だから三〇〇メテル級戦艦のお掃除はご勘弁をぉ……。砂漠の砂ぼこりとのエターナルイタチごっこは嫌ですよぅ……」

「……まぁいい。それで、頼んだものはできあがったのか？」

「あ、はい。あとはここをちょこちょこっと……できました！」

マキナは作業台に向き直り、台の上に乗っていたモノをラスカルに見せる。

「という訳で、義手です！」

それは機械式の義手だった。

腕の切断面に装着するタイプで、長さはラスカルの失った右腕に合わせてある。

「神経繋がなくても指が動く大変扱いやすい代物ですよ！　着けてみてください！」

「そうか。傷口を開かなくていいのは助かるな」

マキナに促され、スーツを脱いで右腕の断面に装着する。

すると、生身の右腕を動かすのと同じ感覚でラスカルは義手を操作できた。

「……相変わらず、物作りの技術とスピードは素直にすごいな」

制作を命じてから一時間ほどしか経っていない。驚異的な速さと完成度だった。

「もっと褒めちぎってくれてもいいんですよ！」

「すごいすごい」

「やったぁあああ！　べた褒めだぁああ！」

「これでいいのか……」

おざなりな誉め言葉に大はしゃぎしたマキナに、ラスカルは逆に罪悪感を覚えた。

「あ！　良いこと思いつきました！　全身義体にすればどんな無茶な操縦でも……」

「それはやめろ」

危険なことを考え始めるマキナに、ラスカルは真剣な表情でストップをかけた。

「まぁ、いい。……ところで、何か欲しいものはあるか？」

「え？」

「この義手の礼だ。……それと今回は俺が行動不能になってからの脱出でも手間をかけさせた。俺とお前は所有者と所有物の関係だが、労うことがあってもいいだろう」

「デレましたね！　やっとデレたんですね!?　ひゃっほーい！」

「……要らんのならやめるが？」

「やめないで！　考えますから！」

マキナは人差し指をコメカミに当てながら、ああでもないこうでもないと考え始める。

「セッ……じゃなくて、エッ……じゃなくて、夜ば……じゃなくて……」

「お前の思考回路はどうなってるんだ？」

色惚けワードしか出てこないマキナを、ラスカルは素で心配した。

それでもマキナは考え続けて……。

「決めました！」

「そうか。何が欲しい？」

「デートしてください！」

マキナは胸の前で両手を握りしめる……いわゆる『女の子が勇気を振り絞るポーズ』をとりながらそう言った。

「……夜のデートか？」

「ご主人様のえっち！　もう！　いやらしいことばっかり言っちゃだめですよ！」

「…………」

ラスカルは『張っ倒すぞこのポンコツ』という内心の言葉と、実行に移そうとする自らの腕を懸命に止めていた。

「普通のデートですよ！　おしゃれして、美味しいもの食べて、綺麗な景色を見る……そんな普通のデートです！」

「……それでいいのか？」

「はい！　やったことないですし！」

「……そうか」

「…………二〇〇〇年もデートしたことない喪女とか思ってません？」

「思っていない。分かった。了承しよう。今回の件の褒美はそれだ」

内心、『喪女というより骨董品では？』と思ったが、要求を承諾した。

「え？　マジで？　ダメもとだったのに……いよっしゃぁあ！　やりましたー！」

マキナは両手を万歳しながら跳ね回り、全身で喜びを表現した。

「しかし、デートか。……まぁ、また偽装用のアクセサリーを用意すれば何とかなるか」

マキナのアイテム作製能力なら、そうそう見つからない代物を作れるだろう。

前に作ったものの効果は実証済みでもある。

「あ、忘れてました」

跳ね回っていたマキナがくるりとラスカルに向き直り、義手を指差す。

「その義手、ちょっと仕組みがあるんですよ」

「仕組み？」

「人差し指を二回曲げてから小指を三回曲げてみてください」

「ふん？」

ラスカルは言われるがまま、指を曲げてみせる。

――直後、右手首から先がロケット噴射で飛んで行った。

右拳は廊下に面した壁に大きな凹みを作って埋まっている。

「…………」

ラスカルは手首から先がなくなった義手と、壁の破壊痕に視線を行き来させながら、『なんだこれ？』という顔をした。

「手首から先が飛びます。名づけてロケット手首です！」

「……これの意味は？」

「隠し武器です！」

「……壁に凹みを作る程度の隠し武器が通じる相手も、そう多くはないと思うが？　猫だまし程度にしかならないぞ」

内心ではかなり驚いていたものの、ラスカルは努めて冷静にそう言った。

「あ。違います違います。その状態で腕を右に二回捻ってから左に四回捻ってください」

「…………」

『やりたくねえ……』と思いながらも、ラスカルは腕を捻る。

――直後、細長い光の束が壁をぶち抜いた。

「手首からビームが出ます！」

「…………そうか。それでお前は俺を何にしたいんだ？　今日日、子供向けアメリカンコミックでもここまで珍妙な義手はつけないが？」

残った左手でマキナの頬をゆっくりとつねりつつ、ラスカルは据わった目で問いかけた。

「わ、私とお揃いなのに……」

「……お前の義手、こんなもの仕込んでたのか」

機能停止している間に失くしたという左腕の代わりに自作したことは知っていたが、まさかロケットパンチとビームが付いているとはラスカルも知らなかった。

「…………」

「あ、あのお仕置で……？」

マキナは『デートなしにされるかも……』とビクビクしながら、上目遣いで尋ねた。

「……それはいい。ただし、この義手は改修しろ。隠し武器を使う動作が単純すぎる。これではいつ誤作動が起きるか分からない」

「あ、はい」

「それと、壁はお前が直せ。掃除もな」

「わ、わっかりました！」

ビシッと敬礼を決めて、マキナはすぐに掃除と修理に取り掛かった。『今日は優しい？　やっぱりデレたんですかね？　デート約束してくれたし』と内心で思いながら。


マキナが掃除を始めて少ししてから、ラスカルの部屋のドアの呼び鈴が鳴った。

ラスカルが許可を出すと、張が入室した。

彼が来たのは、【エルトラーム号】で保護したドリスについて報告するためだ。

エミリーを連れて撤退する際、張はドリスも共に連れて撤退した。

張はエミリーからドリスの保護を任されていた。

そして、あの時点の状態では『船に置いたままでは危うい』と考えていた。

実際、この判断は間違いではない。広域殲滅型の〈超級〉がいる戦場、未だ残存していた正統政府の戦力、大きく破損した船内など、少女の命を奪いかねない要因が複数あった。

ゆえに、安全を確保するために気絶していたドリスを共に連れ出したのである。

後からどこかの街の役所や施設に送り届ければいいと考えて。

「それで、そのドリスという子はどうしてる？」

「先ほど目を覚ましました。起きた当初は酷く混乱しておりましたが、今は鎮静の香で落ち着いています。また、エミリーが傍で話しかけていることも大きいかと」

「エミリーが、か……」

「……ドリスはあの事件で父親を軍人達によって殺されたそうです」

「そうか……」

二人は共に沈黙する。

はっきり言えば、〈ＩＦ〉はドリスの父の死に関与している。〈ＩＦ〉が珠をばら撒いたのが事の発端であり、珠を手に入れた彼を死地となった船まで導いたのはラスカル達だ。

彼らがいなければ、ドリスの父が船内で事件に巻き込まれて死ぬことはなかった。

「気に病むな。父親の護衛は船に着いた時点で終了していた。アンタに落ち度はない」

「……ですが、責任は感じます。あの年の子を、親無し子にしてしまったのですから……。俺や、俺がかつて仕えていた御方もそうでした」

張がかつて所属していた組織〈蜃気楼〉の長。今は黄河の獄に繋がれているか既に命絶たれているだろう年若い香主のことを思い、張は己の感情を込めながら言葉を放った。

「……アンタは……裏社会にいたにしては善人すぎるな」

「お言葉ですが、それはラスカルさんもでは？」

張には、ラスカルもドリスという少女の身に起きた不幸を悼んでいるように見えた。

「そうでもないさ。……俺は目的のためならば、顔も名も知らないティアンが何万人死んでも構わないと思っている人でなしだからな」

ラスカルは、窓の外に視線を向ける。

そこに広がるのは砂漠であり、このカルディナの大地。〈ＩＦ〉がばら撒いた騒動の種……珠によって数多の被害が生まれているだろう国の姿だ。

「……顔も名前も知らない他人の命より、大切な者の『願い』が勝るとも」

「ラスカルさん……」

彼の言葉は冷たいようだったが、そうではない。

つまり、『顔と名前を知る者』に対しては責任を感じている。

それでもやらねばならぬことがあると、彼の表情が告げている。

「それで……ドリスは今後どうすべきでしょうか？　どこかの養護施設に……」

「やめておこう。色々と見られている。それに『ティアンの記憶を探る』、なんて〈エンブリオ〉をカルディナ側が確保している恐れもある」

では、どうすべきなのか。裏社会に長く身を置いていた張は、少女の口封じを命じられる可能性も考え、緊張した。

「……エミリーは、その子とどう接している？」

「端的に申し上げれば、懐いています。ドリスの方はまだ混乱していますが、エミリーの方はまるで仲の良い友人のように接しています」

それを聞いて、ラスカルは少し考え込み……。

「……ならば、しばらく面倒を見てやってくれ。エミリーの情操教育には、あのくらいの年頃の友人も必要かもしれん」

「はい。………………」

情操教育という言葉と、殺人を伴う荒事の現場に連れ出す行為。

それは大きな矛盾を孕んでいるように張には感じられた。

しかし、それがただの矛盾ではなく、何らかの繋がりがあると……張は感じ取った。

「いずれ、俺達がこの地を離れる頃には……どこか信頼のおける施設に預けよう」

「分かりました」

そうして一人の少女の処遇が決まり、張はラスカルの部屋を退室した。

（そういえば……）

退室するときに、張は一つの疑問を覚える。

（ラスカルさんとエミリーは、如何なる関係なのだろうか？）

クランの仲間、というだけではない。明らかに、ラスカルはエミリーを特別視している。

危険物を扱うような説明も受けたし、鉄火場にも送り込んでいる。

しかし付き合いが長くなった今、ラスカルはエミリーを気にかけているとよく分かる。

（もしかすると……）

ラスカルが言う『願い』に、エミリーが関わっているのではないかと張は思った。


「そういえば、前から聞きたかったんですけど」

「何だ？」

張が退室した後、ずっと掃除をしていたマキナがラスカルに問いかける。

「ご主人様とエミリーちゃんの向こうでの関係って何なんですか？」

それは張の抱いた疑問と同じようなものだったが、それはこちらでの関係ではなく……

〈マスター〉にとってのリアルでの関係を尋ねるものだ。

「……何だと思う？」

「うーんとえーっと…………ハッ！　まさか奥さん⁉」

「お前は俺を性犯罪者にでもしたいのか……」

心底辟易した顔で、ラスカルは答える。

「じゃあ何なんですか！　私、気になります！」

マキナの質問に、ラスカルは少し考え込む。

言うべきか言わざるべきかを悩んで……少しだけ話すことにした。

「妹だな。俺の……ではないが」

「？」

「俺の……親友の妹だ」

「友達、向こうにもいたんですね」

ラスカルの言葉に対して、マキナは怒られても仕方のない反応をしでかした。

「怒るぞ？」

だが、ラスカルはその言葉と裏腹に……怒りの様子は見えない。

少しだけ苦笑して、けれど何かを懐かしんでいるようだった。

『友達』、という言葉に……思うところがあるのか。

「……学生時代の俺は人づきあいが良い方だった。友人知人には困らん」

「まぁ、そうですよね」

ラスカルは決してコミュニケーションが下手ではない。そうでなければこの犯罪クランの実質的な運営者たりえず、様々な組織との交渉事もできるわけがない。

「それでも……リアルで親友と呼べる相手は一人しかいなかったがな」

その唯一の親友こそが、エミリーの兄であることは明らかだった。

「その親友さんは？」

「もう死んだ」

問われることが分かっていたのだろう。答えは間髪を容れないものだった。

あるいは、すぐに答えなければ……言葉が出なくなる類の思い出だったのか。

「何年も前に……殺されたよ」

「それって……」

ラスカルは、それ以上は何も言わなかった。二人が沈黙した部屋の外からは、壁に空いた穴越しに……エミリーとドリスの話し声が幽かに聞こえていた。

□ユーリ・ゴーティエ

「……お金ってどうしてなくなっちゃうんだろうね、ソーニャ」

「その台詞、この前は私が言わなかったっけ？」

月曜日の朝、わたしは食堂でソーニャに愚痴をこぼしていた。

「え？　ユーリってデンドロでは羽振り良かったんじゃないっけ？」

「それはもう過去の話だから……」

レイに分けてもらった〈ゴゥズメイズ山賊団〉討伐の報奨金がついになくなった。

ニアーラさんに《ジェノサイド・コンドル》を使ってもらうために、わたしの持っていた一〇〇〇万リルを渡したためだ。

手元には多少のお金は残っている。報奨金がなくても、暫くは大丈夫のはずだった。

でも、それは〈マジンギア〉の修理には全然足りない。

元から高級品の〈マジンギア〉、わたしの機体はワンオフ機の【ホワイト・ローズ】。

それが……なんだかもう言葉にできないくらい壊れてしまっている。

無事なパーツは一つもないので、既製品のパーツは全部交換しないといけない。

それだけでも大変なのだけど、問題は【ホワイト・ローズ】オリジナルのパーツ。

生産時点で姉さんがある程度の自動修復機能を施してくれていたけれど……あまりにも壊れ方がひどくてそれじゃ直りきらなかった。

……だから、完全修復にいくらかかるのか見当もつかない。

「何かお金ゲットする当てとかないの？」

「収入は入る予定だけど……どのくらいかはわかんない……」

マニゴルドさんの護衛の報酬が貰えるはずだけど、詳しい金額は聞いていなかった。

『報酬は満足できるだけ用意しよう』と言ってくれてはいたけど、それが【ホワイト・ローズ】の修理代に足りるかは分かんない……。

「はぁ……」

本当に大変な事件で、【ホワイト・ローズ】も大破して散々だった。

けれど、得るものもあった。わたしが討伐した〈ＵＢＭ〉の特典武具として、【機竜心核　インペリアル・グローリー】という名の……動力炉が手に入った。

パーツのスペックを確認すると、スキルが二つ備わっていた。

一つは《永久機関・死生》というもの。何だか物騒な名前だし、スキルを読むのに特殊なスキルが必要らしくて説明に読めない部分も多かったけれど、効果としては自らＭＰを産出する動力炉ということだった。

そう、〈UBM〉になる前の【インペリアル・グローリー】が積んでいたものと同じ。

生産するMP量の増減がどうなったのかは分からないけれど、これを搭載すれば【ホワイト・ローズ】が悩まされ続けたエネルギー問題を解決する目処が立つ。

ちなみにもう一つのスキルは《機心》というものだったけど、こちらは説明文が全く読めなかったので今は保留。

「………………」

動力炉が手に入ったことは、とても嬉しい。

けれど、嬉しいのは機能面だけではなくて、もう一つ理由がある。

それは、名前が遺ったこと。〈叡智の三角〉のみんなが、創意工夫を凝らして作った【インペリアル・グローリー】。その名前が、特典武具となってからも残っている。

みんなの頑張りが完全には消えなかったようで、それが少しだけ嬉しかった。

それに、あの特典武具は自分が最後まで諦めなかった証のようにも思える。

……あのときの、レイのように。

「むぅ。お金がないと言いながら、ちょっと幸せそう」

「そうかもね。……あっ、そろそろ朝食の時間も終わりだね。一時間目はニーナ先生の社会だし、早めに教室に入らなきゃ」

　急いで食器を片付けようとすると、ソーニャに「待った待った」と制止された。

「今日の一時間目は図書館での自習になるって連絡あったよ？」

「どうして？」

「ニーナ先生がお休みしてるんだって」

「え!?　ご病気でもされたのかな……」

　そうでもなければ、あの真面目なニーナ先生が授業をお休みするとは思えない。

「分からないけど。……ふっふー、もしかしたら男の人とデートかもしれないよ？」

「えぇ……それはないと思うけど……」

　ニーナ先生ほど真面目で厳しい人が、デートのために仕事を休む。

　うん……、ちょっと考えづらいね。……でも。

「でも、そうだったら……素敵だね」

「だよね！　情熱的ぃ！」

　わたしとソーニャはそんなことを想像して、はしゃぎあったのだった。

□カルディナ某所

事件から内部時間で四日後、エルドリッジはカルディナのとある都市に立っていた。

そこは、カルディナの都市の一つではあるが、【エルトラーム号】の停泊地ではない。

〈ゴブリン・ストリート〉は、事前にこの都市にセーブし、何かが起きてメンバーの誰かがデスペナルティとなったとき、決まった日時にここで合流すると取り決めしていた。

船の停泊地でないのは、事の流れで捜査の手が彼らに及ぶ可能性を下げるためだ。

雑踏の中、合流場所に向かいながらエルドリッジは先の戦いについて思う。

フェイに勝って欲しいと願われて、ニアーラに勝利を信じられて。

けれど、エルドリッジは負けたのだ。エミリーに対しては終始有利に戦いを運んでいたが、張とラスカルの乱入によってあっさりと敗れ去った。

言い訳のしようもないし、する気もない。

あれは決闘ではなくPK同士の殺し合いだった。乱入や不確定要素はあって当然。

ゆえに、彼は敗北した。その事実は揺らがない。

「…………」

度重なる〈超級〉への敗北。己を信じてくれた二人を裏切るような結果。

これまでの彼であれば……あの船に乗る前の追い詰められた状態ならば、今度こそ心折れていただろう。

だが、不思議と……今の彼に敗北の自責はなかった。

それはきっと、今までと違い……自分の全てをぶつけて戦ったという確信があるからだ。

初手で敗れ続けた、戦いにすらならなかったこれまでの〈超級〉との遭遇。

だが、今回は違う。

今回の彼は……己の勝利のために全てを尽くして戦ったのだ。

自分の全てを使って敗れたという『結果』ではなく、自分の全てを使って戦えたという『過程』が彼の心に強く残っている。

「次は……」

自然、彼の唇は一つの言葉を紡ごうとする。

けれど彼がその言葉を口にするより早く、合流場所のテラスが視界に入った。待ち合わせ時間よりも早いがニアーラとフェイは既に到着しており、二人でお茶を飲んでいた。

「オーナーまだっすかねー。ところで、ニアーラって今日お仕事いいんすか？」

「……初めて、私用で休みました」

そんなことを話している二人に、エルドリッジは声をかける。

「ニアーラ、フェイ。待たせたな」

「オーナーっす！」

「オーナー、おはようございます」

「ああ。っ…………」

エルドリッジは二人に自身の敗北をどう伝えるべきかを悩んだ。『期待を裏切ってすまない』と謝るべきかと考えていたが、それよりも早くフェイが言葉を発する。

「オーナー！　勝ったんすね！」

フェイは、一切の疑いなく……エルドリッジにそう言い切った。

「……どうして、そう思う？」

彼は敗北したというのに、フェイがなぜ勝ったと思ったのかが分からなかった。

けれどフェイは胸を張って、その理由を口にする。

「顔っす！」

「顔？」

エルドリッジが自身の顔に手を触れると、フェイは笑顔でこう言った。

「オーナーの顔、王国にいたときみたいっす！　自信満々っす！」

「――――」

　自身では気づかなかったことだ。

〈超級〉に負け続けて沈んでいた時も含めて、そんなにも自分の顔は変わっていたのかと……エルドリッジはようやく気づいた。

　そして、『目に見えて分かるほどに自信を失っていた自分にも、二人はついてきてくれたのだな』と考えて……少しだけ涙腺が緩んだ。

「……ニアーラは、どう思う？」

　涙声にならないように気をつけながら、エルドリッジはニアーラにも問うた。

「そうですね」

　ニアーラは問われてから少し考えて……。

「私も、今のオーナーが……好きです」

　別の意図をちょっぴりと混ぜて、そう告げた。

「あ!?　ずるいっす！　アタシも！　アタシも好きっす！」

　ニアーラに抜け駆けされて、フェイも慌てたように思いを告げる。

「……二人とも、ありがとう」

　彼は自分を慕ってついてきてくれた二人に、また目頭が熱くなり、右手で両目を覆った。

その反応に二人の方は、『あ、これ男女間の好きだと思われてないな』と察した。

けれど、それでも良かった。

ずっと思いつめた顔をしていたエルドリッジが、今は晴れ晴れとした顔をしている。

これからも三人で活動できることを、二人は素直に喜んでいた。

「それじゃオーナーがどうやって勝ったか聞かせて欲しいっす！」

「いや……負けたんだよ。俺は負けた」

エルドリッジは涙をぬぐい、フェイの発言を訂正する。

「だが──次は〈超級〉が相手でも勝つぞ」

そして笑いながら……そう言いきった。

一切恥じることもなく、かつて以上の自信と共に、二人に力強く笑いかける。

「「はい！」」

そんな彼に、二人もまた……笑顔で応じた。

この日、彼らは確かに……再起を果たしたのだ。

MGFX-002
ホワイト・ローズ
全高:6.0m
重量:25.0t
製作:〈叡智の三角〉
氷結装甲OFF

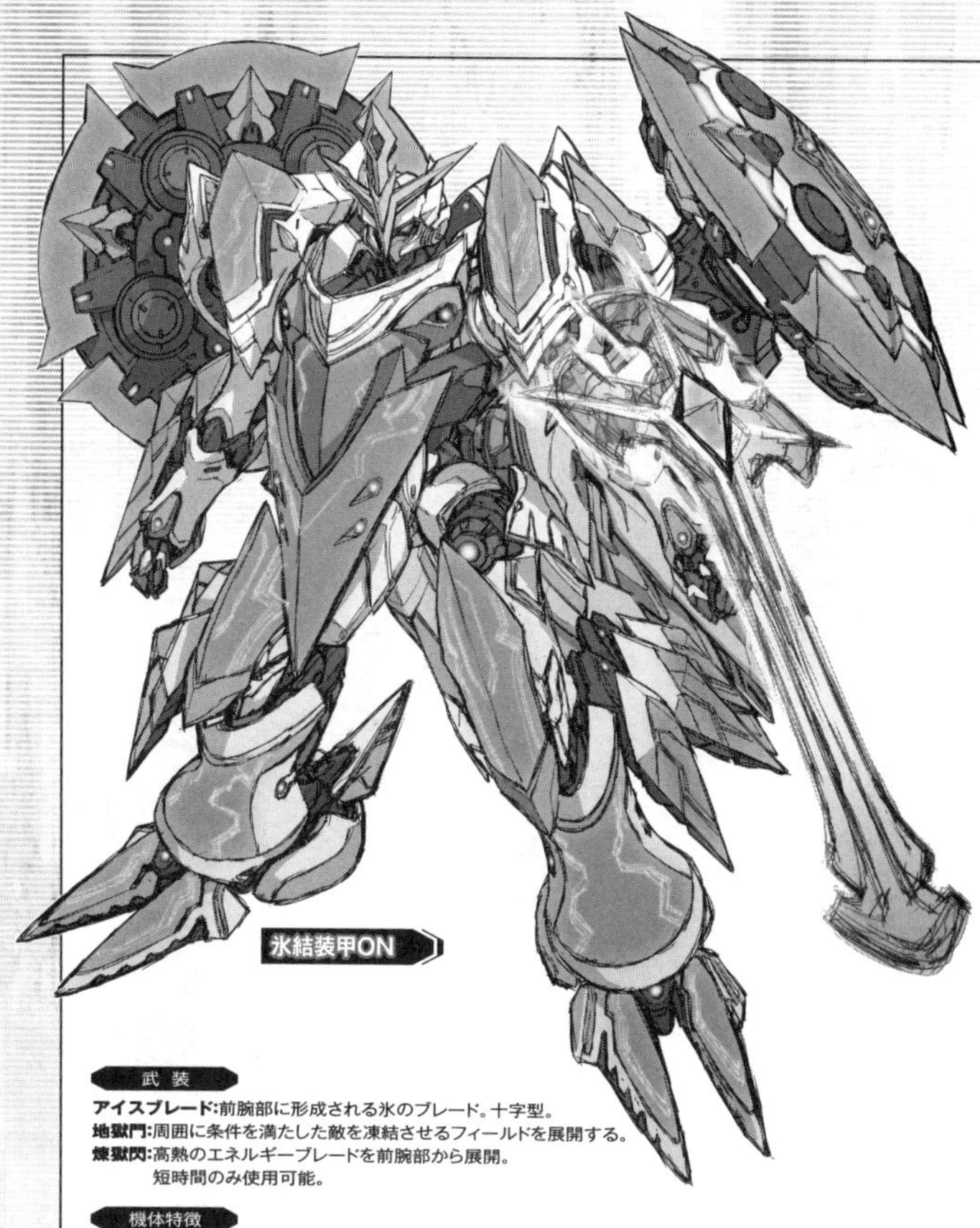

武装

アイスブレード:前腕部に形成される氷のブレード。十字型。
地獄門:周囲に条件を満たした敵を凍結させるフィールドを展開する。
煉獄閃:高熱のエネルギーブレードを前腕部から展開。
短時間のみ使用可能。

機体特徴

重装甲で防御力に秀でた機体。

両肩に着脱・浮遊可能な円形のアクティブシールドを装着。

機体本来の装甲の上に氷の装甲を纏う。

フランクリンが妹のために制作した機体であり、その防御力は〈マジンギア〉の中でも随一。

あとがき

猫「あとがきのお時間ですー。今回の担当は猫ことチェシャとー」
六「この私、六ことゼクス・ヴュルフェルでお送りします」
猫「あ。おひさしぶりー」
六「今回はラスカルやエミリーの出番が多いのでこの私が担当します」
猫「なるほどねー。それじゃあ早速だけど何か質問とかある？」
六「はい。前巻にて『二十巻は二〇二三冬発売予定』とありましたが、今は三月では？」
猫「…………」
六「チェシャ？」
猫「作者の住んでる地域は三月でも雪積もってるからまだ冬」

六「フォントサイズを変えてまで主張せずとも……」
猫「ともあれ、色々あって六ヶ月お待たせすることにはなりましたが！」
猫「記念すべき第二十巻として良いものをお届けできたと思います！」
猫「ユーゴー達の初めてのカバー！　新キャラ盛りだくさんの挿絵！　そして！」
猫「なんと、初の試みとして巻末にメカニックデザインが記載されています！」
六「ええ。まるでフル○タル・パニックのようですね」
猫（躊躇なく他社の作品名出すとはさすが【犯罪王】……）
六「それでは作者のコメントタイムです」

読者の皆様、ご購入ありがとうございます。作者の海道左近です。

本作もついに二十巻に到達いたしました。読者や関係者の皆様のお陰です。

デンドロはまだまだ終わらないので、今後もお付き合いいただければ幸いです。

さて、WEB版をお読みになったことがある方はお気づきでしょうが、二十巻はかなり改稿しています。過去の自分が書いたものを今の自分の力量でアップデートし、同時に『これはこのタイミングで描くべきだろう』と思ったエピソードも書いています。

アップデートが正統政府に関する描写であり、描くべきと思ったのはプロローグ等にあるラスカルとエミリーの背景についてです。

根幹たる部分はまだ先にありますが、ラスカルもまた〈IF〉であり、『望むもの』のために〈Infinite Dendrogram〉において悪であることを選んだ者です。

多くの者達の思いが交錯する〈Infinite Dendrogram〉。各々の終着点がいかなるものであるかを見届けていただければ幸いです。

話は変わりますが、この巻では作者の趣味……もといメカ要素が前面に出ています。

タイキさんの描かれた可愛らしいポンコツロボメイドのマキナも素晴らしいですが、それだけに留まりません。今回のクライマックスは三陣営のメカによる三つ巴です。

『折角だからメカの絵も欲しいです』と担当のKさんと相談したところ、記念すべき二十巻ということもあり、メカデザインを専門の方にお願いいただけることになりました。

その御方こそ小笠原智史先生。あのガンダムWの漫画作品、『敗者たちの栄光』を描かれた方です。作者は作中に登場するアーマディロ装備のMGサンドロックを買いました。

小笠原先生の手掛けたお仕事で作者にとって特に思い出深いのは、かつてホビージャパン様のゲームぎゃざ誌にて連載された読者参加企画、『幻奏戦記ルリルラ』です。

読者参加企画とは雑誌付属のハガキに自分のキャラクターや行動を記載して郵送すると、その結果や功績などが返信されてくるプレイバイメール形式のゲームです。

当時ぎゃざの購読者だった中学生時代の作者も、真剣にハガキを送っておりました。

その頃は後にホビージャパン様から本を出すことになり、さらにはルリルラのメインビジュアルを手掛けた小笠原さんにメカデザしてもらえるとは夢にも思いませんでした。

かつて愛読していた『ニードレス』の今井神先生に漫画版を執筆していただけているように、思わぬところで過去の思い出と今が重なるものです。なお、漫画版も十一巻がこの本と同日発売予定ですのでよろしくお願いいたします。書き下ろし短編もありますよ。

重ね重ねになりますが、デンドロは多くの方々のお陰で続いているコンテンツです。

ここに再び、「ありがとうございます」と感謝の言葉を述べさせていただきます。

そして今後とも、インフィニット・デンドログラムをよろしくお願いいたします。

海道左近

猫　「それじゃ次巻の予告ー」

六　**「二十一巻は二〇二三年夏発売予定で大丈夫ですか？」**

猫　「……何で疑問文なのさ？」

六　「ここ数巻、外し続けているので」

猫　「ぐうの音も出ない……」

発売予定!!

最強デスビームを撃てるサラリーマン、異世界を征く 1
剣と魔法の世界を無敵のビームで無双する

著者／猫又ぬこ　イラスト／カット

転生先の異世界で主人公が手に入れたのは、
最強&万能なビームを撃ち放題なスキル！

女神の手違いで死んだ無趣味の青年・入江海斗。お詫びに女神から提案されたのは『三つの趣味』を得て異世界転移することだった。こうして『収集の趣味』『獣耳趣味』『ビーム趣味』を得て異世界転移した海斗は、どんな魔物も瞬殺の最強ビームと万能ビームを使い分け、冒険者として成り上がっていく。

この日、『偽りの勇者』である俺は『真の勇者』である彼をパーティから追放した 1

著者/シノノメ公爵
イラスト/伊藤宗一

全てを失った「偽りの勇者」がヒーローへと覚醒!!

ジョブ「偽りの勇者」を授かったために親友をパーティから追放し、やがて全てを失う運命にあったフォイル。しかしその運命は、彼を「わたしの勇者様」と慕うエルフの「聖女」アイリスとの出会いによって大きく動き出す!! これは、追放する側の偽物の勇者による、知られざる影の救世譚。

〈Infinite Dendrogram〉-インフィニット・デンドログラム-
20.砂上の狂騒曲（カプリッチオ）
2023年3月1日　初版発行

著者——海道左近

発行者—松下大介
発行所—株式会社ホビージャパン

〒151-0053
東京都渋谷区代々木2-15-8
電話　03(5304)7604（編集）
03(5304)9112（営業）

印刷所——大日本印刷株式会社／カバー印刷　株式会社広済堂ネクスト
装丁——BEE-PEE／株式会社エストール

ISBN978-4-7986-3043-4　C0193

ファンレター、作品のご感想
お待ちしております
〒151−0053　東京都渋谷区代々木2−15−8
(株)ホビージャパン HJ文庫編集部 気付
海道左近 先生／タイキ 先生／小笠原智史 先生